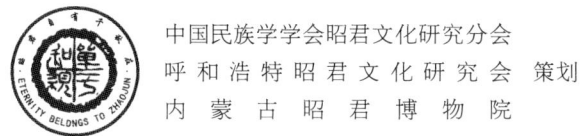

中国民族学学会昭君文化研究分会
呼和浩特昭君文化研究会 策划
内蒙古昭君博物院

王昭君的女儿
——匈奴帝国的外交使节

王西萍 著

远方出版社

图书在版编目(CIP)数据

王昭君的女儿：匈奴帝国的外交使节 / 王西萍著. -- 呼和浩特：远方出版社，2018.7
ISBN 978-7-5555-1147-2

Ⅰ. ①王… Ⅱ. ①王… Ⅲ. ①长篇小说-中国-当代 Ⅳ. ①I247.5

中国版本图书馆 CIP 数据核字(2018)第 149342 号

王昭君的女儿——匈奴帝国的外交使节
WANGZHAOJUN DE NÜ'ER XIONGNU DIGUO DE WAIJIAO SHIJIE

作　　者	王西萍
责任编辑	董美鲜
责任校对	奥丽雅
封面设计	张燕红
版式设计	杜叔辉
出版发行	远方出版社
社　　址	呼和浩特市乌兰察布东路 666 号　邮编：010010
电　　话	(0471)2236470 总编室　2236460 发行部
经　　销	新华书店
印　　刷	呼和浩特市铭泰精工印务有限公司
开　　本	170mm×240mm　1/16
字　　数	212 千
印　　张	13.75
版　　次	2018 年 7 月第 1 版
印　　次	2018 年 7 月第 1 次印刷
印　　数	1—5000 册
标准书号	ISBN 978-7-5555-1147-2
定　　价	48.00 元

如发现印装质量问题，请与出版社联系调换

序

郝存柱

两千多年来,关于王昭君的文学艺术作品很多,不同时代不同作者的不同心理对王昭君及出塞大多写得哀怨凄切,或者写得壮怀激烈;王西萍的这部长篇小说主要将笔墨放在了她出塞之后,写王昭君在匈奴的生活,写她与两任丈夫间的情感,写她与匈奴人之间的交流,更多的是写她和她的儿女们为了巩固汉匈和平呕心沥血、奔走呼号的悲壮历程。这应该是昭君文化形成的主要过程。

王昭君的生活范围横跨汉匈两地,汉文化和匈奴文化的结合更加丰富了王昭君的阅历,这使得她的精神境界有了一个质的升华。她的美丽,她的聪颖睿智,她的宽容大度,她的母仪天下,历经两千多年的时光而不褪色,使她成为中国古代最具魅力的一位女性。作为一个朴素善良的汉家女子,王昭君不忍两国百姓惨遭战争涂炭,希望汉匈和平、百姓安居乐业。基于"匈奴是自己的婆家,汉朝是自己的娘家,手心手背都是肉"这样一个朴素的理念,她一生都在为汉匈之间的和平做事,从青年到老年,从不自觉到自觉……在经历过痛苦、死亡、天灾、人祸之后,王昭君最终完成了她由一个普通浣纱女到和平使者的蜕变。

栾缇氏云是王昭君与复株累单于的大女儿。受母亲的影响,还在童年时期栾缇氏云就对和平与战争的话题非常敏感,渐渐长大之后她亲眼看到:由于母亲当年的出塞和亲,如今匈汉两国"边城晏闭,牛马布野,三世无犬吠,黎庶忘干戈之役"。云决心要像母亲那样,要把维护匈汉两国间的和平作为自己毕生的使命。

在这部长篇小说中,栾缇氏云与她的丈夫右骨都侯须卜当作为匈奴的使节,前后三次入汉维护和修补出现裂痕的匈汉关系,最终以身殉国。作为一个匈奴女子,云承袭了母亲王昭君关于匈汉和平的朴素理念,她是唯一一个被写进《汉书》的匈奴女子。

昭君出塞是我国历史上体现民族友好的重大事件,不仅促成了汉朝和匈奴较长时间的和平相处,也促进了民族文化的交流与融合。围绕昭君出塞形成的文化不仅在中国历史上产生过巨大的影响,直至今天仍然有着重大的现实意义,所以进一步提升、发掘、发展昭君文化的内涵,不断弘扬、传播昭君文化就成了历史赋予我们的一项义不容辞的责任。

为此,中国民族学学会昭君文化研究分会策划并出版了《王昭君的女儿——匈奴帝国的外交使节》这部长篇小说。小说从另一角度丰富了昭君文化的内涵,并将其研究的层面提升到了一个新的高度。

几年来,昭君文化研究在传播昭君文化的同时,做了许多具体工作。我们的艰辛付出在人与人之间、地域与地域之间架起了一座精神的桥梁,使民族团结与民族文化的交流与一带一路精神得以融合,使昭君文化的传播得以发扬光大,越走越远,越走越高。

Contents 目录

- *001* 引　子
- *003* 第一章　童年
- *024* 第二章　单于之死
- *048* 第三章　美女与少年
- *073* 第四章　婚嫁
- *091* 第五章　第一次入汉
- *108* 第六章　裂隙
- *135* 第七章　第二次入汉
- *157* 第八章　一只公鹿引发的战争
- *185* 第九章　第三次入汉
- *210* 尾　声

引　子

　　1940年，苏联科学家C. B.吉谢列夫在叶尼塞河上游新西伯利亚的阿巴坎草原上发掘出一座四阿式重檐建筑。该建筑东西长三十六米，南北宽二十四米，中央有方形大殿，周围有房间；屋顶用板瓦、瓦筒覆盖，檐有瓦当。同时出土的还有绿玉小瓶、红色珊瑚小珠、青铜辅首及陶片，还有环首铁刀、穿孔铁斧和青铜带钩……

　　郭沫若认为阿巴坎宫或许为王昭君的女儿——云的住所。

　　20世纪70年代初，俄罗斯科考机构收到一份来自新西伯利亚阿巴坎地区的报告，说当地居民在森林和草地接合部的冻土层发现了一具被冰块包裹着的古代美女。这个冰美人是哪国人，多大年纪，什么出身，报告却没有下文。

　　已经是7月了，新西伯利亚的阿巴坎草原上却依然十分清凉。随着几辆汽车的到来，阿巴坎草原的宁静很快被打破了。不久，草地上搭起了几顶雪白的帐篷。两个月前，一支由俄罗斯、中国和瑞典科学家组建的考察队成立了。在当地居民的指点下，科考队经过几天周密的准备后，开始小心翼翼的发掘工作，基本没费什么周折，他们果然在冻土层发现了那位被冰块包裹着的冰美人。

　　通过严谨的科考，科学家们发现这位冰美人应该生活在距今两千多年前的匈奴时期，年纪大约在四十至五十岁之间。冰美人衣着华贵，身边摆放着不少匈奴女人的饰品，由此看来极有可能是匈奴王庭的贵妇。然而，当中国科学家在冰美人贴身的肚兜处发现一枚雕着龙凤呈祥图案的银锁片时,他们忽然产生了一个大胆的猜测,这个冰美人或许就是汉朝人的后裔,而她的身世却与匈奴有着千丝万缕的联系,难道说——

据史书记载,汉明妃王昭君有两个女儿,即大女儿须卜居次云和小女儿当于居次当。倘若这个沉睡在冰层里的贵妇确实就是王昭君的女儿,那么她究竟是云,还是当?或者……有人更加大胆地猜测说,这个冰美人或许就是王昭君本人也未可知。

那么,阿巴坎草原上发现的冰美人,究竟是否与王昭君和她的女儿们有关联呢?

第一章　童年

公元前22年的一天上午,匈奴草原上阳光明媚,绿草如茵。

这是草原上一年当中最惬意、最舒适的日子。草地上的野花和牧草都舒展开了它们的身子,恣意地享受着太阳的抚慰;野花海海漫漫地开了,细碎而繁茂,蓝的、黄的、白的,热辣而又温情;随处可见的羊羔子,雪白,撒着欢儿;汉子们也都脱下了厚重笨拙的毡裘,袒露出他们结实黝黑的臂膀……

单于庭前后的草地上,女人们把穿了一冬的厚重衣裳一件件晾晒了出来,叽叽嘎嘎的说笑声和着太阳的味道很快就把草地给铺满了,温煦,明朗。最美、最敞亮的风景还要数那些母亲们,她们往草地上一坐,露出饱满的乳房,顿时,一道道雪白的乳汁便迫不及待地滋在了娃儿的脸上……

这天,韩将军正在自己的毡帐里看书,忽听得门口一个细细的声音叫道:"韩伯伯。"

韩将军是当年护送王昭君来到匈奴的汉将。转眼十多年过去了,当年英姿勃发的将军如今美髯也如雪般地白了。

韩将军没有回头,却无声地笑了,他知道准是那丫头又过来了。将军搁下手上的书简转身看时,果然是云规规矩矩地站在那里。云是王昭君和复株累单于的大女儿,八岁了,性格沉稳,外柔内刚,一副少年老成的样子。

韩将军记得,云初次来到他这里时,还是个四五岁的毛丫头,他故意逗她道:"哎呀呀,这是谁家的丫头啊?"云嫩声道:"小女姓栾缇氏,名云,我是宁胡阏氏王昭君的女儿,大家都叫我伊墨云。"韩将军又问道:"你到我这里做什么来了?"云规矩地答道:"我就是想来看看。"韩将军笑道:"云公主莫不是喜欢上了我这里的什么东西?"云说:"云想看看伯伯这里的那些竹条子,可以吗?"韩将军听了哈哈大笑,夸道:"你这个鬼精灵的小丫头啊!"

此后,云就喜欢上了韩将军毡帐里的那些书简。开始时,云对书简上那些曲曲弯弯的文字很是好奇,于是就请教韩伯伯,时日久了,韩将军则有意无意地成了云的启蒙先生。几年后,云几乎翻遍了韩将军所有的书简,她也成了单于庭后宫最有学问的公主。韩将军看到云如此好学,托人从长安带来了更多的书简,云欣喜地钻进那堆竹简中,一看就是一天,安静得像小猫儿一般。

昭君对韩将军心存感念,这天她招呼如琴等几个侍女,穷其所有做了一桌汉家菜肴,她说要好好谢谢韩将军呢。说是汉家菜,也仅仅是貌似而已。匈奴北地没有那么多的时鲜蔬菜,如琴等人就在草地上薅些野蒜、野百合,再采些野菌子,凑合着做了一桌菜,特意请了韩将军过来品尝。

韩将军在匈奴这些年虽说已经习惯了衣毡裘、饮乳酪的习俗,可平心而论,也是无奈。就一个游子而言,家乡的山水从他落地的那一刻起就已经融入了他的骨肉,说不想家,那是假话。于昭君而言,亦是如此。

看到韩将军走进来,昭君笑着说:"将军,有奈无奈呢,您且将就着用吧!"

韩将军望着那一桌菜肴,赞叹道:"好,甚好!"

昭君说:"将军您尝尝,这菜的味道可中意?"

韩将军迫不及待地夹了一筷子菜送入口中,边品尝边赞道:"好,甚好!"

那一餐饭食韩将军吃得极惬意,倒不是这一桌汉家菜做得有多地道,关键在于这是家宴啊!雕陶莫皋是多么聪明的单于,他借故单于庭有事需要处理,笑呵呵地走了。餐桌上只有昭君和她的两个女儿,再就是韩将军。儿子伊屠智牙师已经十一岁了,一早就过来对母亲说他要和九哥舆一同出去骑马,昭君便由他去了。

昭君说:"今天是我请娘家人在一起用餐,就不讲究什么了,来来来,如琴,把你那几个姐妹都叫来,大家都是亲人,都入座吧。"

大家都入座了,只有云站在一旁,笑吟吟地望着大家。

昭君诧异道:"云,你怎么……"

云轻声道:"母亲,今天就让云儿来服侍大家吧。既然是家宴,在座的不是云的长辈就是云的妹妹,让云来照顾大家恰恰好,母亲,云儿责无旁贷。"

韩将军望着云,笑道:"云儿知书达理,假以时日定然是匈奴女子中的翘楚。"

昭君笑笑说:"承蒙韩将军几年来对云儿的悉心教诲,昭君这里谢过将军了。"

韩将军对昭君说:"我们汉家有句话,三岁看大,七岁看老,你的这个云儿啊,心思缜密、做事沉稳,小小年纪就博览群书,将来可勘大用啊!"

昭君心中喜悦,嘴上却道:"将军说笑了,一个女孩儿家,难不成还有安邦定国的本事?"

韩将军不语,疼爱地望着云,捻着胡须呵呵地笑着。

昭君说:"韩将军,云自幼就在你的书房里腻着,你待她如自家孙女儿一般,如此夸她,自然是你偏心了。"

韩将军笑道:"那我们就拭目以待吧。"

不知什么时候,昭君的小女儿金珠偷偷地溜了出来,她知道如果父王不在单于庭议事的话,此刻就一定在草地上骑射。"金珠"是小女儿的乳名,她的全名是栾缇氏当。匈奴的孩子三岁就可以在马背上驰骋,金珠已经六岁了,她觉得自己应该是个老骑手了。昭君每回看到小女儿骑着小红马在她面前耀武扬威走过时,她就纳闷,个子还没有马腿高呢,天知道她是怎么爬上马背的。

金珠仿佛是在一眨眼的工夫就长大了,似乎昨天还在毡子上爬来爬去地玩耍呢,今天就身背弹弓、腰挎弹壶骄傲地骑在马上了。昭君不无担心地说:"点点大的小丫头好生了得,贴在马背上就像生了根似的,呼地一阵风般刮过来,片刻间又没了踪影,这还是个丫头吗?"在众多儿女中,雕陶莫皋却最是偏爱他的这两个女儿,云和金珠。云像她的母亲,不仅模样俊美,性子也沉稳;金珠则完完全全随了父亲,眉若远黛,目若朗星,从小就舞枪弄棒的比男娃还淘气。

金珠在单于庭后面的草地上远远看到父亲在射箭,双腿一磕,座下的小红马箭一般窜了出去,大喊道:"父亲——"

雕陶莫皋在追逐着一只野兔,正要放箭,忽然听到小女儿的呼叫,立刻转过身来满脸慈祥地望着向他跑来的金珠,佯嗔道:"你这丫头,冒冒失失的,你看看,一只兔子被你惊跑了!"

金珠说:"父亲,看孩儿的!"说着,便一手握着弹弓一手抖着缰绳向那只兔子追了过去。

不大工夫,金珠手上拖着一只野兔回来了,喊道:"父亲——"

那只野兔很是肥硕,被金珠的弹弓打懵了,不时地挣扎几下,金珠几乎连拖带拽地向父亲走来,竟然有些跌跌撞撞的样子,毕竟金珠才刚刚六岁嘛!雕陶莫皋开心地叫道:"当心点,丫头!哈哈,我的小公主真有本事,还没有箭杆高呢,居然能打到兔子了!"

雕陶莫皋笑望着,一股莫名的感觉从心底弥漫开来,是满足,抑或是幸福,他一时也说不清楚,总之是个好。自从父王呼韩邪与王昭君和亲以来,十年了,草原上没有发生战乱。这些年天神似乎也格外眷顾这片草原,风调雨顺的,这些年应该是雕陶莫皋记忆中最安逸的时光。

雕陶莫皋骑在马上缓缓地向单于庭走去,将金珠搂在胸前,马鞍桥畔挂着那只野兔,金珠的小红马链在后面。金珠兴奋地说:"父亲,这是女儿射到的第六只兔子了,父亲不准备犒赏金珠点什么吗?"

雕陶莫皋问:"你想要什么呢?"

金珠有点委屈地说:"金珠都这么大了,还一直使着这把弹弓,如果父亲送金珠件什么兵器的话,金珠就高兴死了。"

雕陶莫皋故意逗金珠说:"一个女儿家要兵器做什么,你呀,该跟着母亲和姐姐学些针线才是!"

金珠听父亲这样说话,有些生气了,她一扭身子,顺着马背出溜到了地上,大声道:"父亲不守承诺,你说过的,待金珠打到六只兔子的时候就送金珠一件礼物,父亲言而无信,金珠非常生气!"

雕陶莫皋哈哈大笑道:"真是个厉害的小丫头!好了,过会儿你到父亲的大帐里来吧,父亲有礼物送你!"

金珠问:"父亲不诳金珠?"

雕陶莫皋故意做出生气的样子说:"怎么说话呢?难道匈奴的复株累若缇大单于会诳你个小丫头吗?"

金珠乖巧地说:"父王,是金珠错了。"

雕陶莫皋拨马掉头走了,他转过身的那一刻,偷偷地笑了。

此刻,设在客厅的筵席已经撤下去了,昭君和韩将军正坐在那里喝茶。

昭君亲手为韩将军斟了一盏茶,那茶汤呈琥珀色,茶香中氤氲着淡淡的药香。

韩将军赞叹道:"这又是什么好茶,好特别的味道!"

昭君笑道:"哪里是什么好茶?这是如琴在草地上采的一味草药,回来后自己炮制的,她也叫不上名字,就胡乱说是黄金茶。这茶消食解腻下火,很是不错呢!如琴家里是祖传几代的药师,许是耳濡目染吧,她竟也学会了些技艺。韩将军你尝尝,看看味道如何?"

韩将军端起茶杯尝了一口,赞叹道:"不错!汤色浅金,味甘而不浓,当真还有些药香,好茶!"

昭君说:"韩将军若是吃着好,回头我吩咐如琴给你送些过去,将军留着慢慢吃就是了。"

韩将军说:"老夫谢过宁胡阏氏了。"

昭君笑道:"这是在家里,将军且勿多礼。昭君这里还有事情要请教呢。将军,云儿和金珠眼看着一天天长大了,我想让她们姐妹到外面去历练历练,不知将军怎么看。"

韩将军笑道:"我知道你的意思了,宁胡阏氏莫不是想送她们南下入汉?"

昭君颔首道:"还是将军懂得昭君。"

韩将军说:"这些年匈汉两国关系和睦,百姓安居乐业,让两位公主出去历练历练倒也正是时候,不过复株累大单于视两个女儿若掌上明珠,姑娘们入汉这事非同小可,一来她们的年纪尚小,二来也一定要大单于首肯才是啊!"

昭君说:"我正要和雕陶莫皋商量。"

韩将军说:"那就好。但不知准备让两位公主何时动身?"

昭君说:"如果雕陶莫皋同意的话,我想让她们明年秋天的蹛林大会过后动身,一来再让她们长大些,再者也得教习她们一些汉宫的礼仪。"

韩将军说:"宁胡阏氏尽可放心,这件事交给老夫就是了。"

昭君笑道:"昭君就是这个意思,昭君这里谢过将军了。"

韩将军摇着手说:"啊呀呀,这样说可就折煞老夫了!"

复株累若鞮单于的大帐里,一副小巧的弓箭搁在条案上,旁边是一个精致的箭壶。那张弓的弓背上镶嵌着红绿宝石,中间的部分还装有银饰孔雀花纹;箭壶是牛皮做的,上面烙着精美的图案,里面不多不少插着十二支箭。

此刻,云正在整理书案上的东西。云知道父亲与单于庭的大多数匈奴男人一样,不喜欢收拾东西,书案上常常乱糟糟的,别人收拾过后他找不到东西时就又发脾气,一来二去,云就常来帮父亲整理一番。云总会把父亲的东西分门别类整理得妥妥帖帖,用不了多大工夫,大帐里就十分清爽了。

金珠跑进来时,雕陶莫皋正在用手摩挲着箭壶,牛皮做的东西,越摩挲越漂亮不假,而且时间久了那物件上便浸进了主人的一份心思,变得有了灵性。

金珠后来说那张弓上一定浸满了父亲的爱,让她一刻都不想和它分开。金珠第一眼就喜欢上了那副弓箭,她一把抓在手上,喜欢得不得了,朗声道:"金珠谢过父亲了!"

雕陶莫皋故意逗着金珠,喝道:"慢着!"

金珠立刻缩回了手,一双黑亮的眼睛不解地望着父亲道:"父亲,金珠做错什么了吗?"

雕陶莫皋绷着脸道:"你也不问问这弓箭是谁的,进门来上手就拿,你这丫头也太大胆了!"

金珠是何等聪明的丫头,只见她上前一步,跪坐在父亲身边,一双黑亮的眼睛望着父亲,娇声问道:"方才在草地上不是父亲说有礼物给金珠吗?难道父亲堂堂一个大单于说话竟然不算数?"

云插话说:"父亲,你能统领了千军万马,但你独独奈何不了这个小丫头!"

雕陶莫皋绷不住劲儿，不禁哈哈大笑。

金珠却不依不饶地用小拳头捶着父亲道："父亲又诳金珠，可吓死宝贝了！"

雕陶莫皋却呵呵地笑道："哦，舒坦！丫头，重些，再重些！"

金珠却一把抓起弓箭，嚷道："父亲，金珠要去猎狍子了！"说着，乐颠颠地跑了。

云将一盏黄金茶呈到雕陶莫皋跟前说："父亲，喝口茶解解渴吧。"

雕陶莫皋望着金珠远去的背影，又看一眼温文尔雅的云，在心里说："前几个孩子倒没觉得，唯独这两个小丫头，还真是可人疼啊！"

其实，作为父亲的雕陶莫皋只看到了云的温婉，他还来不及看到女儿长大后英姿飒爽的另一面便去世了。

晚上，昭君向丈夫雕陶莫皋说起两个女儿入汉的事，雕陶莫皋有些惊讶地说："你是说让云和当南下入汉？"

昭君说："我有这个想法已经很久了，今天特意和你商量。"

雕陶莫皋断然道："不可！"

昭君问道："为何？"

雕陶莫皋说："入侍是匈奴男儿的事情，难道匈奴没有男人了吗？让她们去入汉，千里迢迢的，我可舍不得！"

昭君婉言道："雕陶，你误会我了。你听我慢慢跟你解释。云和当虽然是女娃，可我从小并没有娇惯她们，我一直把她们当男娃养着。匈奴王庭的王子可以入侍，公主为何不可？如今匈汉和平，我想让我们的女儿到外面去见见世面多些历练，难道不好吗？雕陶，我知道你疼爱两个女儿，舍不得她们远去，可我也不想我的女儿像所有的匈奴女人那样，一辈子除了伺候男人就是没完没了地生娃……"

雕陶莫皋说："那又怎样？匈奴女人不都是这样过来的吗？"

昭君微笑道："不错，我的女儿将来也要做妻子做母亲，可她们必须得活出些不寻常来！为什么？因为她们是雕陶莫皋的女儿，她们的父王是复株累大单于，我以为她们既然来到这个世上，就应该为匈奴尽些绵薄之力才是。"

雕陶莫皋说："她们能做什么，难不成你让她们去征战沙场？"

昭君握着丈夫的手说:"如今匈汉和睦,百姓安居乐业,匈奴男儿尚且赋闲,哪有让女娃去征战沙场的道理?雕陶,你听我说,我们汉家有个习俗,即便是亲戚,假若时日久了不常走动也会显得生分,何况两国之间?让两个女儿入侍,一来是想让她们多一番历练,再者,权当是亲戚之间的走动,你以为如何?"

雕陶莫皋笑道:"我明白了。你呀,你总有着与别的女人不同的心思。"

昭君笑了,故意道:"谁让我担着个'宁胡阏氏'的虚名呢!"

雕陶莫皋于是打趣道:"那么宁胡阏氏,你打算让孩儿们何时入汉呢?"

昭君也打趣道:"大单于就莫为这等事操心了,臣妾自然会打点停当的。"

说罢,俩人都呵呵地笑了。

细心的雕陶莫皋发现,昭君这些日子总是一副心事重重的样子,常见她独自一人站在单于庭前面的草地上,一待就是半日。雕陶莫皋是了解昭君的,昭君温和、善良、谦逊,与单于庭所有大小阏氏们都相处得很有分寸。作为一个绝色美人,昭君生活得很低调,虽然说作为大单于的阏氏如若穿金戴银那是再正常不过的事情,可昭君的衣饰却与如琴她们相差无几,素雅到了极致。尽管如此,昭君也还是雕陶莫皋最宠爱的女人,抑或说是知己。单于庭的女人们心里满满装着的是男人和孩子,昭君的心里也装着男人和孩子,不同的是她心里还装着家国天下。单于庭的女人们发现,只要雕陶莫皋和昭君在一起,便见俩人十指相扣,似乎总有说不完的话。嫉妒归嫉妒,这也是无奈的事情。所以说,雕陶莫皋懂昭君,昭君也懂雕陶莫皋,这是别人无论如何也学不来的。

这天,昭君又独自一人来到草地上。秋天的草原似乎比夏天给人的感觉更加厚实、更加宏阔,站在草坡上放眼望去,世界仿佛只剩下了两种颜色——金黄的尽头是碧蓝,碧蓝的尽头又是金黄。

头顶上,几行大雁鸣叫着,向南飞去,昭君望着那些扑扇着翅膀在高空飞翔的鸟儿,心里不禁生出几分羡慕。昭君也说不清自己是不是想家了。来到匈奴已经十一年了,曾经那份强烈的思念渐渐被大漠的生活所替代,往昔的一切便成了梦。当年出塞时日复一日的马上颠簸,千山万水的跋涉,她之前从来都不知道天地竟然有这么大。呼韩邪告诉她,匈奴王庭就在天边的地方,可是他们仿佛走过一个天边又一个天边,匈奴王庭仍然遥不可及,仿佛变成了一个缥缈的传说。那时候王昭君就意识到这一去,便是与爹娘、亲人、家乡山水的永世诀别。

此刻,昭君望着头顶上的一方蓝天,心中不禁哑然,不就是一方蓝天嘛,却生生地隔开了至亲骨肉,看起来,还是做个鸟儿好啊!

一阵熟悉的马蹄声在身后停了下来,昭君知道,是雕陶莫皋。匈奴的男人豪放、粗犷,大块吃肉大碗喝酒,笑起来山摇地动,发起脾气来更是雷鸣闪电般地吓人;匈奴男人爱起女人来既直接又霸气,欲仙欲死的结果是女人们没完没了地生孩子。匈奴女人似乎永远都挺着一个大肚子,白天照顾孩子,夜里伺候男人,她们对于这样的日子似乎很满足,脸上永远都绽放着灿烂的笑容。雕陶莫皋不是这样,他对昭君的体贴和关爱有悖于其他匈奴男人,这或许与他少年时便在长安做质子的生活有关。年轻的时候他就是个仁慈的王子,后来便成了匈奴的王。对于昭君,他自然是个体贴的丈夫,而其他那些如母牛般丰腴的阏氏,她们似乎更喜欢雄壮的匈奴男人。

与雕陶莫皋一起前来的还有他们的女儿,云。雕陶莫皋与云刚下马不久,金珠也骑马赶了过来。金珠的个子还不及马腿高,只见她双手拽着马鬃,双腿攀着马腿一出溜,便滑落到了地上。昭君笑了,天知道她是怎么爬到马背上的。

雕陶莫皋直言问道:"又想家了吧?"

昭君笑道:"我……只是想出来走走。"

雕陶莫皋说:"是我不好,每日尽忙着单于庭的那些事,这些日子冷落你了。"

昭君又笑笑说:"你是大单于,是匈奴的天,单于庭的事情千头万绪,切不可为了一己之事荒废了匈奴的千秋。"

雕陶莫皋深情地望着昭君说:"若是其他的阏氏们能有你见识之一二,我也知足了。"

昭君莞尔道:"谢大单于夸奖。"说完,俩人都笑了。

雕陶莫皋说:"昭君,我知道你想家了!来匈奴十多年了,家里的父母是否健在，兄弟姐妹是否安好，一点消息都没有。人非草木，这事搁谁都会牵挂的。你若说出来，我心里或许还会好受些，偏偏你哪怕心里已经煎熬成灰，表面上却一副淡然的样子，这就更让人心疼，昭君，只是苦了你了。"

昭君说："昭君不苦。自我当年向掖庭令请缨要求出塞和亲的那天起，我就把什么都想过了，离乡背井，骨肉分离，我也想到或许今生再难见爹娘一面，那日的离别即是诀别……我只是没有想到匈奴王庭会这么远，我们足足走了一年多才走到龙城。"

雕陶莫皋笑望着昭君说："若是知道有这么远，你就不会来了，是吗？"

昭君说："不，开弓没有回头箭，哪怕要走一辈子，我也不会后悔的，我的性格如此。"

昭君说着，声音柔软了下来："雕陶，我从没跟你说过，还是在汉宫的时候，我曾反复地做过同一个梦，我梦见自己在茫茫的草原上走着，寻觅着，但我不知道自己在寻觅什么。说实话，那时候连草原是什么样子我都不知道，直到后来看到草原的那一刻，我明白了，我前世或许就是草原的儿女，如今，我终于回家了。"

雕陶莫皋忘情地一把抱住昭君，在她的耳畔轻声道："昭君，我要一辈子疼你，一辈子对你好，让你一辈子不受委屈……"

云在一旁望着父亲和母亲，突然说："看到父亲和母亲相谈甚欢，云儿心里也高兴呢！"

雕陶莫皋这才记起两个女儿的存在，他松开昭君，呵呵地笑了。

金珠却不依了，说："你们大人净顾着自己说话，难道看不到我和姐姐吗？既是这样，我们还是回去好了。"

雕陶莫皋忙俯下身子哄着金珠说："你这个娃娃呀，昭君，你们汉家那句话怎么说来着？"

"古灵精怪。"

雕陶莫皋说："对，古灵精怪！娃娃呀，父王管得了整个匈奴，唯独拿你这个娃娃没办法！唉，你呀！好了，难得今日清闲，父王就带你们出去走走！"

昭君问："我们去哪里？"

云提醒父亲说:"就我们？不带您的卫队吗？"

雕陶莫皋大声地说:"对,就我们!"

四人双骑,两匹马向草原深处跑去。

大约跑出去几十里光景,一座半旧的毡帐出现在他们面前。

金珠在父亲的身后嚷嚷道:"父亲,我们这是要去哪里？"

雕陶莫皋说:"草原上嘛,自然是信马由缰地走走了。"

金珠嚷道:"父亲,我们别走了,金珠饿了!"

雕陶莫皋说:"本来想带你们到石林去看看,那好,就在这里歇会儿吧。"

毡帐前的草地上,一个七八岁的男孩正在和一只山羊较劲。他双手拧着山羊的两只犄角爬到了山羊的背上,山羊灵活地跳跃着,把他摔了下来。小男孩爬起来又抓住了山羊的两只犄角爬了上去。

金珠在马上哈哈地笑了起来,她大声说:"嗨,连只山羊都骑不了,你还能骑马吗？"

小男孩折腾得满脸通红,他倔强地说:"那你下来试试!"

金珠不服气地说:"试试就试试!"说着,双手一拽马鬃两条腿攀着马腿滑落到了地上。

雕陶莫皋笑呵呵地对金珠说:"丫头,别逞能,山羊并不见得比马好骑!"说着一行人下了马。

这时,毡房里走出一个三十多岁的女人,敞着怀,胸前的奶头上还吊着一个黄毛丫头。

雕陶莫皋带着昭君和云向毡房走去,唤道:"大嫂!走得渴了,讨碗水喝,孩子们也饿了,有什么吃的吗？"

大嫂惊诧地望着几位衣饰鲜亮的客人,笑着招呼道:"哎呀呀,请都请不到的贵客呢,快进来吧!"

女人随手从毡帐的顶子上抓了两把奶酪塞到云的手里,又从瓦罐里倒了两碗奶酒递给了雕陶莫皋夫妇。

昭君还是第一次走进放牧人的家里,她端详着这顶已经很旧的毡帐,不大,用具也极简陋,但收拾得极整洁。毡子上,一个两岁多的男娃正在极认真地啃着一根羊棒骨,手上脸上弄得油汪汪的;角落里堆放着一摞熟好的皮子,一个三四岁的小姑娘躲在皮子后面怯怯地望着进来的客人。

女人端详着昭君,问雕陶莫皋:"这是你媳妇吧?我还是第一次看见这么好看的女人。"

昭君笑笑,没有说话,她自知匈奴话说得不够地道。

雕陶莫皋盘腿坐在毡子上,一边喝着奶酒一边和女主人说话:"大嫂,看样子,日子过得还算安逸,是吧?"

云坐在母亲的身后,在安静地听着大人们说话。

女主人也不忌讳,袒露着丰腴的胸脯,握着沉甸甸的乳房一边奶着怀里的娃一边说:"尊贵的客人啊,你这话可说对了。我们就是个放羊的,别管穷富,只要不打仗,不死人,对我们来说就是好日子了。日子太平了,有男人守在身边,女人也用不着牵肠挂肚;草地上有的是草,羊羔子一年一茬,这日子是再好也没有了。"

雕陶莫皋望了昭君一眼,得意地眨了下眼睛,昭君笑了。

昭君望着毡帐内外,问道:"大嫂,这都是你的孩子吗?"

女主人朗声说:"这几个都是我的,外面那个小子是我丈夫的外甥,来走亲戚的。"

雕陶莫皋特意望了一眼毡帐外,金珠和那男孩正玩得欢实。

昭君从怀里拿出一块湖蓝色的丝帕,对女人说:"大嫂,来得仓促,也没带什么东西,这块帕子送你,留着束头发用吧。"

女人也不推让,接过来看着上面精致的卷云纹,稀罕地说:"哎呀呀,我的天神呐,这么好看的东西,我可舍不得用,我得好好留着,时常拿出来看看,心里也是欢喜的。"

大嫂的话说得雕陶莫皋和昭君都笑了。

昭君说:"大嫂,你尽管用,等什么时候我们过来,再给你带几块就是了。"

毡帐外面的草地上,满头大汗的金珠正在和那男娃骑山羊玩,那只羊终于被俩人折腾烦了,把他们甩到地上后落荒而逃了。

金珠一屁股坐在地上,喘息道:"不骑了,硌得屁股疼!"

男娃也累得跌坐在地上。

金珠问道:"嗨,你叫啥名字?"

男娃答:"我叫海力图。你呢?"

"我叫金珠。"

海力图问:"你们一定是有钱人吧?"

金珠摇摇头道:"我没有钱,真的。"

海力图说:"骗人!看你们的马和马鞍子我就知道你们有钱,还有你们的穿戴,真好看。"

金珠认真地说:"我们那儿的人都这样,我们真的没钱。"

"那你脖子上戴的是什么?穷人可戴不起那么金贵的东西。"海力图望着金珠脖子上的那粒黄灿灿的金疙瘩说。

金珠的脖子上戴着一粒指肚大小的金疙瘩,从出生后就戴着,已经六年了。

金珠一把扯下脖子上的金疙瘩,说:"你说的是这个呀,喏,送你了!"

海力图推诿着说:"这么金贵的东西我可不敢要。"

金珠看到海力图脖子上戴着一串骨头做的链子,就说:"那我们换吧,你脖子上的东西,我喜欢。"

海力图踌躇着,他知道这不过是几颗用皮绳穿起来的羊拐骨,戴得时日久了,变得玛瑙般晶莹,可说到底就是几块破骨头啊!

金珠问:"换还是不换?哎呀,你是匈奴的男子汉吗?真麻烦!"

海力图忐忑地从脖子上取下了那串羊拐骨。

八岁的海力图和六岁的金珠绝不会想到,若干年后,这两样东西的再次相遇,竟然揭开了匈奴王庭的一个天大的秘密。

毡帐里,雕陶莫皋夫妇和那位大嫂正在说话,忽然海力图从外面跑进来,紧张地喊道:"快……快,来人了!"

大嫂一只胳膊夹着孩子向外跑去,片刻后又回来了,她神色慌张地指着外面,有些结巴地说:"来了……来了……"

雕陶莫皋走出毡房,只见几十个精壮的匈奴汉子凶神恶煞般地骑在马上,一个个手上握着弯刀,将毡房团团围在中间。为首的看到走出来的是复株累大单于时,立刻翻身下马躬身施礼道:"大单于!"

雕陶莫皋问道:"你们怎么找到这里来了?"

首领说:"回大单于的话,前晌看见大单于出了单于庭,久久不见回来,我们唯恐出什么事,于是就派人马分头去找,到了这边,远远地看见了大单于的坐骑,于是就赶了过来。"

看着大嫂诧异的神色,雕陶莫皋解释说:"大嫂,别怕,这是我的卫队。"

女人忐忑地问:"您是……"

卫队首领喝道:"这是我们的大单于,还不快快下跪!"

雕陶莫皋忙扶住要下跪的女人说:"免了免了。"

雕陶莫皋对卫队首领说:"身上有什么值钱的东西,都拿出来!"

卫队首领在身上摸了半天没摸出什么东西,雕陶莫皋伸手在他的腰间一扯,扯下一只银带扣,回身放进大嫂的手上,说:"大嫂,叨扰了半日,我们走了!"

雕陶莫皋一行在单于庭卫队的簇拥下,呼啸而去。

大嫂望着手上的银带扣,忽然大声叫道:"海力图!海力图!看见了吗?这就是匈奴的大单于,是匈奴的天啊!"

海力图醉心地抚摸着胸前的那粒金疙瘩,他绝不会想到他与金珠的再次见面竟然是三十年之后。

那天依着雕陶莫皋的本意是要带着妻儿到草原深处的石林去游玩散心的,不想金珠看见海力图那娃子骑羊就不肯走了。单于庭似乎有着忙不完的事情,所以雕陶莫皋就总觉得亏欠着昭君母女。昭君是从秀山秀水的汉地过来的,这草原上除了瀚瀚漫漫的荒草,实在少有可游玩的地方,只有那石林还算有几分情趣。那么,也只好下次再去了。

回单于庭的路上,云和父亲共骑一匹马。当路过一片洼地时,他们远远看到洼地里有一片白白的东西。

云在父亲身后喊道:"父亲你看那边,那么多白蘑菇!"

雕陶莫皋顺着云手指的方向望了一眼,说:"傻丫头,那哪是什么蘑菇啊!"

走到近前,云才看清,那竟然是一片枯骨!雕陶莫皋当然知道,这些白骨是十多年前在一场搏斗中死去的乌桓人,风吹雨淋的年头多了,如今变得雪白。

跟随在雕陶莫皋后面的匈奴勇士们看到洼地里的那些白骨,似乎一下子兴奋了起来。他们跳下马背冲到白骨跟前,挥舞着手中的弯刀对着那些颅骨奋力地劈杀着。几个年轻人甚至把颅骨当球儿似的在草地上踢来踢去,嘴里发出"噢噢"的叫声。

云紧紧抓住父亲的衣服怯怯地叫道:"父亲……"

雕陶莫皋回手搂住女儿,说:"丫头别怕,有父王呢。"

匈奴汉子们一边戏谑着那些枯骨,一边粗野地喊叫着,恣意的神情中透出游戏般的欢愉和对死亡的不屑。

云心里越是害怕就越想往那边看,她在父亲的身后双手捂住眼睛,忍不住从指缝间望着那片白骨,忐忑地问道:"父亲,打仗要死很多人吗?"

雕陶莫皋说:"是。"

云问:"那……为什么要打仗?"

为什么要打仗,这是个复杂的问题,雕陶莫皋一时间不知道该如何回答女儿的问题,于是敷衍道:"好了丫头,别问了,你现在还小,等长大了就明白了。"

那片白骨已经被马队远远地抛在了后面,云却总感觉身后有什么东西跟着似的,她又问道:"父亲,人们愿意打仗吗?"

雕陶莫皋说:"仗一旦打起来就由不得谁愿意不愿意了,只要是匈奴汉子,别管你是平民还是贵族,拎把弯刀骑着马就走了。若是运气好,过段日子就回来了,只要身上的大件儿不缺,就算万幸。有时候一仗打下来,几乎所有的男人都死了,就像你刚才看到的那样。"

云细声说:"他们真可怜……"

雕陶莫皋说:"其实最可怜的还不是这些男人,最可怜的是家里的女人。男人死了,可日子还得过下去。所以女人要放牧,要养活老人和娃娃,她们就那么不声不响地熬着,一熬就是一辈子。"

云说:"父亲,难道不打不行吗?"

雕陶莫皋说:"几百年了,匈奴人似乎一直在打仗,和外人打,和自己人打,从东打到西,从南打到北,匈奴男人似乎生下来就是为了来打仗的,想想也真够累的。直到你母亲和亲来到匈奴后,最近这十几年来,匈奴百姓才过上了太平日子,不容易啊!云儿,你在听吗?"

不知什么时候,云已经在父亲的身后睡着了。雕陶莫皋忙回身把女儿抱到前面搂在怀里,他自语道:"嗨,没来由地跟孩子说这些做什么呢?"

回到单于庭时天已经擦黑了,吃过晚饭后大家便早早歇息了。昭君的意思是要雕陶莫皋到他的原配夫人浑那里去过夜,雕陶莫皋却不走,他知道昭君的意思,无非是为了平衡后宫的关系,希望他雨露均沾。雕陶莫皋曾经入汉做过质子,这些事他懂。

雕陶莫皋笑着对昭君说:"是你想多了,这是匈奴王庭,不是汉宫,我是大单于,我要怎么做,没人敢说三道四。"

昭君说:"匈奴王庭的阏氏们比起汉宫的嫔妃们自然是淳朴了许多,但作为女人谁不希望自己的男人能和自己朝夕相守?我是女人,我最明白女人的心思。"

雕陶莫皋呵呵地笑着,却不肯离开昭君的寝帐。也许是见惯了匈奴女人的缘故,昭君在雕陶莫皋的眼里就是个奇女子。她温婉,大度,来匈奴十几年来从没见她和其他阏氏们有什么过节,也从没见她在私下里有什么怨言。也许韩将军说得没错,只有那些不自信的女人才会小肚鸡肠心生怨怼,而昭君绝美的容貌和她心胸的宽广已经超越了普通女人的狭隘,所以雕陶莫皋对昭君的爱纯烈如酒。

雕陶莫皋将昭君搂在怀里,对她说:"昭君,来到匈奴十多年,举目无亲,你却从来都没有抱怨过一句,可我知道你想家了。"

昭君被雕陶莫皋的一句话说得红了眼圈。人非草木,岂能无情,抱怨又能如何?当初的路是自己选的,纵然是刀山火海也得咬牙走下去,且不说呼韩邪和复株累两任单于待自己都很好,想家自然是想了,那也是没奈何的事。

昭君体恤丈夫,单于庭的事就够他操劳了,自己的心思再劳烦他挂记,那就是自己不懂事了,于是她说:"早点歇息吧,没来由地说这些闲话做甚?"

雕陶莫皋认真地说:"昭君,等咱们的两个女儿再长大些,我一定带你回南阳秭归去看望爹娘。到时候我们赶着骆驼,赶着牛羊,再结结实实地拉上几车上好的皮子!还有,必得给我那未见面的老岳父带一张厚实的熊皮做褥子,你说可好?"

昭君笑道:"好,好,昭君依你就是了。"

就在这时忽听得外面侍女如琴叫道:"夫人,快起来吧,云儿发热了!"

如琴说傍晚云从外面回来后就发现她神情恹恹的,晚饭也没吃就早早地睡了,谁知半夜时分竟发热了,还不断地说着胡话。"

昭君和雕陶莫皋顾不得询问什么,忙起身往云那边走去。

云感觉自己迷迷糊糊地在草原上走着,身子轻飘得像一片羽毛,一会飘飞在空中,一会又落在了地上……草原上长出了许多硕大的蘑菇,白白胖胖的。就在云准备俯身去采时,那蘑菇突然长出了一排牙齿,接着又绽开了两个黑洞,黑洞里不停地冒着血水。云吓了一跳,她本能地拔腿就跑——可是突然间两条腿像是坠了石块似的沉重无比。她拼力地挣扎着,跑着,每迈一步都异常吃力……忽然,那些蘑菇瞬间便变成了一个个狰狞的骷髅,骷髅下面伸出了两只细细的脚,铺天盖地地向云扑了过来,云急切地大喊:"父亲救我——"

云昏昏睡着,并不安宁,浑身火炭般炙热,脸蛋儿被烧得通红。夏荷在榻前守着云,焦急地等待单于和夫人。大单于的公主生病的消息很快便传遍了单于庭后宫。大大小小的阏氏们匆匆忙忙地赶了过来,这个时候是任谁都不敢怠慢的。

昭君和单于急忙走了进来,雕陶莫皋问道:"好好的怎么就病了呢?"

夏荷焦急地说道:"从外面回来就看着没精神,晚饭也没吃就睡了,半夜的时候就发热了……"

昭君心疼地抱着女儿,像是捧着一捧火炭儿,她说:"天神啊,半夜三更的,这可怎么是好?"

雕陶莫皋大声吩咐道:"快去请独孤伯!"

独孤伯是雕陶莫皋两年前从荒漠上收留回来的老人。

一次雕陶莫皋打猎回来的路上,远远看到荒原上茇茇草旁似乎有个什么东西,走近一看,是个形色枯瘦的老人。老人穿一件破烂的羊皮袍子蜷缩在茇茇草旁,问话也不答,非常虚弱的样子。雕陶莫皋命令身边的卫士把老人扶上马背,驮回了单于庭,将养几日后,老人渐渐缓了过来。

独孤老人再次见到复株累单于时,他叹了口气说:"大单于,你不该救我,我已经做好了准备要去见天神了,可你……唉!"

后来雕陶莫皋才知道,老人姓独孤,是个颇有些法力的巫师,至于他从什么地方来,为什么在荒原上的茇茇草旁等死,老人不说,雕陶莫皋也不问,只尊称他为独孤伯。之后,单于庭有什么大事雕陶莫皋都要请独孤伯占卜预测,比如征伐,比如蹛林大会的选址和日期等。渐渐的,独孤伯就成了单于庭的御用巫师。其实一年当中的大多数时间独孤伯都在草原上游荡,他除了为匈奴百姓看病驱魔,也采撷些草药,回到单于庭后就在自己的毡帐里鼓捣带回来的那些东西。每当早晨和傍晚,独孤伯总是独自一人坐在单于庭外面的草地上,面对着太阳或是月亮,默默地念叨着什么,往往一坐就是几个时辰。

独孤伯的沉静和谦逊总是让人心生敬畏。匈奴人相信巫师可以和鬼魅对话,可以传达天神的旨意,所以巫师在他们心中就是神的使者。

云病得蹊跷,莫不是什么地方得罪了天神?女人们纷纷猜测着。

独孤伯来到云的寝帐,他在云的身旁坐下来,用左手捏住云的食指。过了一会儿,只见云的手指开始微微地颤动,而且越来越厉害。独孤伯微阖双目,嘴唇轻轻地动着,额头上渐渐有了汗。

半响,独孤伯睁开眼睛,说:"孩子的魂魄让野鬼摄走了,我交涉了半日,那东西终于答应放人了,但他们有个条件……"

雕陶莫皋忙说:"有什么条件?我们答应他!"

独孤伯说:"他们需要我们的帮助。由于是恶死,这些孤魂野鬼已经在草原上漂泊很久了,他们想回家。他们知道云是个善良的孩子,只有云可以拯救他们。"

昭君说:"云还是个孩子,她能做什么?独孤伯,他们不会把我的孩子……"

独孤伯说:"宁胡阏氏且放宽心,心灵干净的孩子即使是鬼魅也不会伤害她的,他们只是把云作为传达他们意愿的使者。"

雕陶莫皋急切地问:"独孤伯,我们该怎么办?"

独孤伯说:"单于请放心,我知道该怎么做,大家都散去吧。"

事后,昭君单独去见独孤伯,她问道:"独孤伯,我想您一定知道了些什么,我的云她将来……"

独孤伯说:"云虽为女子,却是个有担当的孩子,只是……"独孤伯猛地收住话头。

昭君忙问:"只是什么?"

独孤伯说:"宁胡阏氏,莫问了,这是天机。"

那天,独孤伯给云服用了豆粒大的两颗药丸,然后就来到云寝帐后面的空地上,只见他跪在地上一会儿低低地絮语,一会儿大声地呵责,一会儿又在好言劝慰……后来,独孤伯的食指在一条酱黄色的绫子上熟练地画来画去,待到全部"写"完时,伸出右手,在绫子上郑重地按下自己的掌印。他吩咐人们将黄绫子拿到单于庭外面的草地上去烧掉,一碗碗雪白的奶子扬洒向空中……

半个时辰后,独孤伯疲惫地坐在地上,说:"都走了,没事了。"

果然,云醒了,她望着母亲,虚弱地说:"母亲,我饿了。"

生过一次病后,云仿佛一下子长大了许多,她不像妹妹那样黏人,她总是默默地做着自己的事情,除了照旧去韩将军那里看书外,还有一件乐此不疲的事情,那就是去单于庭看父亲处理政务,静静地坐在角落里,听父亲和大臣们议事,看那些大大小小的王们吵架。若遇上外国的使臣来单于庭办事,那就比较有意思了。那些人穿着与匈奴人不一样的衣裳,说着与匈奴人不一样的话,偶尔还会看到红发碧眼、相貌奇异的人。时间久了,云对女儿家的事情淡漠了,她更关心的是家国之间的纠葛。云从那时候就明白,其实每一个匈奴家庭的安危都是与匈奴王庭绑在一起的,如果王庭出现危机,每一个匈奴家庭也会随着不堪一击。好在复株累大单于执政期间匈奴人日子过得太平,单于庭也基本上相安无事。

自上次生病之后,云非但没有胆怯,反倒很乐意随父亲四处去巡游,云动不动就对父亲说:"今日太阳不错,父亲难道不想带女儿出去巡游一番吗?"

雕陶莫皋说:"云儿,你的病体刚刚痊愈,若是再染上风寒可如何是好?"

云央求道:"父亲,你就依了孩儿吧,成天在寝帐里闷着,云儿才会闷出病来呢!"

那天,雕陶莫皋带着妻儿,他们骑马走了大约一个多时辰后,来到了一个皮革作坊。偌大一片草地上晾晒着成千上万张皮子,离老远就闻到了一股浓浓的火硝的味道。那顶帐篷大极了,一百个人在里面干活还显得绰绰有余。向阳一面的毡子完全敞开着,充足的阳光毫无遮拦地洒了进来,即使在角落里干活也丝毫不觉得昏暗。雕陶莫皋带着昭君和云走进帐篷,里面的工匠立刻站起来向他们施礼问好:"大单于好! 宁胡阏氏好!"

雕陶莫皋笑着说:"外面晒了那么多皮子,看样子活儿不少啊!"

一个头领模样的人说:"大单于,活儿太多了,干都干不完啊!这几年不打仗了,匈奴人把上好的皮子加工出来拿到汉地去换粮食和布匹,日子过得有滋有味,这全是呼韩邪单于和您的功劳。单于您瞧瞧,这皮子有多漂亮!"

只见那羊羔皮雪白雪白,麦穗儿似的毛卷儿上闪着银子般的光泽;那条火红的狐狸皮轻柔水滑,搁在手上几乎没有什么分量。

云对那些柔软的皮子似乎并不感兴趣,她喜欢的是那些油光锃亮的铠甲。那些铠甲大多用厚实的牛皮做成,上面镶嵌着结实的铜饰。云站在一件件铠甲面前久久不肯离开。她抚摸着上面的铜饰,心里充满欢喜。

雕陶莫皋把女儿的举动看在眼里,无声地笑笑。

昭君欣赏着工匠们制作的衣服和马具,她惊叹这个马背上的民族在叱咤风云的同时,手工活儿竟然也做得这么地道。

雕陶莫皋望着偌大的皮革作坊,对昭君和云说:"两百多年来,我匈奴人金戈铁马,一直在马背上东奔西跑,过着颠沛流离的生活。自父王始,这种局面才逐渐改变。匈汉两族打打杀杀了那么多年,死伤的是兄弟,难过的是姐妹,受苦的是父老……我雕陶莫皋一定要沿袭父王开拓的路走下去,使匈汉两国百姓远离饥荒和战乱,以慰父亲的在天之灵!"

昭君听着雕陶莫皋的话,眼睛里闪着晶亮的泪花。

云见了忙问道:"母亲你怎么了,是父王惹你伤心了吗?"

昭君含泪笑道:"没有,我只是高兴罢了。"

雕陶莫皋兴奋地说:"走,我再带你去看看我们的铁匠铺!"

昭君他们来到雕陶莫皋所说的铁匠铺时,天已黄昏。这是一个半开半掩的山谷,这可不是寻常人所见的铁匠铺,它的规模大得简直有些吓人。有谁见过这样的铁匠铺?依着山势绵延足有好几里地,离得老远便可听到叮叮当当打铁的声音以及工匠们有节奏的号子声。山谷一侧的山崖下,大约筑有上百个红铁炉,每个炉前都有三两个汉子在热气腾腾地干活儿。从远处望去,点点炉火连成一线,红通通的,宛若一条蜿蜒起伏的火龙。

雕陶莫皋对妻儿说:"可别小瞧了这些匠人,匈奴人的一半家当靠他们打造呢,不仅刀枪剑戟,马掌马嚼子,铁斧铁叉,还有兵车上的配件……噢,还有这个!"

雕陶莫皋从腰间解下自己的径路刀说:"就是这样的宝刀也是出自这些工匠之手,怎么样,厉害吧?"

这是一把非常漂亮的宝刀!牛皮的刀鞘已经磨得红亮,上面镶嵌着绿色的松石和红色的玛瑙,刀把是骨头做的,打磨得光滑细腻,镶着一颗纽扣般大小的宝石,闪烁着深蓝色的光泽。昭君将刀拔出刀鞘,只见一道寒光直逼人的眼目,果然是把好刀。雕陶莫皋告诉昭君说,当年,父王呼韩邪单于用这把径路刀从豹子的嘴下救出了一位西域的商人,商人感谢父王的救命之恩,执意送给他这颗蓝宝石做纪念。昭君端详着宝刀,心里不禁有些酸楚,是啊,刀还在,人却没有了。

雕陶莫皋对昭君说:"这径路刀可是匈奴男人的宝贝,一把上好的径路刀给十峰骆驼都不换呢!父王将这把径路刀传给了我,我想好了,将来我死的时候就把它留给你。"

昭君将手指挡在雕陶莫皋的嘴唇上说:"不许你胡说!"昭君嗔道,"你怎么想起说这些不相干的浑话呢,真是的!"

雕陶莫皋笑道:"我不过是无意说说,你何必当真呢!"

昭君也笑道:"不行,乱说话是要受罚的!"

雕陶莫皋说:"好吧,我接受。说吧,怎么罚我?"

昭君嗔道:"瞧你,还当真了。"

雕陶莫皋一把将昭君抱起来说:"那么我来惩罚自己,让我把你抱到马上去吧!"

昭君在雕陶莫皋的怀里挣扎着,笑着说:"使不得,你是匈奴单于,让人看见有失尊贵的!"

那段日子,云跟着父亲在草原上跑来跑去,仿佛是在清点着匈奴的件件家当。有时候会遇到牧群,那是多么庞大的牧群啊,几乎是从一个天边到另一个天边。云站在山坡上,望着脚下缓缓涌动着的牛羊,一股豪情油然而生,她忽然感到做个匈奴人很了不起,自己虽为女儿家,等长大之后也定要为匈奴做点什么才好。

第二章　单于之死

好日子总是过得快乐而又匆忙。

云和妹妹准备入汉的日子越来越近了。

昭君每日里忙着,她要教习女儿汉宫的种种规矩以及那些繁复的礼仪,她还得为女儿准备四季的穿戴和随身的用品。云和金珠虽是女孩儿家,却是代表匈奴入汉的,千万不可让娘家人看了笑话。

那段日子昭君一面在做着各种准备,一面在心里又是万般的不舍。自己当初出塞匈奴,足足走了一年多时日;如今两个女娃又要长路漫漫地走过去,沙暴、雷雨、马匪、暴客,万一路上有什么闪失……唉,昭君真是不敢往下想了。

可是,云和金珠又不得不前往,汉朝的王皇后听说了云的聪慧和美貌,听说了云是个既通晓汉朝古今又善解人意的女孩儿,便指名道姓地要云到汉宫陪她小住几日。然而,千里迢迢,这哪里又是几日能打发得了的?

雕陶莫皋看穿了昭君的心事,安慰她道:"夫人且放宽心,如今匈汉和睦、边塞安泰,况且一路上又有韩将军护送,料无大事。"

昭君不无担心地说:"只是……太远了。"

雕陶莫皋说:"当年夫人出塞,车马辎重,随行人员众多,自然行走得慢了许多;云和金珠这次入汉,轻装简行,我给她们挑的又都是匈奴最好的马匹,多则三五个月就可以抵达长安了。"

昭君说:"可她们是女孩儿家,她们每离开一步都揪着当娘的心啊!"

雕陶莫皋笑道："这你就更不用操心了,云心思缜密,心中韬略远在我那几位王子之上,出去历练一番,待到她再回匈奴时,定然是人中龙凤!"

昭君说："说实话,作为母亲我真不在乎她们将来会不会出人头地,我只希望我的孩子们一辈子都平平安安,无灾无恙……"

雕陶莫皋将昭君拥在怀里,温和地说："我是她们的父王,有我在,定然不会让人动我女儿一根手指;再说了,这些年匈奴无战事,家国平安、百姓平安,我的孩子们自然也会平安的。"

昭君听了雕陶莫皋的一番话,眉头总算舒展了许多。

一天,雕陶莫皋把云唤到自己的寝帐,从身后拽过一个牛皮匣子,对女儿说："丫头,打开看看。"

云不解父亲的意思,忐忑地打开了牛皮匣子。当她看到里面是一件软牛皮铠甲时,顿时欢喜地笑了。

雕陶莫皋问："丫头,看看,喜欢吗?"

这件软牛皮铠甲一看就是父亲特意为自己定做的。铠甲的软牛皮呈棕红色,前后护心镜,护肩则是精美的青铜饰件,虽说不见得有多么坚固,送女孩儿家的东西漂亮却是第一的。

云高兴地拎起铠甲在身上比试着,雕陶莫皋笑着说："来,穿戴起来让父王看看!"

云兴奋地将铠甲披挂在身上,前前后后地让父亲看着。

雕陶莫皋高兴地欣赏着女儿,笑着说："好、好,多少清秀了些……丫头,好好历练,再过十年,我的云儿必定是个将军!"

之后,云将父王送她的那件铠甲当作宝贝,时常穿戴起来出去狩猎。她自己也觉着自己将来必然是个匈奴勇士。然而,在云逐渐长大的那些年,匈奴无战事,她虽然依旧时常在大漠上习练武艺,但更多的时候则有意无意地将精力转移到匈奴与外埠的长治久安上。

昭君和雕陶莫皋生活了整整十一年,那十一年是昭君一生中最温暖、最平静的时光,可惜,太短暂了,短得让人来不及细细品尝它的好,便消失了。如果不是那次暴客的袭扰,雕陶莫皋也许不会那么早就离开人世……

狼居胥山下,匈奴人一年一度的秋季蹛林大会如期进行。

狼居胥山下的蹛林大会规模究竟有多么宏大，是现代人无法想象的。狼居胥山距离龙城大约一百多里地。山上森林苍莽，到处是怪石危岩，山下草原平坦辽阔，一条河弯弯曲曲地流过，附近有山谷，有丘陵，这里的美是立体的，所以更具魅力。

蹛林大会是匈奴人一年中最重要的集会。秋天到了，正是牲畜们膘肥体壮的时候，就像汉地的农民一样，一年的收成如何，收了多少粮食，来年计划种植些什么庄稼，匈奴人也需要盘点一下自己的家当。当然，匈奴的蹛林大会还有另一层内容，熬过了寒冷漫长的冬天，熬过了接羔时没日没夜的繁忙，羊毛剪过了，马印也打完了，雪白的羊羔子也已经长大了，这个时候也许是匈奴百姓最清闲的日子。是的，该凑在一起好好热闹一番了！于是，一年一度的蹛林大会定在了七月中旬月亮最圆的日子举行。

匈奴的蹛林大会对匈奴人而言，就是一场祭祀天地的封禅大典。所谓封，就是祭祀苍天；所谓禅，就是膜拜大地。

还是在几天前，匈奴人就开始向狼居胥山附近运动了。对于匈奴百姓来说，这是一次盛会，也是一次拖家带口的远行，人们赶着牛羊马匹以及骆驼，带着老婆娃娃，带着锅碗瓢盆，兴高采烈地在草原上运动着，像一片片飘移着的云彩。

两天之前，雕陶莫皋带着单于庭的人们就已经在狼居胥山下的草原上扎了营盘。单于大帐驻扎在一个不太高的山包上。这里地势极好，右侧是一条绵延十几里的山谷，眼前是无垠的草原，站在山坡上俯瞰草原，方圆几十里的情景尽收眼底。

这个山包望上去颇有些蹊跷。山包顶部近乎平坦，山包的后面依着高大雄伟的狼居胥山，远远望去极似一把带靠背的宝座。匈奴百姓也把这里称作宝座峰，说这宝座峰是天神特别恩赐给匈奴单于的，民间除了一些重大的祭祀活动在这里举行外，寻常人家是不敢随便在这个山包上住宿的。宝座峰后的狼居胥山怪石嶙峋，山上林木繁茂、遮天蔽日，即使是风和日丽的天气也透着一股不怒自威的霸气。据说，当年呼韩邪大单于就是在这里与韩昌将军歃血为盟的。环绕着宝座峰下的是单于庭的上百顶毛毡搭建的穹庐，一年一度的盛会，除了单于庭的男人们，女人和孩子也是非来不可的，而且吃的、住的，自然也是不能有一点马虎；加上亲兵卫队，加上一应杂役，这上百顶毡帐甚至都显得不怎么宽裕。

清晨,太阳将出未出之时,在复株累大单于的带领下,独孤大师以及单于庭的大臣和匈奴的贵族们已经登上了狼居胥山的山顶,在这里他们要举行隆重的祭祀大典。

祭祀自然是由独孤大师主持。天气是再好不过了,没有风,也没有云,靛青色的东方天空很快被一片绯红所代替。独孤大师高高地站在一块大青石上,张开双臂仰望天宇;他的身后,所有人都极其虔诚地跪在地上,以手抚胸,凝望着东方。

太阳出来了,将一片浓烈的胭红泼洒下来,狼居胥山和草原便立刻明亮了起来,呈现出一派金碧辉煌的壮美。

独孤大师朗声道:"无所不能的天神啊,今天我们所有的匈奴人聚集在这里,感恩天神对匈奴草原的眷顾,给匈奴人带来了平安健康;感恩天神的风调雨顺,给匈奴人带来了丰裕的衣食;今日我们将匈奴所有的财富敬献给天神,恳请天神护佑匈奴草原长久安泰……"

拜天之后,独孤大师带领着大家来到草地上,那里已经准备好了五牲,即牛、羊、马、驼、狗。五牲身上披红挂绿被打扮得十分喜庆。独孤大师带领复株累等人虔诚地跪拜了大地,感恩肥沃的土地水草丰美,才得以让牛羊繁盛、马驼成群;感恩草原的无私馈赠,才得以让匈奴人生活无忧、子孙兴旺……

就在单于庭的人们忙着祭祀天地的时候,云和妹妹金珠坐在宝座峰靠近山谷的一块大石头上,她们望着眼前由于太阳的照耀变成金红色的草原,心里竟莫名地有些兴奋。她们的身上穿着母亲和如琴姨娘为她们赶制的新衣裳,虽然也是些寻常的丝绸,母亲却能做出不一样的效果。她总是把汉家的风格和匈奴的式样结合在一起,衣裳做出来后,总会得到父王的一番夸赞。今天,金珠穿一件水粉色的袍子,袍襟和袖口镶着一圈紫色的丝绸,脚上是一双崭新的软牛皮小靴子,小丫头看上去显得十分精神。云不喜张扬,她喜欢绿色,喜欢走在草原上仿佛能把自己融进去的那种颜色。

云望着草原上四面八方涌来的牛羊,无比欣喜。她第一次感到这就是她心里希望看到的那种景象,欢腾,热闹。虽然有时候那些白森森的骷髅总是不自觉地跳到她的脑子里来,可云觉得匈奴应该永远是眼前的这个样子。

忽然,金珠叫道:"姐姐!你看!"

顺着妹妹手指的方向,云看到山谷的尽头荡起一股巨大的烟尘,一阵沉闷的轰隆声由远而近向这边滚来,云的心不由得紧了一下,她不明白山谷里究竟发生了什么事。自从经历了草原上的那些累累白骨之后,云总是有些莫名的惊悸,于是她拽着妹妹向父亲的单于大帐跑去,她惊恐地叫道:"父亲——"

无论在匈奴或者汉朝,男人是女人的天,而父亲就是女儿心中的大山。在云的心里,父王就是她的一切,她也从来没有想过如果有一天父王不在了,她该怎么办?

跑了几步,云又停了下来,她想起天还没亮的时候,父王已经和独孤伯等人上山了,于是折回身来远远地朝山谷里望去——

"我的天啊!"云叫道。

透过滚滚烟尘,伴随着轰隆隆的声响,只见山谷里涌过来无数的牛羊,那些牛羊们拥挤着不停地向前涌动着,像一股灰白色的洪流,把整条山谷塞得满满当当……

云还是第一次看到这么多的牛羊,这一边的牛羊已经出了山谷向宽阔的草原流去,那一边还在不断地向山谷里涌着……那天,整整一个上午,山谷里的牛羊都没有过完。云坐在石头上望着眼前不断涌动的牛群羊群,她感到自己有些醉了。也许父王喝多了酒就是这种感觉,心里甜甜的,美美的,还有些晕乎。

独孤伯等人从山上下来后,在复株累若缇大单于的带领下,匈奴人围绕着狼居胥那葱郁的山林举行了又一次规模更大的祭祀。匈奴人穿上了他们最漂亮的衣裳,年长者和妇女孩子手擎柳条围绕着狼居胥山虔诚地跪拜祷告,感恩肥沃的大地带给了他们丰美的水草,感恩草原养育了他们的孩子和牛羊……祭祀完毕,青年男子手持弯刀跃上马背围绕着狼居胥山奔跑着、呼啸着,上万匹骏马在奔跑过程中荡起的烟尘遮天蔽日经久不散,场面十分壮观。

狼居胥山下的蹛林大会足足进行了十多日。在单于庭的主持下,首先清点了一年来匈奴新添了多少人口,又核对了牲畜增长的情况。其实,只要看看围绕在狼居胥山下那一圈圈的毡帐就知道,这又是一个丰饶富

足的年份。清点的结果让所有的匈奴人欣喜,这些年没有打仗,家家添丁增口,毡帐前的丫头小子们像雨后草地上的蘑菇,一茬茬地冒了出来;牛羊马匹就更不必说了,从匈奴百姓脸上的笑容里就可以看出,日子好过了!

往年的蹛林大会云的年纪尚小,除了人多牲畜多倒也没什么特别的记忆。人们都说小孩子长大其实是一年的事情,云也是这样。那些年逢了这种时候无非是跟着母亲看热闹,而今年则不同了,她似乎渐渐地意识到匈奴的博大无垠,意识到作为大单于的女儿她总该做点什么才好。所以人们在清点牲畜时,云也跟着大人们跑来跑去,云的心算是极好的,有时候她还真能帮点小忙。这一点让雕陶莫皋十分欣慰。

云和妹妹金珠最惬意的时候应该是之后的民间商品贸易。这个时候也是整个蹛林大会最轻松、最有趣的时候,民间的商品交流自不必说,匈奴百姓的各种表演也开始了,有赛羊的,有赛驼的,有赛马的,有光着膀子摔跤的,还有围起圈子敲着牛骨跳舞的……

草地的另一侧,人们就地摆出一些东西进行交易,有弯刀弓箭,有雕成酒具的牛角羊角,还有毡裘绒毛,最多的还是皮子,牛皮、羊皮、狐狸皮、狼皮,也有珍贵的旱獭皮的。前来做生意的还有不少汉人,他们带来的东西更是五花八门,花花绿绿地摆在草地上很是招人眼,有华丽的丝绸和麻布,有漂亮的陶钵、陶罐,还有一些女人们喜欢的松石和珊瑚……汉人和匈奴人的生意基本上是以物易物,双方看上了什么东西,只要你情我愿,生意就算做成了。

这真是一场巨大的盛会。

狼居胥山下偌大的草原上,除了此起彼伏牲畜的嘶叫声就是熙攘的人声。云拽着妹妹在人群中钻来钻去,父亲和母亲也放手任由她们自己去玩耍。云在一个汉人的地摊前停了下来,她摩挲着那些绿莹莹的松石和血一般鲜红的珊瑚,心里甚是喜欢,她正想着要不要买一些回去时。忽然,什么地方传来一阵歌声,声音十分悦耳,在单于庭长大的云按说听过的歌曲不计其数,但这么好听的歌声她还是第一次听到。

人群外面的草地上,一条河缓缓地流淌着。云看到一个匈奴少年站立在河水中一边刷马一边唱歌,歌声明亮清澈:

八月的狼居胥山啊,
山下是广阔的草原。
草原上流淌着姑且水啊,
我的家就在河水边……

少年大约十四五岁的样子,眉清目秀,衣着整洁,是那种让人心疼、让人怜爱、让人看了一眼还想看第二眼的孩子。云默默地端详着这个少年,心里赞叹道:好英俊啊!即使在一百个匈奴小伙子中间也未必能挑出一个如此出色的后生!

男孩发现了身后的两个小姑娘,停止了歌声。

云说:"嗨,你唱得真好听!"

男孩有些害羞地笑笑,随之又大大方方地问道:"你叫什么名字?那是你妹妹吗?"

云笑着反问道:"你叫什么?你家在哪里?"

"我叫须卜当,我家在狼居胥山的东边。你呢?"

金珠抢先答道:"她是我姐姐,叫云;我叫当,不过我母亲更喜欢叫我金珠,我们家在……"

云打断妹妹的话说:"金珠,多嘴!"

不料,那男孩狡黠地笑笑说:"你不必说了,我已经知道你们是谁了。"

云拽着妹妹跑了,她边跑边回头喊道:"须卜当,我记住你了,你的歌唱得真好听!"

将近半个月的蹛林大会结束了,从人们脸上的笑容可以看出,今年人畜皆丰,又是一个不错的年份呢!是啊,还有什么比人畜兴旺、日子太平更让人满足的呢?看看吧,该交易的牲畜交易了,该采买的也采买了;奶子酿的酒把人们喝得东倒西歪,红扑扑的脸上挂着憨笑,没日没夜地唱,没日没夜地跳,欢腾的篝火几乎把狼居胥山的半个天空都映红了……太累了,真的是太累了,走吧走吧,回到自己的穹庐里,结结实实地睡个觉,真是再美不过的事了!

那是秋天的一个夜晚。

第二章

一年一度的蹛林大会之后,复株累单于带着他的亲兵卫队以及单于庭所有的人回到了龙城。人们累坏了,复株累单于也累坏了。在十几天的聚会和狂欢中,人们透支了自己的精力,所以回到单于庭后躺在厚实的毡榻上很快便睡熟了,就连那些侍卫们也不例外,怀里抱着武器靠在穹庐外面打起了瞌睡。

谁都不会想到,那些暴客们会在这个时候动手。

雕陶莫皋作为呼韩邪的长子,他执政以来沿袭了父亲与汉朝和好的国策,同时开展了汉匈边塞贸易,首次以和平贸易的方式结束了匈奴几百年来的野蛮抢劫和掠夺。其时,匈奴与周边的乌桓、大宛、龟慈、月氏等西域国家也友好相处,所以说雕陶莫皋是一个睿智而仁慈的单于。这些年匈奴百姓的日子好过了,人们的衣着明显地鲜亮了起来,贵族和那些日子宽裕的牧民们在天气暖和的时候已经很少穿兽皮、毛毡之类的衣服了,他们也像汉人似的穿着华贵漂亮的丝麻服装出出进进,日子很惬意也很富足,据说单于庭积攒下的金银财宝都快把牛皮大帐撑破了。

草原上的盗贼们对单于庭的财宝垂涎已久,只是平时单于庭的防卫极其严格而没有下手的机会。盗贼们知道,如果能盗得其中的一小部分财物,那他们就发财了。

那天夜里,劳累了多日的人们睡得正熟,忽然,有人大喊道:"快来救火呀——着火了——"

熟睡中的人们被惊醒后纷纷从自己的毡帐里跑出来。

先是昭君听到了沸腾的人声,她摇醒雕陶莫皋说:"你听,外面怕是出什么事了!"

雕陶莫皋从毡榻上跳起来,抓起弯刀向外冲去。

那些强盗用了一计,他们先是放火点燃了一个毡包,将人们的注意力吸引过去,然后潜到单于庭后面做库房的牛皮大帐门前,准备将里面的金银细软悉数转移出去。雕陶莫皋从小就跟着父亲东奔西走,是个经过历练的汉子。他站在单于庭前仔细地观察着,感到事情有些蹊跷,单于庭一向防范严谨,这些年都没有火灾发生,怎么会失火呢?莫不是有盗贼在声东击西?如果是盗贼潜进了单于庭那就一定是冲着财物而来的。于是雕陶莫皋一面吩咐人们救火一面带着卫队向单于庭后面的牛皮大帐跑去。果然不出他所料,库房里面人影绰约,盗贼们正在往外掏腾东西。

雕陶莫皋大喊一声："不知死活的蟊贼，竟然到我单于庭来偷盗！看刀！"

他和卫士们持刀向那伙贼人杀去——

里面的强盗见势不妙，丢下手中的财宝向外冲来。雕陶莫皋手起刀落放倒了几个强盗，大声喝道："雕陶莫皋在此！"

一听是匈奴大单于来了，另外几个盗贼不敢恋战，他们自然知道雕陶莫皋的厉害，于是慌慌张张地向外逃去。这时更多的匈奴士兵向这边涌来，盗贼们知道从大门是出不去了，于是打个呼哨，几条粗实的毛绳从牛皮大帐的顶上垂了下来，这是他们预先安排好的。强盗们的身手也是好样的，顺着绳索嗖嗖几下爬上牛皮大帐，然后寻路而逃。

整个单于庭的结构群像一朵盛开的莲花一般，层层叠叠的毡帐将单于庭围在中间。作为库房的大帐虽不在中央，但是也不在边缘上，所以强盗们要不停地翻越好几层"莲花瓣"才能逃出去。强盗们将单于庭想象得太简单了，他们原本想趁单于庭的人们熟睡之际盗得财宝后从大门逃出去，没想到里面竟然像一座迷宫，进来容易，逃出去却难。雕陶莫皋是个身手矫捷的汉子，对付几个蟊贼根本不在话下。但是他忽略了一个至关重要的禁忌——穷寇莫追。

眼看着盗贼趁着夜色向外逃去，雕陶莫皋握着弯刀在后面穷追不舍。卫队首领对雕陶莫皋说："单于留步，小小几个蟊贼让我们去追！"

说实话，雕陶莫皋根本没把几个小蟊贼放在眼里，本来，他是不屑亲自出手对付这几个家伙的，但是几年来的太平日子让雕陶莫皋很想舒展一下自己的身手，刚刚杀几个蟊贼感觉尚不过瘾，于是不顾卫队首领的阻拦，握刀直向盗贼逃跑的方向追了过去——

当他带着卫兵将盗贼逼进一个死角时，其中一个黑汉子突然转身，直向雕陶莫皋反扑过来，手中的短刀以极快的速度在雕陶莫皋的胳膊上划了一下，雕陶莫皋大叫一声："啊呀！"

按说胳膊上划个口子是不足以毙命的，哪个匈奴汉子的身上没有几道深深浅浅的疤痕呢？雕陶莫皋并不知道，那盗贼的刀尖上涂了毒药，所以那看上去并不很深的伤口对于他来说却是致命的一刀。

仅仅过去三天，雕陶莫皋的伤口迅速地恶化着。独孤伯像父亲般守候在雕陶莫皋身边已经三天三夜了。他跪在雕陶莫皋的毡榻旁虔诚地祷告着,恳请天神降恩,如若天神执意要带走匈奴的复株累大单于,那么他愿意替单于去死。

　　从大人们的神情上可以看出,父亲这次病得一定不轻,云虽然对死亡还没有直接的体验,但她意识到,也许一件谁都不愿意看到的灾难将要降临单于庭了。云此刻最心疼的还是父亲。父亲是匈奴帝国的天,是匈奴百姓的当家人,他曾经是那么强大,他魁梧健硕,是个无所不能的父亲,他像只苍鹰般地用自己宽大的羽翼护佑着他的孩子们。云从来都不知道若是没有了父亲,她们的日子该怎么过?然而现在,父亲就躺在眼前的毡榻上,不说话也不睁眼,像一截失了水分的树桩,日渐枯萎。云有时甚至怀疑,这难道真的是自己的父亲?

　　夜深了,雕陶莫皋依然昏睡着,昭君斜倚在丈夫身旁,不时喂一些温水给他润润喉咙。羊油灯的灯芯结了灯花,昭君无心去剪,灯光渐渐昏暗了下去。

　　窗外,呼号着的大风把裹挟着杂草的细沙狠狠地甩在毡帐上,发出"唰拉唰拉"的声响。朦胧间,寝帐厚厚的毡帘仿佛被风掀开了,昭君定睛看时,走进来一个男人和一个女人。那女人倒没什么特别,中等身材,一身普通匈奴女人的打扮,头上包着一块鲜艳的头巾;再看那男人时,昭君顿时惊出一身冷汗,男人通天通地高大,脸色黝黑,身上凡裸露的地方都生满了黑森森的毛发。随着他一步步地走近,屋子里刹那间变得冰窖一般冷气袭人。昭君不经意触到了那个男人阴冷的目光,立时便打了个寒战,接着一阵剧烈的战栗在全身弥漫开来,是那种摄人魂魄的惊恐!昭君清楚地意识到眼前的这个男人绝不是人类,绝不是……只见那个男人向躺在毡榻上的雕陶莫皋一指,对身旁的女人说:"就是他。"恍惚中,昭君想起了小时候家乡人说的"索命无常",她乞求着向那对男女大喊:"错了!不是他,你们错了——"然而,那两人并不理会昭君的乞求,带了丈夫转身便走了。

　　蓦地,昭君醒了,原来是个梦。昭君想起刚才那个阴森的男人,依然浑身瑟瑟地发抖,还好,幸亏是个梦。

　　云不知道自己该怎么做才能让父亲醒过来。人们都说天神是世间一切万物的主宰,天神若是发话放还父亲的生命,想必原来那个一身活力的父亲就回来了。云于是去祈求天神。

夜已经很深了,云独自一人来到单于庭前的草地上。夜的草原没有了地平线的阻隔,黑沉沉的,随着云的思绪无限地扩展着……云望一眼身后灯火明亮的单于庭,眼前的草地黑得令人窒息。云虽然心里十分害怕,可她知道这个时候必须以十二分的虔诚去恳求天神,否则父亲就真的回不来了。

云硬着头皮向黑暗中走去。

此刻,黑暗中的草地上,昭君跪在那里已经很久了,她双手合十虔诚地祷告着:"天神啊,我知道你此刻就在天上的某个地方看着我,我是雕陶莫皋的女人王昭君,我恳请你别带走我的丈夫……"昭君说着,泪水涌了出来。"天神啊,草原上的人们都说雕陶莫皋是个仁慈的单于,匈奴百姓不能没有他,我和我的儿女们也不能没有他……天神啊,看在昭君苦苦求你的分儿上,你就发发慈悲,别带他走……"

月亮升起来了,虽然被云彩遮挡着,但眼前的情景依稀可以看个大概。

忽然,昭君听到什么地方有嘤嘤哭泣的声音,寻声望去,不远处的草地上跪伏着一团黑影。昭君寻思着,向那团黑影走去,秋天的草原夜里已经很凉了,这个时候会是谁在这里呢?

走到近前时,恍惚觉得是个孩子。这孩子跪在地上,一个接一个地磕头说:"天神啦,求求你了,让我的父亲快点好起来吧……"

是云?望着那个单薄的身影一起一伏地跪拜着,昭君一阵心疼。我可怜的女儿啊……昭君忙走过去俯下身子将女儿抱在怀里,泪水又涌了出来。

"母亲?"云轻声叫道。一串泪水滴到云的手臂上,她知道母亲哭了,于是安慰母亲说:"母亲,你别哭……我也不哭……"

昭君抱着女儿,除了落泪,她竟不知该说什么才好。

"母亲你看,月亮从云彩里钻出来了!"云说。

月亮钻出云层,分外皎洁。

云高兴地说:"母亲你看,今夜的月亮又大又圆,这是好兆头呢,一定是天神开恩了,父亲的病一定会好的!"

听女儿这么说,昭君的心里略略好受了些。

单于庭几乎什么办法都使了。独孤伯几乎每天都要作法,他祈求天神不要带走匈奴的单于;他还和冥界对话,他和他们谈判,讲条件,说只要能放回雕陶莫皋,他什么都能答应他们……可从独孤伯的表情上可以看出,他与他们的谈判并不顺利……每次作法之后,独孤伯都像是大病一场,短短几天工夫,他的身体竟也衰弱了许多。

云从草原上回来时已经是深夜了,她伏在毡榻上打盹的时候仿佛做了个梦,好像什么人对她说,雕陶莫皋的灵魂正在天空中游荡呢,必须是他至亲的人赶在太阳升起来之前来到草地上,在太阳升起的同时,将他的灵魂召唤回来……云醒来后,一阵欣喜,是了,定是昨天夜里的祷告,天神被她和母亲的虔诚感动了,所以才在梦里给她开示。云不敢再睡了,她一直靠在门边等着天亮,看到外面微微有些发白,就迫不及待地跑到了草地上。

颛渠阏氏婆婆曾说过,世上万物里最神圣的就是太阳和月亮了,只要虔诚拜祭自会消灾免难的。

云相信颛渠婆婆说的话。

太阳出来了,辽阔的草地刹那间变成一片绯红。

云站在一块石头上,朝着初升的太阳大声喊着:"雕陶莫皋——父亲——雕陶莫皋——父亲——快回来吧……"

在太阳金红色的光晕中,云仿佛看到父亲慈爱地望着她,正一步一步地向她走来。

顿时,云的脸上挂满了泪水。

天亮了,昭君像往常一样弄来半盆温水,轻轻地为丈夫擦拭着。本来,这些事情是无须昭君亲自去做的,但她执意要这样,她是雕陶莫皋的妻子,她不知道自己还有多少时间能与丈夫厮守……

忽然,雕陶莫皋呻吟了一声,昭君忙伏过去问唤道:"雕陶……雕陶……"

昏睡多日的雕陶莫皋缓缓地睁开了眼睛。

昭君喜极而泣,好了,这下可好了,他终于醒过来了。

昭君喊道:"如琴!快,端些米粥过来!"炉子上的铜釜里,整日温着一个陶钵，里面的米粥一日一换，单等着大单于醒来后第一时间能喝上温热的米粥。

听说大单于醒了，单于庭的人们终于松了一口气。单于在，匈奴的天就在，这是多大的事情啊！

云刚从外面回来，就听说父亲醒了，云心里一阵欣喜，急忙跑了过去，在门口正好碰上端着米粥的如琴，云说了声："如琴姨娘，还是让云儿来吧。"

云伏在父亲的毡榻前，用羊角制作的小勺舀起一勺米汤道："父亲多少喝些米汤吧，云儿来喂父亲。"

雕陶莫皋挣扎着，竟然喝了两勺。

云说："父亲，母亲说了，这米粥很是养人呢，用不了几日，父亲就无碍了。"

雕陶莫皋点点头，硬是挣扎出一个微笑。

云高兴地说："云儿就说么，父亲是什么人，父亲是匈奴的大单于，是匈奴百姓的天，身体强健着呢，岂能倒在区区几个蟊贼的刀剑之下，是吧，父亲？"

昭君插话道："云儿，父亲身体还很虚弱，让他歇会儿吧。"

云说："好，那父亲就歇着吧，云儿明日再来陪父亲说话。"

云站起来刚要离开，雕陶莫皋忽然握住女儿的手。

云喊道："父亲。"

雕陶莫皋气若游丝道："云儿，照顾好母亲……"

云毕竟是个孩子，她以为父亲只要醒过来就没事了，或许几天之后，匈奴的复株累大单于就又神采奕奕地坐在单于庭议事了。

云懵懂地应道："父亲放心，云儿已经长大了，自会照顾好母亲和妹妹的。"

雕陶莫皋的眼角落下一滴泪水，虚弱地说道："可怜的孩子……"

云伏在父亲的耳畔，悄声道："父亲好生歇着，多吃些东西，过几日就可以骑马射箭了呢！"

云刚刚离开，昭君就发现雕陶莫皋有些异样，看上去眼睛似乎有了神采，脸颊也显现出少有的红润，昭君不知道这种现象究竟是祸是福，她既欣喜又害怕。

雕陶莫皋示意昭君坐在他的身边,说道:"别忙了,趁着我这会儿有点气力,我们说会儿话吧……对不起了,我把这个家扔给你了,我要走了……"

昭君不相信命运会对她如此不公,呼韩邪走了,他毕竟已过了知天命的年纪;可雕陶莫皋刚刚四十岁,从小跟着父亲沙场征战出生入死,他都挺了过来,可是这次……想起夜里的那个恐怖的梦,她隐隐感觉丈夫这回怕是真的凶多吉少了……

昭君的眼泪大滴大滴地落下来,她伏在丈夫身上哭道:"不,雕陶莫皋,我不让你走!你说过,要带着我和孩子们回秭归去省亲。雕陶莫皋,你是男人,你不能说话不算数,你不能走……"

雕陶莫皋抬起手,抹去昭君脸颊上的泪水说:"对不起了……"

雕陶莫皋摸索着从身边拿出那把径路刀,对昭君说:"父亲留下的这把宝刀……给伊屠智牙师吧……昭君,苦了你了……"

云没能唤回父亲,她刚刚回到自己的寝帐,如琴姨娘过来告诉她说,她的父王走了。

自从父亲去世后,原先那个活泼的金珠不见了。金珠从记事起,最依恋的人便是父亲,雕陶莫皋似乎也习惯了小女儿的黏人,只要单于庭没什么事,金珠便跟在父亲身后,一边磕磕绊绊地走着,一边和父亲絮叨着什么,寻常的日子便平添了不少乐趣。

早晨,金珠醒过来后,穹庐里不见一个人,她大声地叫着:"父亲——"并没有人应声,"母亲——"还是没有人答话。原本金珠是跟母亲睡在一起的,这几日父王生病,她才跟了如琴姨娘来这边睡觉的。可是……人们都去哪里了呢?"如琴姨娘——"金珠喊着,她胡乱穿好衣服,正要穿靴子时,看到如琴姨娘眼睛红红地走了进来。

"如琴姨娘,你怎么了?"

如琴给金珠穿戴整齐,对她说:"可怜的孩子,去看看你父王吧。"

金珠仰起头问着如琴姨娘:"父王怎么样了,今日一定大好了吧?"

来到父亲的寝帐,金珠看到父亲平静地睡在毡榻上,地上跪满了人,似乎单于庭的人都来了。独孤伯站在父亲的毡榻前,神情肃穆,张着手臂,正在念叨着什么。

金珠来到父亲的毡榻前,跪了下去,用手抚摸着父亲的脸说:"父王,你怎么还不起来呀,你看大家都来给你请安了。"金珠不明白,天气还没冷呢,为什么父亲的脸颊会这么冰凉,她于是对大家说:"你们快去端个火盆过来,父王怕是冻坏了。"

昭君一直忍着,不让自己哭出声来。独孤伯吩咐过,雕陶莫皋正在去见天神的路上,若听到亲人的哭泣,他会犹豫着不肯走的。可此刻听金珠这么一说,昭君再也忍不住了,她一只手使劲地捂着嘴,哽咽着,眼泪却汹涌地流了出来。

大阏氏走过来将金珠拉起来,轻声对她说:"孩子,你父王去了天神那里,跪下,与你父王辞行吧。"

金珠跪下给父亲磕头,然后问大阏氏:"婆婆,难道父王死了吗?"

大阏氏哭了。雕陶莫皋是她的儿子啊!

金珠不明白,自己仅仅睡了一会儿,父亲就死了,就再也不跟自己说话了,这是为什么呢……此后金珠害怕黑夜,害怕睡觉,她怕自己睡着后母亲死了,怕哥哥和姐姐死了,每天晚上都大睁着眼睛生熬着,实在熬不住睡着了,一个惊悸就又醒了过来……

几个月后,金珠瘦得几乎脱了人形,也不说,也不笑,只在毡榻上静静地躺着,人们都说可怜的金珠怕是要去寻她的父亲去了。昭君不放弃,她把金珠搂在怀里,跟她轻轻地说话,一直说,一直说,还让如琴熬了金黄的米粥,哪怕是一两勺,哪怕是一口半口,只要能喂进去就好。半年后,金珠渐渐地缓过来了,瘦归瘦,脸上终归有了笑容。

昭君和雕陶莫皋平静地生活了十一年,那段日子是她一生中最美好的时光,国家太平,百姓安康,日子像草原上的小河那样缓缓地流淌着,满是幸福。

幸福的积累是一个漫长的过程,可它的坍塌却是一瞬间的事情。雕陶莫皋的死把昭君和孩子们那个温暖的穹庐彻底击垮了,生活上的一切尚可忍受,精神上的摧残却是致命的。很长一段时间昭君的思绪都被一张湿淋淋的网笼罩着,她怎么都走不出那种无助和无奈……

由于心情抑郁,昭君瞒着大家骑了一匹马跑到了草原上,她本想散散心,可无论走到哪里,雕陶莫皋的痕迹都无处不在,昭君甚至感觉到雕陶莫皋与她并肩而行,穿着他那件湖蓝色的短袍,只不过他不是骑在马上,而是默默地飘行在空中……那天昭君骑着马一路走一路哭一路和丈夫说话,泪水把心淹得又苦又疼。

夜里,睡意蒙眬的昭君似乎听到了雕陶莫皋的轻咳,她立刻翻身去抓丈夫的手臂,身旁空寂无人,她却闻到了一股熟悉的酒香……

那段日子昭君几乎疯狂地在四处寻找丈夫的踪影,又不允许人们跟着,明知已经与丈夫阴阳两隔,她无论如何也追赶不上了,可她却管束不住自己,似乎雕陶莫皋就在前面不远的什么地方,她只要去寻,总有一天可以寻到……

那天,昭君骑马在草地上奔波了半日,又累又乏,她下了马倚靠在一块石头旁歇息,竟然模模糊糊地睡了过去。

不知过了多久,昭君似乎感到有个声音在唤她:"宁胡阏氏,你醒醒,醒醒!"

昭君蓦地醒了,却见是独孤伯站在眼前。

雕陶莫皋死后,独孤伯也离开了单于庭。独孤伯与雕陶莫皋情同父子,原本独孤伯以为他是可以将大单于从死神那里救回来的……雕陶莫皋死了,独孤伯内心的自责和煎熬是没人可以体会到的。

昭君望着独孤伯,诧异道:"独孤伯,您这是从哪里来?这段日子您究竟去了哪里?"

独孤伯望着昭君,急切地说:"可怜的孩子,快跟我回去,雕陶莫皋在寝帐里等你多时了,我们快走!"

昭君知道,独孤伯可以通灵,他可以和上天以及亡灵对话,这样说来,一定是雕陶莫皋怜惜她多日来四处奔波的辛苦,特意回来看她了。独孤伯对昭君说,雕陶莫皋早晨就过来了,只为再看昭君一眼,已经等了一个多时辰了。

回到寝帐后,昭君急切地问道:"独孤大师,他在哪里?"

独孤伯环顾寝帐,惆怅地说:"孩子,我们回来晚了,雕陶莫皋许是等不到我们,已经走了。"

昭君的眼泪立刻就下来了,她哽咽道:"想见我却又不等我,雕陶,这是为何……"

独孤伯抚慰昭君说:"孩子,别难过了,到了那边,他们是不能随意走动的。你放心,我一定竭尽全力,照护他的灵魂到一个好的去处。事到如今,我们唯一能做的也只有这些了。"

那天,昭君一直长泪不干,她知道雕陶莫皋这回是彻底地走了,越走越远,她是永远都追不回他了。昭君想象着雕陶莫皋苦等不到她的失望和不得不离开的无奈,想象着他从此四处漂泊的孤寂,昭君心痛欲绝,她无论怎么努力都控制不住自己,泪水一直在流……

父亲走了,那件软牛皮铠甲是父亲留给自己唯一的念想,云常常一个人坐在角落里发呆,眼前是那只装铠甲的牛皮匣子。云总觉得有许多话还未来得及与父亲说,父亲就走了。父亲这一走,山长水阔,渐行渐远,心里对父亲纵然有万千思念,怕是再也不会相见了。人活在世间,难道就必然要面对这无情吗?

匈奴人崇尚自然,他们对待生老病死仿佛看待四季荣枯一般从容,来的来了,走的走了,那是再平常不过的事情。但是雕陶莫皋的死,却在单于庭引起了不小的震荡,那便是他的遗孀昭君何去何从的问题。呼韩邪死后,雕陶莫皋依照匈奴"妻后母"的习俗娶了昭君,如今他又撒手去了,年仅三十二岁的昭君依然绝美无双,而雕陶莫皋的兄弟们又个个年轻力壮,按理,昭君该再嫁。

呼韩邪的五阏氏陶奴张罗得尤为热切。雕陶莫皋的嫡亲弟弟且糜胥刚刚继任了匈奴的大单于,被尊为搜谐若鞮单于,五阏氏陶奴便急急地跑去提亲,说:"'妻兄嫂妻后母'在匈奴是天经地义的事,若是你娶了她,那是她王昭君的福分,哪个女人一辈子能嫁三个大单于呢?王昭君刚刚三十二岁,成亲之后说不准很快就会给你生几个漂亮的王子和公主呢!"

看到搜谐若鞮单于沉吟不语,陶奴又说:"大单于如今就是匈奴的天,你只要发话,没人敢不依。"

搜谐若鞮单于说:"五婶娘,这事再议吧。"

三十二岁的昭君比起当年出塞时似乎更好看了,天生丽质并没有因塞外的风霜而衰减,反倒平添了几分雍容大气的美。

当年呼韩邪离世,昭君或许因为年轻或许是与呼韩邪厮守的时日短暂的缘故,总之昭君在那段日子懵懂多于痛苦,再加上很快便嫁给了雕陶莫皋,而雕陶莫皋待昭君又是那样的体贴心疼,所以当时昭君难过归难过,并没有椎心泣血般的痛苦;可雕陶莫皋的离去,却让昭君有了生不如

死的感觉,原本以为可以和雕陶莫皋相守白头,谁料想他竟然把自己撂在半道上自己走了。举目无亲的草原上,两度失去丈夫,两度的哀伤叠加在了一起,昭君痛苦万分。白天,她昏昏欲睡,睡吧,睡着了就什么都不想了,可是她睡不着;夜里她辗转反侧,还是睡不着,她甚至跟自己生气,爬起来在地上一圈一圈地走,直至天亮……跟随昭君从长安来的四位姐妹看着心疼,都劝她上书汉帝,说:"姐姐,我们回家吧,再这样煎熬下去姐姐你如何受得了?"

昭君摇摇头说:"回不去了……"当初呼韩邪去世后她只有伊屠智牙师一个孩子,如今又有了云和金珠,即使汉帝恩准她回去,可让一个母亲丢下三个孩子独自归汉,她又怎能舍得?唉,以前竟不觉得,今日方知"两难抉择"是一种什么滋味……

早饭的时候,昭君在云的陪伴下喝了小半碗羊奶,刚撂下碗,就见儿子伊屠智牙师急匆匆地走了进来。这些日子,伊屠智牙师总来看望母亲,来了之后也不多言,只默默地坐在一旁陪着,把火盆里的火弄得红红的,一两个时辰后,又默默地离开了。

这回,伊屠智牙师刚坐下,就迫不及待地对母亲说:"母亲听说了吗?那呼衍勿央又有动静了。"

昭君忙问:"究竟怎么回事,儿子你说仔细些。"

伊屠智牙师说:"我有一个少年伙伴,叫须卜当,是匈奴的贵族。须卜当与呼衍勿央比邻而居,昨日他捎来话说那呼衍勿央连日来打造武器招兵买马,气焰十分嚣张。母亲,那呼衍勿央觊觎单于庭王位已久,我恐他今日又生是非……"

昭君听罢儿子的陈诉,心里也不由得有些担忧:雕陶莫皋走得突然,他的弟弟且糜胥刚刚继任匈奴单于,尚且立足未稳,若是被那呼衍勿央等人乘机颠覆了政权,草原必将出现一片混战的局面。这个时候自己执意要归汉岂不是给且糜胥平添了几分烦乱吗?也罢,待过一段时日再做打算吧。

昭君这边暂且按下了归汉的念头,可单于庭的一帮元老在五阏氏陶奴的鼓惑下,竟然把昭君再嫁的事情提到了单于庭的议事日程上。

已经好几天了,天气一直阴着,似在憋着一场晚秋的风雨。人们知道,这场风雨过后,天气就真的冷了。

单于庭一场关于昭君再嫁的话题正在进行着。按说这是后宫的事情，颛渠阏氏和大阏氏是必须在场的，可这次她们姐俩却没有出现。颛渠阏氏和大阏氏是亲姐妹，当年双双嫁给了呼韩邪为妻。呼韩邪在世的时候就对颛渠阏氏和大阏氏十分敬重，不仅因为这姐妹俩相貌出众，更是因为她们的善良和仁厚，所以一般关于后宫的大事都要她们姐俩打理。这几年颛渠阏氏和大阏氏的年纪大了，那五阏氏陶奴便渐渐不把姐俩放在眼里了，所以这次关于昭君再嫁的议事陶奴竟把两位大阏氏瞒了个严严实实。

在匈奴"儿妻后母、弟妻兄嫂"是再平常不过的事情，所以当陶奴以呼韩邪五阏氏的身份提出昭君应该"再嫁"一事后，几位和事的大臣竟一致地附议道："'儿妻后母、弟妻兄嫂'是匈奴的老规矩了，王侯与百姓同理，宁胡阏氏自然也不得例外。"

"是啊，雕陶莫皋走了，那宁胡阏氏也甚是可怜，尽早有个男人收拢着，说来也是幸事。"

陶奴插话道："既然各位大臣都这样说，那就好了。如今大单于新立，若来个双喜临门岂不更好？"

众大臣皆呼应道："还是五阏氏想得周全。"

搜谐若鞮单于摆摆手说："大家不可妄议。宁胡阏氏曾是父王和哥哥的阏氏，也深受且麋胥的敬重，且麋胥不敢有丝毫的妄念，这事五婶娘还是不要再提了。"

陶奴一看大单于是这态度，立刻说道："既然大单于不肯收留那宁胡阏氏，陶奴倒另有一个主意。匈奴左右贤王、左右日逐王众多，大单于可选一合适的王子择日将王昭君嫁过去，岂不是皆大欢喜？"

搜谐若鞮单于沉吟着。

几位大臣附和道："大单于请发话吧，这件事无论对王昭君对单于庭都是不贰选择。只要大单于发了话，其余的事情叫下面的人去办即可。"

陶奴立刻说："是的，大单于，你就发话吧！"

呼韩邪在世的时候，五阏氏陶奴在后宫的角色就十分尴尬。若论权势，主管后宫一应事情的自然是颛渠阏氏和大阏氏姐俩，一般二般的事情根本轮不到陶奴说话。若论相貌，王昭君沉鱼落雁之貌不要说在单于庭后宫，即使在整个匈奴也拔得头筹；那颛渠阏氏和大阏氏姐俩雍容华贵尽管上了年纪也是牡丹不让芙蓉；只有那陶奴无才无貌，在后宫没什么地位倒也罢了，甚至连大单于呼韩邪也常常忽略了她的存在。如今好不容易有这样一个机会，陶奴自然要在这后宫掀起些风浪来，一者证实她五阏氏陶奴并非是逆来顺受之辈，二者乘机将王昭君逐出单于庭后宫，再者也可借故动摇颛渠阏氏姐俩几十年把持后宫的地位。

搜谐若缇单于本性懦弱，再加上刚刚继位单于庭诸事繁杂，实在不愿意在这些事情上纠缠不休，既然大家这般说，那就这般去做好了。

于是，搜谐若缇单于大声说："宁胡阏氏王昭君既是先父呼韩邪的阏氏，也是哥哥雕陶莫皋的阏氏，她为我们匈奴做出的贡献即使千军万马亦不可敌。雕陶莫皋哥哥殁了，想必宁胡阏氏非常难过，各位理应多体恤她们母子才是。这个时候，若有个知冷热的丈夫陪伴左右，也未尝不是一件好事。"

陶奴和众大臣纷纷说："大单于说得极是。"

搜谐若缇单于又说："这是后宫的事，按说该让母亲和姨娘（大阏氏和颛渠阏氏）去操持，但母亲和姨娘年纪大了，本王担心她们力不从心。既是如此，陶奴婶婶就多费心吧。"

陶奴喜出望外，忙说："不费心不费心，应该的，那我这就去操持了！"

就在这时，忽听得单于庭外一个清脆的声音叫道："且慢！"

众人抬头看时，却是云。

云朗声道："云见过大单于。"

搜谐若缇单于问道："云，你不在寝帐中陪伴你的母亲，跑到这里来做甚？"

云说："大单于说笑了，这般时候云还怎么能有闲心在寝帐陪伴母亲？云若不来，只怕是母亲不知要被发落到什么地方去了！"

搜谐若缇单于不悦道："这是大人们的事，小孩子莫要多管闲事！"

云说："不对，我已经十岁了，已经不是小孩子了！"

搜谐若缇单于说："云，单于庭还有重要的事情商议，你有什么话就快说！"

云朗声道："母亲自十八岁和亲来到匈奴，如今十四年过去了。十四年来匈汉两国和睦，边境无战事，匈奴百姓才得以休养生息。母亲背井离乡来到这千里大漠，以她一人的得失换来了整个匈奴的安定和平，母亲为匈奴所做的贡献堪比千军万马,呼韩邪大单于封母亲为宁胡阏氏,就是对母亲的最高褒奖!如今,父亲尸骨未寒,你们就要把母亲赶出单于庭后宫,你们的良心何在?"

"云公主,言重了!"

"这是单于王庭,云公主不得无礼!"有人喝道。

云冷笑道:"单于王庭有什么了不起,父王复株累大单于在世时本公主也是常来常往;如今父亲刚刚过世,你们就对本公主吆五喝六,也未免太势利了些吧?"

众人竟然一时无言。

云说:"你们且听着,休想再打母亲什么主意,母亲是以大汉公主的身份和亲来到匈奴的,她是宁胡阏氏,就连汉天子也得对母亲礼让三分,如果没有母亲千里迢迢北上和亲,哪有匈奴人今日的安居乐业?"

云的一番话让在座的所有人都惊呆了,他们无论如何不会想到一个十岁的孩子口齿如此利落,心思如此缜密,这也太让人不堪了。

搜谐若鞮单于此刻有些恼怒,他堂堂一个大单于竟然让个毛丫头如此这般地数落,何况还是当着众位大臣的面,如果不给这丫头些颜色看看,他这个大单于今后还有什么威慑力?

于是,搜谐若鞮单于厉声喝道:"来人!把这丫头给我轰出去!"

以云姑娘的见识,她绝对是有备而来的。看到大单于这就要翻脸,云忽然抽出一把径路刀横在自己的颈上,喊道:"谁敢!搜谐若鞮大单于,你看好了,这把径路刀是当年呼韩邪大单于留下的,你若一定要逼母亲再嫁,我就用这把径路刀自刎在这龙庭之上!与其骨肉分离,倒不如死了痛快!"

搜谐若鞮单于惊讶了,素闻云小小年纪十分的钢骨,他没想到这个丫头竟然这么血性,万一真要在单于庭上出了人命,这可是天大的事情;可是难道就任由小丫头这么摆布不成?

搜谐若鞮单于踌躇间,只听得门外响起一个威严的声音:"这是非要逼出人命呀!"

搜谐若鞮单于抬头看时,却是自己的母亲大阏氏在伊屠智牙师的搀扶下走了进来,金珠紧跟在大阏氏的后面。

搜谐若鞮单于惊讶道:"母亲?"

云看到大阏氏,千般委屈立时涌上心头,随着一声凄切的长呼:"婆婆——"云伏在婆婆的怀里放声大哭。

大阏氏安抚着云道:"好孩子,不怕,婆婆在这儿呢!"

虽然上了点年纪,大阏氏依然有股凛然的威风,她望着且糜胥,话中有话地道:"搜谐若缇大单于,老妇给你请安来了。"

搜谐若缇单于诚惶诚恐:"母亲如此说,真是折杀孩儿了。母亲有什么吩咐让他们告知儿子一声就是了,还劳烦母亲亲自来一趟。"

大阏氏反问道:"怎么,我不能来吗?你这里不是在决断宁胡阏氏的再嫁吗?这么大的事情竟把我这个后宫之主瞒了个严严实实,你们是何居心?且糜胥,你现在就给老妇一个说法!"大阏氏年逾花甲,但声音铿锵,不减当年。

这时,五阏氏陶奴插话道:"姐姐是这样的。大单于念姐姐年事已高,区区小事恐惊扰了姐姐,于是妹妹就代劳了……"

大阏氏喝道:"住嘴!几十年了,你是什么人我还能不知吗?今天的账我回头再与你了结,这里没有你说话的份儿,你给我滚出去!"

陶奴很是尴尬,这事自己本就有私心,何况大阏氏主管后宫多年,她的铁面自己已经领教多次,若是赖着不走便是自讨没趣了,于是匆匆向搜谐若缇单于施礼道:"大单于,老妇告退……"

陶奴离开后,搜谐若缇单于喝退了左右,亲自搀扶着母亲说:"母亲不要生气,是儿子做事不够周全,儿子在这里给母亲赔不是了。"说着,且糜胥跪在地上就给母亲磕了头。

大阏氏与呼韩邪生了四个儿子:雕陶莫皋、且糜胥、乐和咸。呼韩邪去世后,大阏氏和姐姐颛渠阏氏扶持着雕陶莫皋管理着匈奴的江山社稷,岂料雕陶莫皋正值匈奴兴盛之时也走了。儿子的去世本就已经让她这个当娘的够难过了,最近又听说远在匈奴左地的左贤王乐身体也并不康健;大阏氏心里被诸般烦恼缠绕着,如今又听说这个新继位的且糜胥在张罗着昭君再嫁,顿时一股怒火拱上心头,于是径直闯进了单于庭。

此刻,大阏氏坐在毡榻上,冷冷地对且糜胥说:"当初你父王呼韩邪归天时,宁胡阏氏仅仅二十一岁,嫁给了你哥哥雕陶莫皋,一则她与你哥哥雕陶莫皋少年夫妻,再则也是汉天子应允了的;如今宁胡阏氏已经三十多岁了,她的三个儿女都这么大了,宁胡阏氏若是自己情愿再嫁,我定然会把她当女儿般嫁出去；可你看看，自从雕陶莫皋离去后，宁胡阏氏终日以泪洗面，你就忍心在她的心上再插一把刀吗？"

搜谐若缇单于说："母亲……"

大阏氏打断儿子的话："你听我说！宁胡阏氏是何等尊贵的人，你以为她的心里什么乌七八糟的男人都装得下吗？你呀，亏你也是几十岁的人了，你怎么还这么糊涂啊！"

搜谐若缇单于说："母亲教训得极是，孩儿记下了。"

大阏氏悲怆地说："你哥哥雕陶莫皋走了，再也回不来了，作为匈奴的大单于，宁胡阏氏母子那里你更得精心呵护才是，没来由地听任那一干人胡嚼舌头，你呀，真是气死我了……"说着，大阏氏难过地哭了。

搜谐若缇单于宽慰着母亲："母亲莫生气，且糜胥知道该怎么做了。从今往后，一切全凭宁胡阏氏自己做主，我遵从便是了。"

这时，伊屠智牙师道："婆婆、大单于，母亲说了，荣华富贵已如过眼烟云，我们不敢奢望了，我们只求能在草原上有一顶安身的毡帐，再给我们几只羊，无须多，够我们度日即可。"

云接着哥哥的话说："哥哥说得是，从今往后我们如匈奴百姓一般放羊、过日子，与单于庭再无瓜葛，还请大单于恩准。"

听了俩孩子的话，大阏氏难过极了，她说："孩子，快别说了，你们这是在用刀子戳婆婆的心啊……且糜胥，偌大的单于庭，当真就没有她们母子的一块立足之地吗？你给我一句话！"

搜谐若缇单于说："母亲且放宽心，我会安置好一切的。"

大阏氏说："且糜胥，你听着，宁胡阏氏不同于别的匈奴女人，她来到我们匈奴虽然两度嫁人，却是两度嫁给了匈奴的大单于，她的地位远在母亲之上，尊她为草原母后毫不过分，你必须将这件事情记录在案。今后无论哪一位匈奴单于都不许再对宁胡阏氏无礼，不许为难她们母子，否则，我们母子的缘分也就到此为止了！"

搜谐若缇单于听罢母亲的话，立刻匍匐在地，说："母亲的话句句在理，儿子照办就是了。且糜胥对着天神发誓，若有欺瞒，天地不容！"

听了且糜胥的话，大阏氏长长地吁了一口气，她拽起身旁的三个孩子道："孩子们，走吧，我们回家。"说着，眼泪涌了出来。

此后，再无人提及宁胡阏氏的婚嫁，日子总算安宁了下来。

云的胆略和智慧,在她十岁的时候便显露了出来。

事后大阏氏悄悄问云:"面对偌大的单于庭,你小小年纪就敢以死相逼,你难道就不害怕吗?"

云沉静地说:"父王走了,云的心死了一半,要是母亲再走了,云活着也无异于死,倒不如拼一把试试。"

第三章 美女与少年

由于父亲的去世,云和妹妹入汉的事情便耽搁了下来。这一耽搁便是整整二十年。

云自那次为母亲的事怒闯单于庭后,非但没有惹恼搜谐若缇大单于,反倒令他这个当叔叔的对云刮目相看了。偌大一个龙城,似云这般有胆识的姑娘怕是再寻不出第二个。云是个大度的姑娘,事情已然过去了便不再耿耿于怀,她对且糜胥叔叔依然恭敬,一早一晚免不了请安问候,单于庭若是有什么需要收拾整理的东西,云也总是尽心帮叔叔打理;时日久了,云倒成了搜谐若缇单于的小帮手了。

常言道,"时间是疗伤最好的药"。昭君却有自己的体会,伤若到极痛时,岂能是什么药可以治疗的?不过是时日久了,人们已经习惯了伤痛的存在,习惯了,人们便说是遗忘了,可是,那种渗透到骨子里的思念能遗忘得了吗?

沉沦了一段时间后,昭君收拾好心情又出现在大家面前。她想明白了,时过境迁,其实无论苦乐皆是自己的事情,与单于庭后宫的其他人没有分毫的关系,有时候甚至无关乎儿女。尽管她的心已伤痕累累,但表面上昭君依然谦和地笑对每一个人。

宁胡阏氏到底是宁胡阏氏。

没有战争和动乱,平和的日子总是过得很快,不知不觉间云已经是十六岁的大姑娘了。由于从小受诗书的熏陶及对匈汉文化和语言的通晓,云出落得沉稳,有主见,遇事冷静从容,单于庭的显贵们都说云是个胸中

能揣日月的女子。

还是在云刚出生时,大阏氏就对后宫的女人们说,云将来长得无论像父亲或是母亲,她绝对是一个美人,雕陶莫皋英俊挺拔,王昭君沉鱼落雁,云将来还不得美上天去呀!果然,如今的云出落得比父母更加俊美端庄,云的美有种菩萨般的安详。

这天,云早早来到单于庭,帮叔叔且糜胥收拾长案上的东西。按说这些事单于庭是有人做的,但大单于搜谐若缇已经习惯了侄女做事的有条不紊,凡经过她手整理的东西,如各国间往来文牍信函,无论何时需要,云都会在第一时间放在大单于的书案上。云是个聪明的姑娘,在家国大事上她有时会意外地给单于支招出主意,一来二去她便参与了单于庭的一些日常事务,成了经常出入单于庭的匈奴公主,这在匈奴王庭众多的公主中是绝无仅有的。

云正在收拾书案,忽然听得身后一个声音说:"哦,这就是单于庭啊,好气派!"

云听着声音有些陌生,一转身,竟然是一个十七八岁的年轻人。云端详着对方,这个青年眉目俊朗,生得极英俊,有种似曾相识的感觉。

云问道:"请问你是找人吗?"

那年轻人躬身施礼道:"冒犯姑娘了。我是随家父来单于庭拜会大单于的,昨天刚到。"年轻人的言语间透着一股和善。

云打量着那年轻人,竟把对方看得不好意思了,他笑问道:"姑娘为何如此看我?莫非我脸上有什么污渍不成?"

云说:"我们似乎在哪里见过的,可我又一时记不起来了……"

那年轻人道:"是真的吗?可我这是第一次到龙城来——"

云忽然想到了什么,说:"你是——我记起来了!狼居胥山下,蹛林大会,你就是那个唱歌的少年,好像你说过你是须卜家族的人,我说得没错吧?"

"对,我是须卜家族的,我叫须卜当。"年轻人望着云,片刻后笑了,他说:"我知道你是谁了,你是云公主。"

自从父亲去世后,云一直都有些抑郁,她还从来没像今天这么高兴过,云愉快地说:"我的天神啊!果真是你啊,须卜当,你都长这么大了,我都差点没有认出你来。"

须卜当温和地笑笑,说道:"还说我呢,你的变化才大呢。当年蹛林大会上,你还是个毛丫头,如今都成大姑娘了。"

云不好意思地笑了。

须卜当问道:"云公主,这一大早的,你在这里……"

云正要回答,门外响起搜谐若鞮大单于的声音:"须卜大人,请!快进来暖和暖和吧!"

说着,搜谐若鞮单于和一位壮年男子走进来,看到云和一位英俊的青年站在那里。正诧异间,那男子对须卜当说:"还不快见过大单于!"

须卜当忙躬身施礼道:"须卜当见过大单于!"

搜谐若鞮单于赞叹道:"好一个英俊的后生!须卜大人,你好福气,儿子都这么大了。"

须卜大人谦虚道:"徒有其表,徒有其表。"

搜谐若鞮单于端详着须卜当说:"好,好,有其父必有其子。须卜大人,我看这孩子眉目清朗,是个聪明的后生,把这后生留在单于庭吧,不知须卜大人是否舍得?"

须卜大人笑道:"既然大单于如此器重小儿,那就留在你身边,我这个儿子没什么别的本事,为人倒是忠厚,从小跟着我四处奔波,倒也有些历练,我就把他留给大单于,一早一晚的,大单于有什么事情尽管使唤他就是,权当是大单于栽培他了。"

须卜家族是匈奴贵族,因家族上下为人正直且资产十分雄厚,所以很得历任单于倚重。须卜当的父亲除了经营自己的家业,还经常代表单于庭与周边各国协商处理一些事务。须卜当从小就跟着父亲四处奔波,颇受熏陶,如今处理一些大小事务时已经是十分娴熟了。

须卜大人看到大单于身后一个姑娘正笑吟吟地望着他们,于是问道:"大单于,请问这姑娘可是您的公主?"

搜谐若鞮单于笑道:"我哪里有这样的福分?这是我的哥哥复株累单于的公主。"

须卜大人忙说:"哦,我明白了,这姑娘莫非就是宁胡阏氏的女儿云?"

搜谐若鞮单于道:"正是。"

云大大方方地上前一步,施礼道:"云见过须卜大人。"

须卜大人不住地赞叹道:"好孩子,好孩子。"

因了几年前蹛林大会时狼居胥山下的一见,便有了云和须卜当的一段姻缘。

此后,须卜当便留在了单于庭。须卜当年轻稳重、品行端正,为人处事极有分寸,没有因为大臣们的权高位重而对其谄媚,也没有因为奴仆杂役的地位低下而进行菲薄,所以单于庭上下都很乐意与须卜当交往。须卜当从小就跟着父亲走南闯北,对于周边乌桓、月氏等国的语言和风俗也十分熟识,所以在来单于庭之前就已经历练得很有出息了。虽然历来就有"伴君如伴虎"一说,可须卜当在单于庭却做得顺风顺水。抛开须卜当的能力不说,一则是搜谐若缇大单于仁厚,有时候也少不了云的周旋。刚开始须卜当在单于庭处理一些杂务,两年以后便成了搜谐若缇单于须臾不能离开的臂膀式人物了。

自从须卜当来了之后,云去单于庭的次数渐渐少了,她被那种既渴望见面又害怕见面的羞怯折磨得寝食难安,云不知道,这是爱情已悄然降临了。

须卜当从小就喜欢唱歌,晚上天气好的时候,他常坐在自己的毡帐外唱歌,那敞亮而悠扬的嗓音很是迷人。每当这个时候,云就安静地倚在门边,听着远处传来的歌声。

不得不说说呼衍勿央。呼衍勿央是匈奴贵族,他是五阕氏陶奴的弟弟。呼衍勿央倚仗着贵族家庭的背景,做人做得飞扬跋扈,是个粗暴而贪婪的家伙。可是呼衍勿央却拥有丰厚的家资,在整个匈奴的贵族中也是举足轻重的人物。呼衍家族有权有势,很早以前就掌管着匈奴相当部分的军队,这就更助长了呼衍勿央的霸气,他想做什么,就是搜谐若缇大单于也得给他几分薄面。

大漠的天气说冷就冷了,似乎仅仅一昼夜工夫金黄色的草原便被寒冷彻底覆盖了。

匈奴人知道,漫长的冬季开始了。

于是就又到了一年一度宰生的日子。天气冷了,大批的牛羊要在这个时候宰杀掉,这时候的牲畜啃噬了一秋天的草籽,膘情正好。草原民族在长期的生活中已经娴熟地掌握了与自然和睦相处的能力,从早春的接羔开始，直至初冬的宰杀，他们都有一套经验，与大自然的相处默契而和谐。一年一度的宰生，不仅要宰杀大批当年的羯羊，他们依照优胜劣汰的生存规律还要处理掉一些老弱病残，否则若等到大雪覆盖了草原的时候，那些老弱病残也是过不了冬的。

每年的这个时候，在去往龙城的路上，行走着一溜溜的牛车，车上是整车宰杀好的牛羊。

这天，又有一队人马赶着十几辆车向龙城走来，走在最前面的是个四十多岁的汉子，不仅黑，而且很糙。这人就是五阏氏的亲弟弟呼衍勿央。

呼衍勿央给单于庭送来了大批的肉食。就在他走进单于庭的时候，与从里面出来的云公主打了个照面。呼衍勿央忽然站在那里不动了，目光定在云的身上半天没有移开，直到跟在他身后的随从提醒他时，他才醒过神儿来。"我的天呐，这是哪里来的美女？不，这定然是天上的仙女降临人间了！我呼衍勿央活了四十多年，如此惊艳的美女还是第一次见到！"当时，呼衍勿央就暗暗发誓，非把这位公主娶到手不可！

从单于庭出来后，呼衍勿央径直去了姐姐陶奴的住处。当呼衍勿央对陶奴说今日在单于庭外遇到一位绝色美人时，陶奴说："不用打听，一定是王昭君了，那女人也不知是吃了仙丹还是怎的，虽说也是快四十岁的女人了，却依然细皮嫩肉的仿佛二十几岁的模样。唉，人要是长得美，连老天爷都眷顾着她，真是不公平。"

陶奴说："听我说，前些日子为了王昭君再嫁的事弄得你姐姐人不人鬼不鬼的，你趁早别打她的主意。"

呼衍勿央说："姐姐怕是弄错了，我说的这个美女也就十六七岁的模样，衣着打扮很是华贵，这肯定是一位公主。姐姐，你好好想想，这美女肯定就住在龙城。"

陶奴说："兄弟，你说的莫不是云公主？能够进出单于庭的公主也就只有她了。"

呼衍勿央说："云公主？姐姐说的难道是雕陶莫皋与王昭君所生的大女儿云？"

陶奴说："十有八九是她了。"

呼衍勿央说："姐姐，这丫头我一定要娶到手。"

陶奴说："我劝你还是死了这份心，那丫头可不好惹，再说你已经有四个老婆了,你就安生些吧!"

呼衍勿央说:"我那四个老婆,姐姐又不是不知道,都是些开败了的山花野草,抵不上那伊墨云的一根小指头。姐姐你得帮帮兄弟。"

陶奴说:"你呀!以咱家的地位在草原上什么姑娘娶不到呢,非要娶那个丫头,真是的!"

呼衍勿央说:"姐姐,那丫头就是草原上的一颗珍珠,没有谁能比得上她。要是得不到她,兄弟我也就活不成了!"

陶奴见兄弟这样,笑了笑说:"这么说你真想娶她?"

呼衍勿央说:"兄弟向天神发誓——"说着,呼衍勿央面东南而跪,一手抚在胸前念念有词……

陶奴说:"起来吧,姐姐倒有个主意,不知能不能成。要是成了呢,姐姐也用不着你念好,不成呢,你也别埋怨姐姐。"说着,她把呼衍勿央拉起来,姐弟俩坐在毡榻上仔仔细细地商量了起来。

第二天上午,呼衍勿央来到搜谐若缇大单于的穹庐。

呼衍勿央说:"呼衍勿央给大单于请安!"

搜谐若缇单于说:"呼衍大人?本王以为你昨日就回去了呢!"

呼衍勿央说:"大单于,呼衍勿央多日未来单于庭走动,心里怪想大单于的。昨日交割完那些肉食后竟然忘了一件事情,于是就留下来,今日特意过来与大单于叙话。"

搜谐若缇单于望着呼衍勿央,心里有些奇怪,这个家伙虽然身为贵族,但他一贯粗鲁,有时候甚至很凶残暴戾,怎么今日像是变了个人似的,五大三粗的汉子竟然斯文了起来。

搜谐若缇大单于笑着说:"好,好,我们君臣之间是应该经常叙叙话才是。来人呀!"

搜谐若缇单于对奴仆说:"吩咐下去,煮肉,上酒!"他又对呼衍勿央说:"呼衍大人,肉是新鲜的羊肉,酒是新酿的黍酒,今天我们君臣就喝他个痛快!"

呼衍勿央从胸前拿出一个精致的锦囊,恭敬地呈到搜谐若缇单于面前,说:"大单于,这是我新近得到的宝贝,特带来敬献给大单于。"

搜谐若缇单于笑道:"单于庭什么都不缺,呼衍大人,还是你自己留着吧。"

呼衍勿央说:"大单于,你且先打开看看。"

搜谐若缇单于打开那锦囊后,只觉得眼前一亮,那东西黄澄澄的,金光耀眼,原来是一颗野鸭蛋大小的金珠!金珠呈鸭蛋形,中间还镶嵌着指甲盖大小的三颗蓝宝石,闪烁着蓝幽幽的光泽。匈奴人喜爱金子,尤其匈奴贵族,他们的头冠上、衣饰上,甚至马车上、坐骑上,经常用黄金来装饰,以显示他们的富有和高贵。搜谐若缇单于贵为一国之尊,偌大的匈奴都是他的,真金白银的,他自然是不缺,可是像这么大、成色这么纯正且又镶着宝石的金珠,他还是第一次见到,他惊讶道:"呼衍大人,这宝贝你是从哪里得的?果然是个稀罕物!"

呼衍勿央得意地笑道:"这个嘛,我也搞不清楚,反正是我祖父传给了我父亲,父亲又传给了我。"

搜谐若缇单于将金珠装进锦囊说:"这么说是家传的宝贝了。呼衍大人,你还是自己留着吧。"

呼衍勿央说:"大单于登临王位,匈奴万民欢呼,呼衍勿央早就应当前来恭贺,莫非是大单于瞧不上这些许薄礼?"

搜谐若缇单于说:"哪里,哪里,呼衍大人多心了。既然呼衍大人如此说话,那本王收下就是了。"

呼衍勿央心中窃喜,他做出一副乐呵呵的样子,说:"好马配好鞍,只有大单于才配有这样的宝贝,搁在我那里真是糟蹋了。"

这只金珠确实是呼衍勿央的心爱之物,他带在身旁已经好几年了,一则免不了时常把玩,另外也是件称心的武器,掌上把玩间顺手抛出去就可以直击对方的门面,谁都不清楚那金珠上是否沾染着什么人的血迹。

很快,大块的羊肉,大尊的秦酒端上来了。那天,直到天快黑时,呼衍勿央才趔趔趄趄地走出搜谐若缇单于的穹庐。

呼衍勿央顺利完成了他的第一步计划,喜滋滋地走着,浑身上下有种说不出的舒坦。"小丫头,用不了多久,你就是我呼衍勿央的老婆啦!"

第二天,陶奴装作串门儿游走在单于庭后宫的各个穹庐间。不到一天的工夫,单于庭后宫就都知道了大单于收受了呼衍勿央一件价值不菲的宝贝。

在匈奴,单于收受贵族的礼物不是什么了不起的事情,不过是一件礼物而已。三天以后,搜谐若缇单于发现事情并非那么简单,呼衍勿央给他

挖了个坑。

三天之后，呼衍勿央又来见搜谐若缇单于，他开门见山地对搜谐若缇单于说他看上了单于庭的一位公主，希望大单于恩准将公主嫁给他呼衍勿央。单于庭的公主下嫁给匈奴贵族也不是什么稀罕事，于是搜谐若缇单于问道："呼衍大人，我好像记得你膝下是几位姑娘并未有儿子，但不知你是想给什么人提亲？"

呼衍勿央说："大单于，我想给自己娶个老婆，不行吗？"言语间语气有些逼人。

搜谐若缇单于说："呼衍大人，听说你家里已经有好几位夫人了，大人为何忽然又要娶亲？"

呼衍勿央说："我呼衍勿央家资丰厚，就是再娶十个八个媳妇也是自然，大单于你说呢？"

搜谐若缇单于应道："那是那是，但不知呼衍大人看上了单于庭的哪位公主？"

呼衍勿央直言道："王昭君的女儿，云。"

搜谐若缇单于惊诧道："云？呼衍大人，这怕是不妥，云公主刚刚十六岁，而你已经四十多了，这年岁上确实有些不相当；再者说，云公主是宁胡阏氏的女儿，这事怕是要她首肯才行。"

呼衍勿央哈哈大笑道："年岁不相当？这怕是大单于的托词吧！想当年那王昭君嫁给呼韩邪大单于时，她芳龄十八，大单于已经五十多岁了，不也照旧生儿育女吗？你是匈奴的大单于，整个匈奴都是你搜谐若缇大单于的，你咳嗽一声，整个匈奴都得发颤，居然做不了一个寡妇的主，岂不是笑话？"

呼衍勿央不容搜谐若缇单于说话，他接着说："大单于是知道我呼衍勿央的，开弓没有回头箭，我决心要做的事情，没人阻拦得了。"

听了呼衍勿央的话，搜谐若缇单于有些恼火，这家伙，也太放肆了！搜谐若缇单于不悦道："呼衍大人，话说得太满了吧，别忘了你这是在单于庭！"

呼衍勿央冷笑道："大单于，不过就是个死吧，反正娶不到那丫头，我也得熬死，你不如现在就杀了我，如何？"

搜谐若缇单于好言相劝："呼衍大人，你也是匈奴有身份的人，不要在这里无理取闹。娶云公主的事你趁早死了这份心,云是不会嫁给你的。"

呼衍勿央说:"那……要是大单于您发话了呢?"

搜谐若缇单于厌恶地说:"呼衍勿央你走吧,本王是不会同意的!"说完,搜谐若缇单于就要离开。呼衍勿央忽然伸出手臂拦住搜谐若缇单于,说:"大单于,话不能这么说,你已经收了我的聘礼,我那可是价值连城的宝贝!"他指了指条案上的锦囊,有些耍无赖的意思。

搜谐若缇单于一怔,说:"聘礼?"那一刻他突然明白,呼衍勿央给他挖了个坑,于是他愤怒道:"好,本王还你就是!"说着从条案上拿起那个锦囊,扔了过去。

呼衍勿央又把锦囊推回去,说:"大单于,已经晚了,现在整个单于庭都知道你收了我的聘礼,就是退回来你也说不清了。"

搜谐若缇单于大叫一声:"无耻之徒,你给我滚出去——"

呼衍勿央却笑道:"大单于放心,事情成了,你就是我的岳叔父,单于庭无论有什么需要,你尽管开口,我呼衍家族定会鼎力相助!否则,别怪我翻脸无情!"

搜谐若缇单于厉声道:"本王是匈奴的大单于,你能把本王如何?"

呼衍勿央说:"大单于,那云总归是要出嫁的,为了一个小丫头,我们君臣何必闹得鱼死网破呢?"

搜谐若缇单于气极道:"你——"

呼衍勿央说:"大单于且消消气,如果事情办成了,我们君臣各有所得,你得江山,我得美女,如何?"

搜谐若缇单于厉声道:"匈奴江山已然是我且糜胥的了,呼衍勿央,你这话什么意思?"

呼衍勿央一脸阴笑道:"大单于,我们且走且说。"

且糜胥的母亲大阏氏,与呼韩邪生了四个儿子——雕陶莫皋、且糜胥、乐和咸。除了乐之外,其余三个儿子都做过匈奴单于。雕陶莫皋自不必说,在位十一年,有勇有谋、满腹韬略,像呼衍勿央之辈是断不敢与他参翅儿的;且糜胥和咸的性格比较绵善,所以在位期间均没有什么大的建树,乐倒是有些指点江山的胸襟,可惜早亡了。这是后话。

搜谐若缇单于因忌惮呼衍家族的势力,唯恐他又闹出些什么麻烦来,于是对呼衍勿央说:"呼衍大人你且先回去,关于云的婚嫁本王要与宁胡

阏氏商量之后才能定夺。"

呼衍勿央欢喜地说："大单于,这就对了,我不回去,我就在单于庭等着消息。"

第二天,搜谐若鞮单于来到昭君的寝帐。

昭君招呼道："大单于来了!今日单于庭不忙吗?怎么有空到我这里来闲坐?"

搜谐若鞮单于敷衍道："啊,是,天气冷了,过来看看宁胡阏氏还有什么过冬的需要……"

昭君说："有什么需要我自会让云捎话过去,还劳烦你亲自跑一趟。大单于,我刚刚叫她们煮了肉汤,你要不要来一碗呢?"

搜谐若鞮单于说："啊,是……宁胡阏氏,你用不着这么客气,叫我且麋胥就是了。"说着,头上竟无端地有汗冒了出来。

"好,就依你。"昭君说着亲手给搜谐若鞮单于舀了一碗肉汤,端了过来,"且麋胥,我看出来了,你今日过来一定有什么事情,这是自己家里,但说无妨。"

搜谐若鞮单于说："宁胡阏氏,我若说了,你可不许生气。"

昭君笑着说："好,依你就是。"

搜谐若鞮单于说："云儿大了,也到了该找婆家的时候,我哥哥不在了,我这个当叔叔的不得不多操些心……"

昭君笑道："咳,是这个事啊,这是好事,我怎么会生气呢?难为你了,且麋胥!莫非你心里已经有了合适的人选?"

搜谐若鞮单于说："啊,是……"堂堂一个大单于,此刻在昭君面前竟然有些嗫嚅:"是这样,一个匈奴贵族看上了云儿,特央我前来提亲。"

昭君说："男大当婚,女大当嫁,云确实也该有个疼她的人了。但不知这个贵族是哪一家,是兰氏,是须卜氏,还是呼衍氏?"

搜谐若鞮单于说："正是呼衍家族的呼衍勿央。"

昭君大惊道："你说的是他?他不是五阏氏陶奴的弟弟吗?可他已经妻妾成群、如今已是四十多岁的人了,大单于,你怎么能……"

搜谐若鞮单于说："那呼衍勿央虽说年岁大了些,可他家资丰厚,也懂得心疼人,云儿若是嫁过去,自有享不完的荣华。"

昭君冷冷道："且麋胥,你如今是大单于,难听的我就不说了,我只给你撂一句话,我们就是死,也不嫁那呼衍勿央,你就让他死了这份心吧!"

搜谐若缇单于心里尚存一线希望,问:"当真不嫁?"

昭君决绝地说:"当真不嫁。"

搜谐若缇单于叹息道:"唉!"他想起呼衍勿央对他的威胁,心中很是郁闷,"我这个大单于当的……好不懊恼!"

当呼衍勿央听说了事情的原委后,果然恼了,他恼昭君母女不识抬举,更恼搜谐若缇大单于,"区区一件小事都办不好,必得给他些颜色看看了,否则我呼衍勿央还怎么混?"说着,呼衍勿央气呼呼地离开了单于庭。

一天早上,搜谐若缇单于刚刚来到单于庭,须卜当就进来禀报说:"昨天夜里接到报告,说呼衍勿央点起五千精兵,直向阴山以南扑去。"

搜谐若缇单于大惊道:"这是为何?"

须卜当说:"听前来报告的人说,呼衍勿央扬言匈汉边界不太平,屡有汉人犯我匈奴疆土,所以直向云中郡杀去!"

搜谐若缇单于心里明白,呼衍勿央明摆着是为了云的事故意制造事端,以此来要挟他这个大单于,这个胆大妄为的家伙,简直是疯了!

搜谐若缇单于怒道:"一派胡言!匈汉两国近十几年来和睦相处,并无边境纠纷,这显然是那呼衍勿央编造的谎言!"

须卜当说:"大单于,这当如何是好?"

旁边的大臣说:"这个呼衍勿央也太猖狂了,大单于,何不下令立刻派兵将那贼擒回单于庭?"

搜谐若缇单于大喊:"来人呀!"

须卜当上前一步道:"大单于有何吩咐?"

搜谐若缇单于说:"传令下去,速速点起一万精兵,本王要亲自生擒呼衍勿央!"

须卜当说:"大单于息怒,此事还需从长计议。"

搜谐若缇单于说:"怎么从长计议?他呼衍勿央已经凌驾于本王之上了,若再让着他,本王这江山怕是要落到他呼衍家族的手里了!"

须卜当说:"大单于即便要发兵,也不在这一两日,还是稳妥些好。"

搜谐若缇单于知道这是呼衍勿央借故寻事,挑衅他这个大单于的底线,他说:"好不容易过了几天太平日子,匈奴才得以休憩,他呼衍家族也

才有了今日的兴盛,本王实在不愿为些许小事再起纠纷,没想到他反而变本加厉地欺凌于本王,真是气煞本王!"气极的搜谐若缇单于抽出宝剑,一下子劈在了条案上,竟然把敦厚的条案劈下了一角。

就在这时,一个声音在门口响起:"叔父息怒!"随着声音,云款款地走了进来。

云走进来,看到搜谐若缇单于的样子,问道:"叔父,没来由的这是在跟谁生气呢?"

搜谐若缇单于呼出一口闷气说:"云儿来了。"

当云了解到叔叔且糜胥发怒的原委后,不慌不忙地说:"叔父,依云儿的分析,这件事万万不可出兵征讨。"

搜谐若缇问:"为何?"

平日,云对且糜胥很是敬重,偶尔也为且糜胥出个主意什么的,所以很得叔叔的疼爱。云此刻来得恰恰好,对于气头上的搜谐若缇大单于好似吹来一缕轻风,顷刻间便将他的烦恼拂去了大半。他舒了一口闷气,对云说:"丫头,有什么想法,不妨跟叔父说说。"

云款款道:"叔父,那就恕云儿无理了。叔父,那呼衍勿央既然敢与叔父作对,必然有他的优势,首先他呼衍家族盘踞的草原水草丰美、气候宜人,占尽了地理上的优势;叔父南下讨伐是长途奔袭,而他却是以逸待劳,孰轻孰重叔父自然比云儿看得明白。另外,叔父目前最重要的是巩固权力,若这个时候兴师动众前去讨伐那呼衍勿央,匈奴各部必然会恐慌,要是被那些居心叵测者乘机钻了空子,匈奴怕是要引起一场大乱。匈奴乱了,难保周边觊觎我匈奴的那些部族不会蠢蠢而动。叔父,切不可因了云儿的婚事引起匈奴的动乱,若果真那样,云儿就成罪人了。"

一直站在旁边的须卜当听到这里,不禁暗暗冲云竖起了大拇指,云见状,脸颊立刻羞红了。

呼衍勿央性格暴戾,喜怒无常,仗着家族的势力,有时候并不把搜谐若缇单于放在眼里。搜谐若缇单于也不想父亲亲手创建的匈汉和平大业毁在他的手上,他被云的一番话说得倒吸了一口冷气。今日,搜谐若缇单于对他这个侄女更是刮目相看了,似这样有见地的女子在我匈奴确实是凤毛麟角,若真许给那呼衍勿央就把孩子糟蹋了。可是,不许又能如何,那呼衍勿央已经点起五千精兵直袭云中郡,匈汉边境一旦发生摩擦,战争就不远了。

搜谐若缇单于面临两难抉择,他叹息道:"云儿,嫁你给那呼衍家族,叔父不忍,匈汉之间若爆发战争,叔父更不忍。唉,可难死叔父了……"

云忽地笑了,说:"叔父不必为难,这事云儿早有主张了。"

搜谐若缇单于问:"你有何主张?"

云道:"叔父可即刻传令那呼衍勿央,就说这桩婚事云儿答应了!"

搜谐若缇单于大惊道:"云儿,你说什么?"

一旁的须卜当也吃惊不小:"云,你——"

云笑道:"叔父尽管传令给他,云儿已成竹在胸。"

听说云应允了婚事,呼衍勿央大喜,立刻带着他的精兵撤回到驻地,稍做安排后星夜赶赴龙城,几天后他便喜滋滋地来到了单于庭。

一年一度的春季祭祀在龙城拉开了序幕,匈奴的各位贤王、谷蠡王、日逐王以及匈奴各地有资历的长者、贵族们如约来到龙城。呼衍勿央在心里对自己说,堂堂匈奴大单于且糜胥也不过如此,自己略略使些手段,便把他给震慑了。此番正好赶上龙城祭祀大典,当着诸位王和长者的面,堂堂正正地把婚事定下,那云姑娘从此便是我呼衍勿央的了!

那天,匈奴的各位贤王、谷蠡王及各位长者、贵族们早早地聚集在了单于庭,呼衍勿央身着华服坐在显眼的位置上,满面春风。

搜谐若缇单于首先开口说:"连日来的龙城祭祀,想必各位已经疲惫,本该让大家早早启程回去歇息,可本王今日还有些家事需各位做个见证。"

各位长者纷纷议论道:"什么要紧的家事,这般隆重?"

搜谐若缇单于说:"我的侄女云公主已经长大成人,我想替哥哥为侄女寻一个好人家。"

呼衍勿央听到这里,忽地站起说:"大单于,呼衍勿央已经有言在先,我……"

搜谐若缇单于打断呼衍勿央的话:"呼衍大人,你听本王把话说完。云是我已故的哥哥复株累单于的大女儿,既是公主出嫁,就该庄重些才是,所以今日请来了各位大人,以示庄重,请伊墨云上殿!"

"请伊墨云上殿!"

云款款地从后面走了出来。只见云一袭月白色的丝绸裤褂,外罩天蓝色披风,素雅到极致,也美到了极致,一如当年昭君在汉宫辞行一般,丰容靓丽,光彩照人,整个单于庭因云的出现而变得明亮了起来。

云向各位大人施礼道:"云见过各位大人。"

即使在两千多年前,云也是个有修养的姑娘,这要得益于她母亲的影响和她自己从小的苦读。书中自有颜如玉,云的身上除了母亲遗传给她的美之外,更多的是诗书的熏陶。

云的谈吐,云的举手投足,云的一笑一颦,大方而得体。

搜谐若缇单于道:"本王的侄女云公主已经到了婚嫁年龄,本王做主将云公主许配于呼衍勿央大人……"

单于庭立刻响起一阵嘈杂的议论,大家不甚明白,云公主为什么要嫁给呼衍勿央那个粗鄙的家伙。

搜谐若缇单于提高声音说:"各位大人少安毋躁,本王还有话说——"他转身对呼衍勿央说,"呼衍大人,云儿虽然已经答应了你的求婚,不过……"

呼衍勿央不等搜谐若缇单于把话说完,便抢着说:"我明白,明白,我这就回去准备聘礼,不日即可返回与云公主成婚!"

搜谐若缇单于说:"呼衍大人,这聘礼的事情么……"

云大方地上前一步说:"叔父,还是我来说吧。"云转身对呼衍勿央说:"呼衍大人,我这聘礼有些特别,你若能寻了来,我跟你走就是;若寻不来,就怪不得云了。"

呼衍勿央乜斜着眼睛看着云,拍着胸脯子傲气地说:"云姑娘,我呼衍家族的富足你是知道的,在整个匈奴也是数一数二的,还会有什么聘礼是我呼衍勿央拿不起的吗?"

云的目光盯视着呼衍勿央说:"呼衍大人,万一你寻不来这些聘礼呢?"

呼衍勿央挑衅地说:"莫非你要的是龙肝凤髓?"

云笑笑说:"那倒不会。"

呼衍勿央哈哈笑道:"云公主,除了龙肝凤髓,就再没有什么聘礼是我呼衍勿央拿不起的了。"

云说:"呼衍大人,这婚姻大事大家还是庄重些好,云有意立个字据,你看可好?"

呼衍勿央得意地笑了,说:"哈哈,这正是我的意思!"

就在这时,听得殿下一个苍劲的声音说:"还是我来吧。"大家抬头看时,却是独孤伯。

云惊讶地说:"独孤伯,你怎么来了?"

独孤伯慈爱地望着云,说:"孩子,这么大的事,独孤伯怎么能不来呢?"

一句话说得云鼻子一酸,眼眶里立时蓄满了泪。自从父亲去世后,独孤伯就离开了单于庭,这么久了没有音讯,恰恰今天出现在这里,可见独孤伯的心里无时不在牵挂着她们母子……

云哽咽道:"独孤伯,这几年你老过得可好?"

独孤伯拍拍云的肩膀,说:"别担心孩子,独孤伯好着呢。"

云泪眼模糊地望着独孤伯,老了,瘦了,显得极其憔悴,只有那双眼睛依然炯炯有神。

云又是一阵心酸,说:"独孤伯……"

独孤伯捏了捏云的胳膊,说:"丫头,放心吧,有独孤伯呢。"

搜谐若缇单于走下宝座,来到独孤老人跟前,笑呵呵地说:"独孤大师辛苦,来来来,快请坐!"

呼衍勿央有些不耐烦地说:"大单于,云公主究竟要些什么彩礼,痛快些说来!"

独孤伯说:"大单于,云公主说得对,还是先立下字据为好。已故单于雕陶莫皋是匈奴的天,他的女儿云公主的身份自然非比寻常,老夫现在就将此事禀告天神,在天神面前立下契约,将来无论谁反悔,必将受到天谴!"

单于庭就座的各位贵族以及有威望的老者齐声叫好。

字据在独孤伯的主持下完成了,呼衍勿央迫不及待地在字据上按了手印,催促道:"云公主,你倒是快着些啊!"

云沉着地按上了自己的手印。

独孤伯站在单于庭大殿的中间,面向苍天,高高地举着那份字据,口中念念有词……

独孤伯来到呼衍勿央面前说:"呼衍大人,此事已经惊动了天神,你若反悔,天地可诛!"

云来到呼衍勿央面前,故意奉承着呼衍勿央说:"呼衍大人,你是匈奴草原最有尊严的贵族,当着搜谐若缇单于和各位大臣长者的面,你必须言而有信。"

呼衍勿央立即说:"云公主,你放心,我堂堂呼衍勿央,必定是言而有信之人,既然签了契约,绝不会反悔。"

搜谐若缇单于说:"云,下面该你的了,你究竟有何条件,当着天神和众位长者的面,说吧。"

云坦然道:"呼衍大人,云的聘礼甚是简单,你听好了,'天上的彩虹要三丈,夜里的星星要九颗,晒干的雪花要半斤,冬日的鲜花要千朵'。"

听了云的话,单于庭静默了一刻,之后便响起了嗡嗡的议论声。

呼衍勿央想了半天,忽然大声道:"云公主,冬日里哪里有花朵?雪花哪里有干的?天上的彩虹莫说是三丈,就是一寸也寻不得;你就是要了我的命也给你摘不来那星星,你是在耍笑我吧?"

云笑道:"呼衍大人,在座的诸位均是匈奴尊贵的长者,云绝不敢在诸位长者面前戏言。上面说的四样彩礼,云说有,就自然会有,大人且去寻吧,我们相约百日为限,如何?我算过了,百日之后正好是我们匈奴一年一度的蹛林大会,呼衍大人,到时候我等着你的聘礼。"

呼衍勿央有点懵。

龙城外面的草地上,云在为独孤伯送行。他们的身后跟着一匹老马,马背上驮着行李。

昨天夜里,云和母亲几乎没睡,母女俩为独孤伯准备了几件厚实的皮衣,还准备了足够他吃两个月的奶酪和干粮。这个倔强的老人啊,为什么非走不可呢?

从早上起来,天空中就飘着稀稀落落的雪花,没有什么风,天气却冷得紧,那阵阵寒气仿佛直往骨头里钻,片刻工夫身上的衣服便被打透了。

"独孤伯,天气这么冷,不走不行吗?"云央求道。

"还是让我走吧,单于庭到处都是雕陶莫皋的痕迹,留下来我会很难过的。"独孤伯说。

云问:"父亲已经走了六年了,独孤伯难道还放不下吗?"

独孤伯说:"在我心里,雕陶莫皋就是我的孩子,虽然说生老病死是人之常情,可是我也说不上为什么,他的死一直都让我非常难过……"

云望着天空中飘飞着的雪絮,担心地说:"这茫茫雪原,你到哪里安身呢?独孤伯,云儿求你了,你还是别走了,你就和我们一起生活,不好吗?"

独孤伯叹了口气说:"傻孩子,如今不比雕陶莫皋在的时候了,如今你们母子尚且仰人鼻息,再添我一个老头子,不成啊!"

云眼里噙着泪花说:"独孤伯,你就是我们的亲人,只要我们有一口吃的,就绝不会让你饿着,何况且糜胥叔叔待我们不错,你就留下吧。"

独孤伯说:"什么都别说了孩子,独孤伯主意已定,我还是走吧。"

这两天,云和母亲,还有哥哥伊屠智牙师和金珠,一家人苦苦乞求着独孤伯留下来,母亲甚至为此发了脾气,可是独孤伯却执意要离开。这个倔强的老头子啊,真是拿他一点办法都没有。

云不明白独孤伯为什么选这样的天气离开,她望着风雪中独孤伯枯瘦的身影,担心道:"独孤伯,你打算去哪里安身呢?"

独孤伯安慰着云说:"孩子,别为独孤伯担心,我有地方去。"

云泪眼模糊地说:"独孤伯,我还能见到你吗?"

独孤伯笑着说:"什么时候你需要独孤伯了,独孤伯就来了。"

独孤伯接过马缰绳,走了。

雪下得稠了起来。

云送走独孤伯刚要回自己的穹庐,远远地看到须卜当站在不远处向她招手,云心里扑通扑通猛跳了几下,脸红着向须卜当走了过去。

须卜当一把抓住云的手,说:"等你大半天了呢!独孤伯当真走了?"

云点点头。

"哦,可怜的老人。"须卜当调整了一下情绪,"云,人们都说你在单于庭上把呼衍勿央给难住了,是真的吗?"

云惆怅地说:"谁知道呢,我也是跟自己打了个赌,事后我也很担心,万一那家伙真的把那几样东西寻来了,我这一辈子就毁了。"

须卜当笑问道:"可不可以跟我说说,你要的彩礼是哪几样东西?"

云说:"没来由的你问这做什么?"

须卜当说:"云公主向呼衍勿央大人索要的彩礼,定然有趣,须卜当也想见识见识。"

云笑道："也好。素闻须卜当见多识广,今日正好验证一下。你且听好——'天上的彩虹要三丈,夜里的星星要九颗,晒干的雪花要半斤,冬日的鲜花一千朵'。"

须卜当听罢,思忖片刻,笑道："云,你好淘气,也只有你才能想出如此古怪的彩礼来!"

云问道："这么说你解开了我的意思?"

须卜当笑道："苍天有眼,呼衍勿央那蠢家伙寻不来的东西,或许我须卜当可以寻了来呢?"

云的脸忽地一阵发热,说:"你若寻了来又怎样?"

须卜当故意逗着云说:"彩礼都寻来了,公主如此聪明的人,难道还要须卜当把话说明白吗?"

云满脸绯红,转身向自己的穹庐跑去。

须卜当望着云的背影,轻声说:"云,若是上苍眷顾我能与你结为夫妻,我须卜当这辈子定不负你!"

匈奴单于庭除了大单于外,还设有左右贤王、左右谷蠡王、左右大将、左右大都尉、左右当户、左右骨都侯;而左右贤王、左右谷蠡王为最大,左右骨都侯以辅政。匈奴崇尚左为大,单于去世后,左贤王是第一继承人。呼韩邪去世后,左贤王雕陶莫皋顺理成章地登上了大单于的宝座。当然,右贤王、左右谷蠡王也都有资格成为大单于的候选人。有时候,对于大单于的确立,除了各位王子的地位之外,人品、智慧和韬略也是他们能否继位的重要条件。呼韩邪在世的时候,他与五阏氏所生的八岁的儿子舆已经是右贤王了,而两岁的伊屠智牙师则被封为右谷蠡王,也就是说将来的某一天,舆和伊屠智牙师或许都有可能成为匈奴的大单于。

呼韩邪去世后,昭君从胡俗嫁给了雕陶莫皋后,五阏氏屡屡发难企图加害伊屠智牙师,为防不测,大阏氏将伊屠智牙师接到她的身边生活,直到伊屠智牙师十三岁。

匈奴的男娃从小在草原上摔打,到了十三岁就已经是个小男子汉了。伊屠智牙师十三岁的时候离开了单于庭,被送到他自己的封地开始了右谷蠡王的独立生活。伊屠智牙师的封地距离单于庭并不远,骑马不过三四天的光景。此后,伊屠智牙师与母亲聚少离多,在匈奴右地过起了一个王子的独立生活。

伊屠智牙师生性温良,他并不以匈奴王子自居,与他周围的人们和睦相处,对封地的百姓也像家人似的关照。那些年,匈奴处于相对稳定的发展时期,从毡帐上飘拂的炊烟和草地上越来越多的牛羊可以看出,匈奴百姓的生活惬意而平静。

十八岁的伊屠智牙师已经是个英俊结实的匈奴汉子了,人们都说右谷蠡王伊屠智牙师的身上仿佛罩有一层太阳的光泽,温暖而明亮。若论伊屠智牙师的马上马下功夫,像其他匈奴汉子一样,那是一点都不含糊的;若是明刀明剑地较量,十个八个武士是奈何不了他的。那些年没有大的战乱,伊屠智牙师的一身武艺便也闲置了起来,除了料理右谷蠡王王庭的政务,闲暇时就到草地上去骑马打猎,安度寻常日月。

直到有一天,伊屠智牙师在草地上遇到了牧羊女海棠——

那天,伊屠智牙师骑马在草原上巡视他的封地。天气不错,太阳也很好,微风扑面,一片清凉。伊屠智牙师不禁向远处多走了一程,看到眼前的草地一片油绿,远处的牛马羊群在草地上悠闲地徜徉,心中十分惬意。

伊屠智牙师停下来,对跟在他身后的几个匈奴汉子说:"你们先回去吧,我想自己走走。"

一个汉子说:"右谷蠡王,保护您是我们的职责,您还是让我们跟着吧。"

伊屠智牙师笑道:"在自己的家门口还怕把我丢了不成?"

另一个汉子说:"右谷蠡王,万一有个闪失,我们可吃罪不起。"

伊屠智牙师说:"你们尽可放心,我走不远,你们在此等着我就行。"说着打马便走,看到几个汉子又跟了上来,伊屠智牙师佯装恼怒,喝道:"都给我站住!难道本王的话你们都不听了吗?"

汉子们无奈,只得下马,在原地待命。

伊屠智牙师拨马向远处的山梁跑去。上了山梁之后,眼前出现了一片开阔的草地,草地上盛开着星星点点的野花,细碎而多彩。伊屠智牙师登高远眺,心情大好。正在他欣赏着远近的景色时,什么地方传来一阵说话的声音,伊屠智牙师寻声望去——

在山梁后面的洼地里,一个牧羊女正背着身子在说话:"你说你黑头,

你还是哥哥呢,你就不能让让花妹吗?还有你花妹,别仗着大家都稀罕你就耍小性子,以后再这样我就不管你了啊!"

伊屠智牙师骑在马上笑了,牧羊女原来是在和两只羊说话。

伊屠智牙师伫立在山梁上喊道:"姑娘!羊跑了!"

牧羊女回过头来,看见山梁上站着一个汉子,知道是戏言,笑了笑,没有说话。

伊屠智牙师打马跑下山梁。他打量着牧羊女,这姑娘十六七岁模样,虽然衣衫褴褛,肤色黝黑,但明眸皓齿笑吟吟的甚是可人。就在那一瞬间,伊屠智牙师就认定了,眼前这姑娘就是他这辈子的新娘。

伊屠智牙师问:"嗨,你叫什么名字?"

牧羊女答:"海棠。你呢?"

"我叫……"伊屠智牙师不便说出自己的真实身份,他岔开了话题,"海棠姑娘,你每天都在这里放羊吗?"

牧羊女说:"是啊!"

伊屠智牙师说:"那太好了,明天我还来!"

牧羊女笑望着眼前这个英俊的男子,逗他道:"那刮风下雨也来?"

伊屠智牙师说:"对,刮风下雨也来!"

伊屠智牙师望着牧羊女,由衷地说:"海棠姑娘,你真好看,像草原上盛开的芍药花一般。"

海棠不好意思地笑了。

伊屠智牙师说:"海棠姑娘,我走过不少地方,也见过不少美女,可她们比起你来,都没有你好看……海棠姑娘,难道你是芍药花变得吗?"

海棠笑了。

伊屠智牙师说:"姑娘家里还有什么人?"

海棠说:"我刚出生不久,父亲就死了,打仗死的。母亲是我五岁时走的,听说是一场瘟疫。现在家里就我和一个瞎眼婆婆。"

伊屠智牙师听罢,叹口气道:"唉,看起来你也是个苦命的姑娘啊!"

海棠打量着对方的穿戴,知他不是寻常百姓,就打趣说:"哎,穿戴这么整齐,难道你是要相亲去吗?"

伊屠智牙师接着海棠的话茬,玩笑道:"是啊,原本是打算去相亲的,可是看到姑娘,就不想去了。"

海棠不解地问："为什么？"

伊屠智牙师说："我发现姑娘才是我要找的女人。海棠姑娘，嫁给我吧。"

海棠的脸色忽然间变了，她以为这个有钱的男人在寻她开心，于是抡起羊鞭在伊屠智牙师面前摔了个响亮的鞭花儿，喝道："不管你是什么人，你赶紧走！要是再说出什么轻狂的话来，小心姑娘抽你个满脸开花！"

伊屠智牙师忙说："姑娘，我说的是实话，你怎么就恼了呢？"

正在这时，伊屠智牙师的那几个随从追了上来，他们说："右谷蠡王，我们出来的时间不短了，该回去了！"

伊屠智牙师恼怒道："你们来做什么！"

海棠恍惚听到那几个汉子称他为什么"王"，立刻明白了，怪不得衣着如此光鲜，原来是个王！海棠立刻跪在地上，说："海棠给汗王请安。"

伊屠智牙师一面搀扶起海棠，一面对随从们喝道："多嘴！退下！"

随从们见状，知趣地退过一旁。

伊屠智牙师说："海棠姑娘，你……"

不待伊屠智牙师说完，海棠就打断他的话："汗王不是要去相亲吗，海棠也要去放羊了。"说着拾起地上的羊鞭，吆喝着羊群要走。

"你等等！"他过去拽住海棠的衣袖，急忙说，"海棠姑娘，我真的喜欢你，从第一眼看到你我就喜欢上你了！"

海棠说："汗王还是不要拿海棠寻开心吧，海棠承受不起。"

伊屠智牙师急道："海棠姑娘，我说的是真话，你怎么就不相信呢？"

海棠赶着羊群走了。

伊屠智牙师望着海棠的背影，大声喊道："海棠——我说的是真话，你为什么不相信我——"

海棠赶着羊群走远了。

伊屠智牙师痴痴地站在那里，望着海棠渐渐远去的身影……

伊屠智牙师已经到了娶亲的年龄，匈奴的贵族们纷纷寻上门来，都想把自己的姑娘许配给伊屠智牙师。他们知道，右谷蠡王有朝一日若登上匈奴大单于的宝座，到那时他们就是大单于的亲戚了，有了匈奴单于这座靠山，今生无忧矣！

可是伊屠智牙师却谢绝了贵族们的美意，伊屠智牙师对那些上门讨亲的贵族们说，自己从小身体羸弱，独孤伯已经为他算好了婚姻，说他命运多舛，必须娶一寻常百姓的女子做妻子。如此看来自己就是这么个命，若是违逆了上天的旨意，将来别说什么登上单于宝座了，怕是会摊上什么祸患呢！

伊屠智牙师心里思念着牧羊女海棠，上面的一番话不过是他随口编来糊弄那些贵族们的托词，却不想最后一句竟成谶言。

伊屠智牙师执意要寻一个寻常百姓的女儿做妻子，右谷蠡王庭的主事管家们也无奈何。这些日子，右谷蠡王庭的大管家正在按照神的旨意在草原上为伊屠智牙师挑选着合适的姑娘。

自从见到海棠之后，伊屠智牙师便整天在草原上游荡，他向上天恳求，恳求上天能让他再次见到海棠姑娘。可是草原那么大，哪里是他想遇到就能遇到的呢？一个月过去了，伊屠智牙师却始终没有再见到海棠姑娘。

这天，伊屠智牙师早早地出了门。

太阳刚刚跃出地平线，整个草原被太阳的光辉渲染得一片金红。伊屠智牙师策马奔跑了一阵，忽然看到远处草地上有群羊在缓缓地移动着，羊群的后面隐约跟着一个姑娘。伊屠智牙师心中一喜，难道是海棠？

伊屠智牙师拍马向前跑去，远处的姑娘和羊群在草地上缓缓地走着，被朝霞映照着，人和羊群都变成了好看的粉红色。

伊屠智牙师试着喊道："海棠姑娘——"

牧羊女回了一下头。

伊屠智牙师高兴地打马来到近前，果然是海棠姑娘。

看到海棠姑娘的那一刹那，伊屠智牙师忽然有些难过，他颤声道："海棠姑娘，我找得你好苦……"

海棠平静地说："你怎么又来了？"

伊屠智牙师望着海棠，眼眶有些潮润，说："海棠，我找了你好久，我还以为今生再见不到你了……"

海棠冷冷地说："你是高贵的王，我是个低贱的牧羊女，你是天上的太阳，我是地上的沙蓬草，我不会嫁给你的。"

伊屠智牙师真诚地说："海棠，除了你我谁都不喜欢，我说的是心里话。"

海棠说："求你了，别再拿海棠取笑了，好不好？"

伊屠智牙师焦灼地说："海棠，你怎么就不相信我呢，难道要我把心扒出来让你看吗？"

海棠说："你别说了……"

伊屠智牙师说："海棠，他们正在给我张罗娶亲的事，你要再不答应……就晚了。"

伊屠智牙师说着，他的眼睛里有了泪水。

海棠说："你是匈奴的右谷蠡王，张罗娶亲是你的事，跟我这个牧羊女有何相干？"

伊屠智牙师着急地说："可是我爱的是你呀，海棠！"

海棠说："……羊群走远了，我得去撵羊了。"

伊屠智牙师一把拽住海棠，将她搂在怀里，不管不顾地说："我不管，我宁可不当这个王，我什么都可以不要，我愿意跟你去放羊，海棠，你别走……"

海棠被伊屠智牙师紧紧地抱着不放，她突然张嘴在伊屠智牙师的肩膀上狠狠地咬了一口！

伊屠智牙师疼得直吸凉气，却不肯松开抱着海棠的双手。

海棠的眼眶里渐渐浸满了泪水，她挣脱道："别这样，你放开我，我们是不会有结果的……"

伊屠智牙师深情地望着海棠的眼睛说："海棠……我说的全是真话，我是匈奴的王子，可我不喜欢这样的日子，我也不想当什么单于，我就想和自己心爱的人在一起，自在地在草原上过寻常百姓的日子。白天，我们一起去放羊，晚上我们坐在穹庐的毡子上吃新鲜的羊肉，喝热乎乎的奶子，只要和你在一起，我不怕受苦。海棠，我向天神发誓，我没说一句假话……"

海棠挣脱开伊屠智牙师的拥抱，说："别以为寻常百姓的日子就只是放放羊那么简单，你会杀羊吗？你会接羔吗？你会擀毡子搭穹庐吗？"

伊屠智牙师望着海棠，茫然地摇摇头。

海棠说："你什么都不会，难道要我跟着你去喝风吃雨不成？"

第三章

伊屠智牙师一把拽过海棠,盯视着她的眼睛说:"海棠,我是匈奴的汉子,你放心,别人能做的事情我也一定能做!"

这时,王庭的大管家带着几个人向这边跑来,他看到伊屠智牙师和一个衣衫褴褛的牧羊女在一起,把怒气发在海棠身上。

大管家骑在马上大声地呵斥道:"好你个下贱的女人,你竟敢勾引我们的王,简直是反了天了!"

说着,大管家扬起手上的鞭子向海棠抽去——

伊屠智牙师见状,猛扑了过去护住海棠,鞭子抽在了他的身上,华贵的衣裳立刻绽开了一道裂痕。

大管家惊慌地喊道:"右谷蠡王!"

另外俩人上去将海棠拽了过来。

大管家再次抡着鞭子向海棠抽了过去——

伊屠智牙师再次扑了上去,用自己的身子紧紧地护着海棠。

伊屠智牙师大声喝道:"住手!不得无礼!"

大管家虔诚地弯下腰道:"右谷蠡王……"

伊屠智牙师说:"是本王前来寻找海棠姑娘的,干脆你抽我好了。"

大管家嗫嚅道:"右谷蠡王,在下不敢……"

海棠望着伊屠智牙师,眼圈红了。

大管家见状,呵斥着海棠说:"臭丫头,看在王的面子上,饶你不死,还不快滚!"

海棠拾起羊鞭默默地离开了。

伊屠智牙师望着海棠离去,伤心地叫道:"海棠——"

就在这时,大管家突然叫道:"姑娘,你等等!"

海棠惊恐地望着这些向她走过来的人们。

大管家仔细地端详着海棠,突然问道:"姑娘,如果我没猜错的话,你今年十六岁了,我说得可对?"

海棠点点头。

大管家接着问:"你的家就在东边的黄花滩,对不对?"

海棠又点点头。

大管家又问:"你家的北面有座小山包,西边有条河。我还知道你从小父母双亡,跟着一个瞎眼婆婆过日子,我没说错吧?"

海棠惊讶地望着大管家,她不明白究竟是怎么回事,刚才还在凶神恶煞般地用鞭子抽她,怎么转眼就……

大管家欣喜地张开双臂,感叹道:"真是天神的旨意啊!右谷蠡王,对不起,您惩罚我们吧……独孤大师说得不错,这一切都是天神安排好的!天神啊,我们在草原上寻找了七天七夜,今天终于为谷蠡王找到他的新娘了!"说着,跪倒在海棠姑娘的面前,虔诚地磕着头。

跟随大管家而来的人们望着眼前衣衫褴褛的牧羊女,都惊呆了。他们怎么也没有想到,堂堂的右谷蠡王伊屠智牙师竟然要娶一个下贱的牧羊女做老婆。

可怜的海棠姑娘也被吓着了,她紧张地望着大管家,有些不知所措。

只有伊屠智牙师心里明白是怎么回事。其实他并不知道海棠家的附近是否真有条河,但他知道匈奴百姓一般都是逐水而居,之前他假说是独孤伯留下了话,所以对大管家所说的一切全是自己编的,没想到竟然恰恰都对上了。

伊屠智牙师仰望着苍天,心里充满感恩。

海棠姑娘的眼里满含着泪水。

第四章　婚嫁

　　平和的日子总是过得很快,转眼间云与呼衍勿央的百日之约就要到了,呼衍勿央到底能不能寻来那四样彩礼,云心里还是有点忐忑,万一那家伙真的寻了来呢？说实话,云自那次在单于庭与呼衍勿央打赌之后,心里多少有些后悔。要是呼衍勿央真的寻来了那四样彩礼,自己就不得不践约;如若真有那一天,云已经为自己想好了后路,要么逃离单于庭,寻一个谁都找不到自己的地方去终老,要么就死。

　　百日之约正好与匈奴一年一度的蹛林大会撞到了一起,这是云特意算好了的。

　　蹛林大会即将开始,单于庭的事情千头万绪。云主动向搜谐若缇单于请缨,将单于庭后宫的诸般事情全部包揽了下来,包括各位大小阏氏的衣食住行。搜谐若缇单于担心这个侄女太辛苦,于是让须卜当抽空帮着云料理一下后宫的事宜。须卜当自然欢喜。

　　金珠如今也是十四岁的姑娘了,父亲去世后的一场大病,金珠似乎脱胎换骨一般,过去那个假小子似的金珠变成了如今温婉谦和的模样。听说姐姐在张罗蹛林大会后宫的诸般事宜,金珠恐姐姐太过辛苦,于是也来帮忙。

　　须卜当随着单于庭的众位大臣和管事们护卫着搜谐若缇大单于来到水草丰美的草原上,将单于的穹庐安顿在了狼居胥山下。单于王庭的十万卫队此次蹛林大会来了三万护卫,加上单于庭权力中心,加上随从后勤一干人等,大队人马聚集在狼居胥山下,闹哄哄,乱糟糟,人喊马嘶搅作一团,眼看着太阳西斜,搜谐若缇单于急得头上直冒汗。

须卜当是个热情而机灵的小伙子,他对搜谐若缇单于说:"大单于莫急,先请歇息片刻,这等杂事就交给须卜当去安顿吧。"

从龙城来狼居胥山的路上,虽说须卜当只是个跑腿传话的角色,但他的机灵、他做事的周全细致,搜谐若缇单于早就看在了眼里:"须卜家族有福啊,竟出了这么个晓事的孩子!"

须卜当拿着大单于的令牌,他先是请大单于移步穹庐大帐稍事歇息,又将那三万人的卫队安顿在了距离大帐两里开外的草地上,里外三层护卫在单于的穹庐周围,然后又吩咐人准备晚上的饭食。刚刚安顿好乱糟糟的场面,单于庭后宫各位阏氏的车马也到了,须卜当又协助云和金珠姐俩支使人们为各位阏氏搭穹庐起毡帐。安顿后宫的事情最为麻烦,初来乍到的女人们似乎乱了方寸,娃娃哭、女人叫,待人吃马喂一应事情都安顿妥当后,天已经快黑了。

天色将黑未黑之时,东方天空中最亮的那颗星星升起来了,大半个天空变成了靛蓝色,喧嚣了半日的草地终于安静了下来,草原上笼罩着一层淡蓝色的炊烟。

须卜当和云已经累得七倒八歪,他俩双双跌坐在草地上,相互望着对方脸上的汗水,都笑了。

几天的蹲林大会照旧是隆重的祭天拜地;照旧是清点匈奴的家业,看看一年来的人口有无添加,牲畜有无增产;照旧是斗驼赛马、喝酒唱歌;自然也短不了互市贸易的环节,匈奴百姓和周边生意人的货物一直摆出去了好几里地。

晚上喝酒时,匈奴单于王庭的大臣们对搜谐若缇单于说:"今年的蹲林大会多亏了须卜当那小子,机灵勤快,为人又和善,有他在外面跑前跑后倒省却了我等老朽的许多麻烦,后生可畏啊!"

搜谐若缇单于把大臣们的议论记下了。

这天晚上,劳累了一天的搜谐若缇单于倒在厚墩墩的毡垫上正要睡觉,有人进来通报说:"大单于,呼衍勿央求见。"

"让他进来吧。"搜谐若缇单于说。

呼衍勿央走进穹庐,施礼道:"见过大单于。"

搜谐若缇单于问道:"这么晚了,呼衍大人可是有什么要紧的事情?"

呼衍勿央说:"我曾与那云公主订下了百日之约,大单于可还记得?"

搜谐若缇单于说:"自然记得。"

呼衍勿央说:"大单于,明日就是百日之约的最后一天,到时候还望大单于为呼衍做主。"

搜谐若缇单于笑道:"那是自然。一个是本王的亲侄女,一个是匈奴最大的望族,本王自会为你们主持公道。这么说呼衍大人的彩礼准备好了?"

呼衍勿央含糊地应着。

搜谐若缇单于发现呼衍勿央今日的神情极委顿,全然没有了往日的跋扈,于是问道:"呼衍大人看上去了无精神,可是病了?"

忽然,呼衍勿央跪倒在搜谐若缇单于面前说:"大单于,云公主就是呼衍的命,若是得不到她我也不想活了,还请大单于为呼衍做主……"

搜谐若缇单于问道:"呼衍大人,你与云公主不是已经有约了吗?明天就到日子了,想必呼衍大人的彩礼已经准备停当了吧?"

呼衍勿央欲言又止:"大单于,我……"

搜谐若缇单于道:"呼衍大人,你可别与本王讲条件,想你呼衍氏在匈奴也是数一数二的望族,人家女孩儿出嫁,要你些彩礼总不为过吧?"

呼衍勿央点头道:"不为过,不为过,只是我……"

搜谐若缇单于笑着扶起呼衍勿央,说:"呼衍大人,快回去歇息吧,明日还有要紧事情呢!"

呼衍勿央嗫嚅道:"大单于,我……"

搜谐若缇单于说:"回去吧,有什么话明日再说,本王今日实在是乏困了。"

呼衍勿央说:"那——呼衍告辞了。"

呼衍勿央一肚子话没说完,悻悻地走了。

第二天,狼居胥山下的单于穹庐内,匈奴的各位王、长老和贵族又聚集在了一起。今日他们要见证的是呼衍勿央和云公主的聘礼。此刻,穹庐大帐里人们已经议论纷纷了:

"云公主的四样彩礼要的也太过刁钻了,呼衍勿央大人到哪里才能寻得?"

"哎,诸位多虑了!呼衍家族财大气粗,或许人家的彩礼早已经准备停当了呢!"

"做梦去吧,单是那天上的七颗星星,任由是谁都寻不得,财大气粗又有何用?"

说话间,呼衍勿央走了进来,他今日特意穿上了新赶制的衣裳,绛色的鹿皮衣裤,外罩豹皮大坎肩,腰间束一条镶金嵌银的玉带钩,脚下是一双本色的牛皮短靴,竟显得比平日精神了许多。

呼衍勿央走上前拱手拜见搜谐若缇单于,说:"呼衍勿央拜见大单于!"

搜谐若缇单于呵呵地笑道:"呼衍大人,今日穿戴得好精神啊!快快请坐!"

呼衍勿央在一旁的毡子上坐下。

一大早,须卜当就开始忙碌了起来。昨天大单于就吩咐过了,今天要在穹庐大帐宴请各位贵族和匈奴有身份的长者,他吩咐须卜当一定要准备好肉食和酒水。须卜当早就算好今日是呼衍勿央和云百日之约的践约之日,不知为什么,他竟然有些莫名的担心:他知道若依那呼衍勿央的愚钝,他是无论如何也解不开云公主索要彩礼的谜底的,怕就怕有什么高人给他出主意。

须卜当来到搜谐若缇大单于跟前,提醒道:"大单于,一切都安顿停当了。"

搜谐若缇单于高声道:"好!有请云公主!"

"叔父,我来了!"只见穹庐大帐的毡帘一挑,云走了进来。

由于连日来的操劳,云看上去显得瘦了不少,也黑了许多。后宫的事情虽说无大事,但是琐碎繁杂,大大小小的阏氏们,哪一位都得悉心打点,所以云每日都是顶着星星起来支应,又顶着星星回去睡觉,幸亏身边有妹妹金珠帮着跑腿,否则她可真要累瘫了。

云知道今日单于的穹庐大帐里高朋满座,也知道今日必然会与那呼衍勿央有一番较量,百日之约到了,她倒要看看呼衍勿央今日会有何惊人之举。云素面朝天走进穹庐大帐,尽管她没有工夫收拾自己的妆容,却有一种别样的韵致。

云来到大帐中央,施礼道:"见过大单于!见过各位大人!见过呼衍大人!"

第四章

婚嫁

从云一走进大帐的那刻起,呼衍勿央的眼睛就没有离开过她,黑了,也瘦了,可怜见的,虽然不似前两次见面时那么水灵,却依然迷人。呼衍勿央看到云特别还给自己施礼,颇有些受宠若惊,一时间竟然有些慌乱。

搜谐若缇单于开口道:"今日是云公主和呼衍大人百日之约的践约之日,特意请了各位大人、长者过来,一者是庆贺蹛林大会的圆满,二来也是为他们做个见证。开弓没有回头箭,我们匈奴人说话做事向来磊落,既然已经立了契约,无论是呼衍勿央大人还是云公主,都不可反悔。你们二人可听得明白?"

云干脆地说:"云明白。"

呼衍勿央不自信地说:"呼衍……也明白。"

搜谐若缇单于说:"好!云,如果呼衍大人拿出了你要的彩礼,你就是他的新娘了,你可明白?"

云应道:"明白。"

搜谐若缇单于又对呼衍勿央说:"呼衍大人,若是你拿不出彩礼,那就是你输了,以后不得再对云公主进行纠缠,你可明白?"

呼衍勿央嗫嚅道:"明白。"

搜谐若缇单于一伸手,须卜当递过来一只锦囊,大单于从里面拿出那份字据:"大家都还记得独孤大师的话吗?此事已经惊动了天神,如若反悔,天地可诛!"

大家纷纷说:"记得,记得。"

搜谐若缇单于大声道:"好!呼衍勿央大人,把你准备好的彩礼呈上来吧!"

呼衍勿央朝外面叫道:"把彩礼呈上来——"

话音刚落,八汉子抬着四只硕大的羊皮口袋走了进来。他们进来后在大帐中央铺开一条大毡,然后把羊皮口袋里的东西一一摆放在毡子上,黄澄澄的金子、白花花的银子、成堆的珊瑚玛瑙,还有一捆一捆的皮货细料……

人们惊呼道:"天神啊,呼衍家族果然了得!"

云瞥了一眼毡子上的那些东西,问呼衍勿央说:"呼衍大人,'天上的彩虹要三丈,夜里的星星要九颗,晒干的雪花要半斤,冬天的鲜花一千朵',我要的东西你这里面一样都没有啊!"

呼衍勿央说:"我说云公主,这么多的金银财宝,别说区区四样彩礼,你什么东西买不来呢?你要是觉着这些东西还不够,我立马打发人回家再去取,你看如何?"

云轻笑道:"呼衍大人,我们是签了契约的,我只要我那四样东西!"

呼衍勿央有些恼了道:"云公主你这明摆着是为难人嘛,天上的彩虹,夜里的星星,那得上天去才能弄到,可谁能上得了天呢?"

大帐里的人们议论纷纷:"是啊,谁能上得了天呢?"

呼衍勿央又说:"晒干的雪花要半斤,那雪花能晒干吗?还有这冬天的鲜花,我说云公主,你别说千朵,一朵我都寻不来!我的好公主,咱再商量商量行不行,就地上这些金银财宝,我再给你来一份如何,只求你能嫁给我……"

云说:"呼衍大人,云的性格向来如此,一是一,二是二,马虎不得。你我必得按契约行事,其他的,多说无用。"

呼衍勿央不悦地说:"云公主,你这分明是在耍我嘛!匈奴这么大,哪里听说过什么人索要这么刁钻的彩礼!"

搜谐若鞮单于笑道:"呼衍大人既然寻不来彩礼,按照所立契约,就不得再纠缠云公主了,在座的各位可为他们做个见证。"

呼衍勿央喝道:"慢着!大单于,呼衍不服!"

搜谐若鞮单于问道:"呼衍大人还有什么话说?"

呼衍勿央生气道:"云公主这四样彩礼不仅我寻不来,我看整个天下也没人寻得来。云公主这不是在戏耍我吗?"

搜谐若鞮单于笑道:"呼衍大人多心了。再说了,天下之大无奇不有,你我君臣没见过的东西多了,你我没见过的东西保不住就有什么人能寻来了呢?"

呼衍勿央气呼呼地说:"大单于,你得为我做主!今后,若有第二个人寻得这等彩礼,云公主方可出嫁,若无人寻得,云公主便不可出嫁,即使老死龙城也是她咎由自取,否则就是与我呼衍勿央过不去!"

一位老者说:"呼衍大人,你娶不到云公主,也不许旁人娶,这恐怕不妥当吧?"

呼衍勿央脖子一梗说:"只要他寻来这四样彩礼,我心服口服!"

搜谐若鞮单于说:"呼衍大人——"

这时，云上前一步说："大单于，就依呼衍大人，今生今世若再无人寻得这四样彩礼，云终身不嫁！"

"好个钢骨的女子！"大帐里有人赞叹说。

搜谐若缇单于看看再议论下去也没有什么结果，于是对大家说："今日的事情各位都看到了，孰是孰非心中自有掂量。各位都是匈奴的栋梁，若日后有什么纷争，还望各位主持个公道！今日大家也都乏了，散了吧。"

大家正要起身离去，只见须卜当快步来到大帐中央，拱手道："大单于，须卜当有话说！"

搜谐若缇单于有些意外，问道："须卜当，你有什么话要说？"

须卜当说："大单于，方才云公主说了，今生今世若再无人寻得这四样彩礼，终身不嫁；那么，若是有人寻得这四样彩礼呢？"

搜谐若缇单于笑道："若是有人寻得这四样彩礼，云公主自然还是要出嫁的喽！"

须卜当说："大单于此话当真？"

搜谐若缇单于说："难道本王说话不算数吗？自然当真了！"

须卜当说："那……大单于做得了云公主的主吗？"

搜谐若缇单于板起面孔，说："你这后生说话好没来由！若论公，我是匈奴的大单于；若论私，我是云的亲叔叔，你说本王可否做得了主？"

须卜当笑道："大单于莫怪，是须卜当失礼了。既是大单于如此说，须卜当就斗胆了。"

一旁的贵族长者们纷纷叫道："后生，不必啰唆了，有话快说，我等还要去喝酒呢！"

须卜当略略提高了些声音说道："大单于，各位大人，云公主的那四样彩礼，须卜当已经寻来了！"

"啊？"不仅搜谐若缇单于和所有的贵族大人们惊呆了，就连呼衍勿央也吃了一惊，只有云安静地站在一旁，望着英俊的须卜当，脸上飞起两朵红晕。

搜谐若缇单于心里也在暗暗高兴，云若果真嫁给了须卜当，也算是郎才女貌绝佳的姻缘了，于是说："须卜当，既然你寻得了彩礼，还不快快呈上来，也让诸位大人开开眼！"

须卜当从大帐一侧拿过一个锦盒，说："这第一样彩礼是'天上的彩虹',云公主你瞧好了,看看是不是你要的东西。"须卜当说着打开锦盒,从里面捧出一捧东西,"哗"地向空中一扬,只见一缕云霞般的彩练飞飘起来——

须卜当顺势在穹庐大帐里挥舞着手中的彩练,只见那彩练在人们的头顶上飘来飘去,华美而轻盈,竟然好一会儿才缓缓地落下,宛若一缕雨后的彩虹,把在座的所有人都看呆了!

须卜当收拢起彩练,竟然只有盈盈一握,他对大家说:"这是世上最漂亮的云绫,这云绫薄如蝉翼,轻若鸿毛,人称'落入人间的彩虹',这还是家父多年前从汉地带回来的,据说存世的云绫也只有这些了。"

"为什么?"

须卜当说:"自那织云绫的匠人过世后,这门技艺也就失传了。"

须卜当捧着云绫来到云的面前说:"不知公主要的'彩虹'是否就是这东西,请云公主过目。"

云轻抚着那几近透明的云绫,只觉得指掌间缕缕丝滑,淡紫的颜色里又晕着些许嫣红,云的心里充满了欢喜。

呼衍勿央立时急了,说:"这不过是些寻常的绫子而已,云公主要的可是天上的彩虹呀!"

云说:"此物只应天上有,人间那得几处寻。此云绫色泽艳丽,轻柔华美,堪比天上彩虹。"

云对搜谐若缇单于说:"叔父,这正是云儿想要的彩虹。"

众人纷纷说:"须卜当,快快将你的第二样彩礼呈上来!"

须卜当说:"这个容易,须将大帐里的灯火熄灭。"

搜谐若缇单于说:"好!来人呀,暂时将大帐里的灯火全部熄灭!"

大帐里的灯火熄灭之后,只听得须卜当说:"大单于,各位大人,请看好了!"

这时,只见空中出现了一颗晶莹的星星,接着是第二颗,第三颗……九颗星星高悬在空中,甚是美妙。

众位大人喊道:"星星,果然是星星!"

云欢快地叫道:"叔父,这就是云想要的星星!"

原来,须卜当从千里之外寻了萤火虫后,小心翼翼地带回来,临了又将虫儿分别装进九个纱囊中,这才有了单于大帐里的那九颗"星星"。

第四章

云望着空中的点点流萤，心里甚是欢喜，难为须卜当这么有心，自己想到的，他居然也想到了。

灯火重新点燃之后，众位大人迫不及待地叫道："须卜后生，我们在等着欣赏你的第三件礼物呢，快快呈上来！"

须卜当应道："就来！请将大帐的帘子打开！"

大帐的帘子打开后，须卜当说："大单于，各位大人，云公主，请看好！"他对外面喊道："右谷蠡王，开始吧！"原来在外面帮忙的竟然是伊屠智牙师。

话音刚落，只见纷纷扬扬的"雪花"从天而降，一时间洁白的"雪花"竟然将穹庐大帐的门前铺满了……

须卜当笑着对云说："云公主，这就是晒干的雪花，不知你可满意？"

云笑着点点头。

呼衍勿央大嚷道："这哪里是什么晒干的雪花呀，分明就是些杨花柳絮！须卜当，你也太能糊弄人了！"

云正色道："呼衍大人，难道你没听过'杨花如雪'的说法吗？"

呼衍勿央愤愤地道："好好，算你说得对。我倒要看看他这第四件彩礼有什么花样！"

这时，只见须卜当手上捧着一大束干枝梅向云走来。只见那干枝梅呈淡粉色，细碎的花朵只有豆粒儿般大小，一朵朵仿佛是绢纱做成，成千上万的花朵堆在枝头，如云似雪。这干枝梅在夏天开放，草原上随处都是，即使到了冬天也不凋谢，依然蓬勃地怒放在枝头。

呼衍勿央看了一眼那干枝梅，不屑道："哼，我道是什么稀罕东西！须卜后生，你也太糊弄人了！"

须卜当满眼含笑地对云说："云公主，这干枝梅是去年的，经历了一个冬天依然新鲜如初，这冬天的鲜花我给你寻来了，你看可好？"

云接过那捧如云似雪的干枝梅，笑着说："须卜当，你果然聪明！"

须卜当说："谢谢云公主夸奖。"俩人对视着，眉眼里全是柔情。

云转身对搜谐若缇单于和众位长者说："叔父，各位大人，我当初向呼衍大人要的彩礼是'天上的彩虹要三丈，夜里的星星要九颗，晒干的雪花要半斤，冬天的鲜花一千朵'，呼衍大人没有寻来的东西，须卜当倒寻来了，叔父看这事情该如何办呢？"

这些日子以来,搜谐若缇单于其实一直在为云捏着一把汗,他担心若是呼衍勿央真的寻来了那四样彩礼,云就得依约跟了这粗俗的家伙,云这辈子就……没想到事情会是这样一个结果,须卜当生得英俊,做事沉稳,人也极聪明,云与须卜当,是再般配不过了。

搜谐若缇单于哈哈笑道:"既然以前立有字据,那就依约而行便了。呼衍大人,你可服?"

呼衍勿央从牙缝里挤出一个字:"服!"

搜谐若缇单于松了一口气,高兴地说:"好!吩咐下去,明日一早拔营起寨,我们回龙城!"

回到龙城不久,搜谐若缇单于便将须卜当正式委任为右骨都侯,专事单于王庭的一应日常事务。搜谐若缇单于原本就十分喜欢这个聪明机智的年轻人,虽然年少,却有担当。须卜当家族是匈奴的贵族,他的父亲曾经侍奉单于庭多年,这也算是子承父业。

右谷蠡王伊屠智牙师与海棠也成亲了。伊屠智牙师生性淡薄功利,他只希望和他深爱的人厮守一处共渡晨昏,在草原上安静地生活一辈子百年终老。伊屠智牙师成亲之后,带着海棠回龙城拜见了母亲和大阏氏与颛渠阏氏后,就又回到自己的封地,与海棠平静地过日子,一切静好。

这几日昭君心里惶惶的,夜里也总睡不踏实。自入冬后,颛渠阏氏便没来由的一日日瘦了下来,还总是有一声没一声地咳。昭君担心颛渠阏氏的病体,每日晨昏过去照拂,做些家乡的粥汤让她补身子,也让如琴煎了草药送过去,但收效甚微,颛渠阏氏还是一日日地憔悴着……

半夜时分,单于庭的上空掠过一阵牛角号的呜咽,声音凄厉而苍凉。

昭君忙披衣下了毡榻,心里很是不安。颛渠阏氏几天前咳嗽时竟然咳出了血,天神保佑,颛渠阏氏千万别出什么事……自昭君出塞来到匈奴后,大阏氏和颛渠阏氏时时处处照护着她,虽说她们同为呼韩邪的妻子,但大阏氏姐妹却比昭君年长许多,昭君总感觉她们像是婆婆心疼儿媳般地疼着自己,所以尽管这些年出了那么多事,她才能够一次次地化险为夷。

昭君在心里祈祷着,祈祷天神保佑颛渠阏氏度过这个冬天最冷的日子,只要熬到春天颛渠阏氏大约就没事了。

这时,如琴也起来了,说:"姐姐可听见外面的动静了吗?"

昭君望着外面黑沉沉的夜空说:"我不也正在为颛渠阏氏担心么……"

如琴说:"姐姐,我先过去看看。"

正在这时,凄厉的牛角号又响了:"呜——呜——"

昭君忙吩咐如琴说:"如琴,等不得了,我们赶紧过去!"说着,她抓起一件袍子扔给如琴,自己披了一件软羔皮披风就往外走。

当昭君她们赶到时,颛渠阏氏已经过世了。

大阏氏跪坐在姐姐的毡榻前,正在幽幽地低唱着什么,声音沉重而凄凉,她这是用匈奴人的方式在与姐姐做着最后的诀别:

"……天上孤独的大雁呀,
从南到北,再也寻不见她的亲人;
草地上孤独的鹿啊,
从东到西,再也看不见她的亲人;
我相伴了多年的姐姐啊,
天上地下,再也没有了你的踪影……"

匈奴人崇尚自然,包括生老病死,来的自然要来,走的自然要走,就像春种秋收、草木荣枯一样,生了的,并不特别欣喜,走了的,也不特别哀伤。大阏氏对于姐姐来说不同,姐妹俩自从嫁了呼韩邪,整整相伴了四十多年。这期间她们的丈夫呼韩邪单于死了,她们的儿子雕陶莫皋死了,姐妹俩就像旷野里的两棵树,根紧紧缠绊在地下,枝叶相扶在空中,几十年的时光,已经分不清你我。如今一人走了,剩下的一个将如何苟活下去?

让人们万万没有想到的是,颛渠阏氏过世后的第七天,大阏氏也走了。单于庭的人都说,颛渠阏氏去世后,大阏氏看上去并没有过分的哀伤,她像其他匈奴女人似的,在为去世的亲人举行了一系列古老的仪式之后,就回到了自己的穹庐,怎么突然就去了呢?

只有昭君明白,大阏氏的伤在骨髓里。那天夜里颛渠阏氏过世后,昭君和如琴在颛渠阏氏的穹庐见到大阏氏的那一刻,她就知道,大阏氏怕是要随姐姐去了。颛渠阏氏的死,伤了大阏氏的心脉,表面平静的她一如既往地张罗着姐姐的后事,却生生地把锋利如剑的伤痛吞进了自己的肚子里,生生地把自己的五内伤得鲜血淋漓,大阏氏她又怎么能活?

一向疼爱照护自己的两位阏氏骤然间都走了,昭君感到从未有过的孤独和难过。当年呼韩邪走了,大阏氏和颛渠阏氏陪着自己;雕陶莫皋走后,还是大阏氏和颛渠阏氏陪着自己;如今她们走了,谁还会是自己心里那个坚实的倚靠?好在这些年匈汉关系还平和,如果再起纷争,可如何是好?

昭君对两位大阏氏的思念吞噬了那个冬天所有的温暖,整个冬天变得阴沉、寒冷而漫长……

第二年的秋天,云和须卜当在单于王庭举行了盛大的婚礼。

已经很久了,匈奴王庭都没有这样热闹过。匈奴王庭办喜事与民间无异,不过在规模上就大得多了。天气格外好,天空蓝得透亮,金灿灿的太阳仿佛也透着喜兴,将大把大把的阳光毫不吝啬地抛洒在草原上。最可人的是没有一丝儿风,这在草原上可是少见的。

王庭最大的穹庐里,人们已经喝得东倒西歪;面前的条案上,整坛的酒、整只的烤羊还在不断地被抬上来。匈奴人喝酒没有汉地那般斯文,好酒好肉,图的就是一个痛快,敞开吃喝便是!宽阔的穹庐里弥漫着肉香与酒香,喝多了的人们勾肩搭背,极其友好,极其亲热,他们含含糊糊地劝道:"吃吧,吃吧,难道还怕草地上没有羊吗?"

搜谐若鞮大单于醉眼迷离地望着他的臣民,心里暖融融的,颇有些天下之大莫非王土的自得与骄傲,他笑骂道:"这群狼……"

就在整个单于王庭都沉浸在巨大的狂欢中时,云和须卜当却骑马在草原上奔跑着,今天是他们成亲的日子,他们才是主角,王庭的人们尽可以乐和他们的,云和须卜当要的却是别样的欢愉。

直跑得马累了,人也累了,云和须卜当下马后发现不远处有一湾湖水,俩人手牵手向湖边走去。

初秋的草原上,野菊花开得正浓,蓝的蓝,白的白,将大片的绿草地装点得无比素雅。湖水里,几只水鸟在悠闲地凫水,一只雌鸟在前面开路,她的身后跟着六只娇小的幼鸟,雄鸟凫在最后,保护着他的妻儿。

云和须卜当坐在湖边的草地上,你望着我,我望着你,笑着,却不知该

说什么才好。

远山如黛,浮动着灰蒙蒙的山岚,像一个饱经沧桑的老人静坐在那里,以一双睿智的眼睛在静观着人间的沧桑。

天上的太阳一览无余地照耀着大地,草原沐浴在明媚的阳光里,一片亮堂,即使是一面土丘吧,也因了阳光的照耀而变得神圣了起来。山葱和野韭菜的味道迷漫在山洼里,连清凉的空气都被染香了;还有干枝梅,一蓬一蓬的,粉红、雪白,成千上万细碎的花朵挤在一起,一辈子都不会凋谢。

云和须卜当面对面地坐在草地上,四周地老天荒般地安静,只有几只野蜂子嗡嗡地飞来飞去。脚边,一些蚂蚁在慌慌张张地赶路。

云望着眼前的须卜当,眼睛忽然有点发酸,说:"须卜……"

须卜当紧紧地抱着他的女人,云从来不知道男人会有这样一双热烈而有力的臂膀,云的眼眶里充满了泪水。须卜当在云的耳畔轻轻说:"云,须卜当今生今世永不负你!"

碧蓝的天空旋转起来了,远处的大山和身下的草地也旋转起来了,云快活地叫着:"须卜当……须卜当……"

空中,似乎响起一个男人的声音:山无棱,江水为竭,冬雷阵阵,夏雨雪,天地合,乃敢与君绝。

云匍匐在草地上放声大哭。

云和须卜当刚刚成亲,单于庭就出了天大的事情,谁都不曾料到,正值壮年的搜谐若缇大单于突然归天了。许是前天在酒宴上喝多了酒,或是原本就已经有了隐疾,搜谐若缇大单于头天晚上睡觉前还好好儿的,第二天一早却发现人已经殁了。搜谐若缇单于在位仅仅八年。

继搜谐若缇单于之后,颛渠阏氏的大儿子且莫车继任了匈奴的单于,被尊为匈奴的车牙若缇大单于。

云和须卜当成亲之后,原本是要与丈夫回到须卜家族的驻地去生活的,可搜谐若缇单于殁了,车牙若缇单于新立,作为单于庭的执事大臣须卜当一时还不能离开,再说云也舍不得母亲,所以他们夫妇就在龙城安顿了下来。

晚上,云夫妇离开之后,小女儿金珠也回到了自己的穹庐,昭君吩咐如琴说:"如琴,忙了一天,你也歇歇吧。"主仆二人坐在毡榻上一边喝些热汤一边说话。

昭君道:"反正是睡不着,不如我们说会儿话吧。如琴,我们出塞来到匈奴有多少年了?"

如琴笑道:"不用算,整整二十二年了。"

昭君叹息道:"哦,二十二年了。如琴,你看看这些年,呼韩邪走了,雕陶莫皋走了,如今且糜胥也走了。好歹呼韩邪单于走时也是快六十的人了,可雕陶莫皋与且糜胥正是如日中天的时候,怎么就……唉!"

如琴安慰昭君道:"什么叫世事无常?姐姐,这是任谁都奈何不得的事啊!"

昭君道:"虽说是世事无常,可每次新单于继位前后,单于庭都要动荡些日子,匈奴大单于的位置,不知有多少人在觊觎着,呼韩邪的众多子孙、匈奴有实力的贵族,人心隔肚皮,谁知他们的心里是如何想的?父子相残,兄弟杀戮,匈奴历史上这种事情发生得还少吗?有时候,我真是怕啊……"

如琴说:"姐姐,车牙若鞮单于也是稳妥之人,料不会有什么意外,你就放心好了。"

昭君说:"无事最好,最好……噢,如琴,还有一件事让我寝食难安,你无论如何也要帮帮我。"

如琴说:"姐姐请讲,只要如琴做得到,姐姐只管吩咐就是了。"

昭君说:"如琴,当年出塞时,你还是个小丫头,如今也是奔四十的人了。姐姐是这样想的,既然你不愿嫁给匈奴人为妻,不然你还是回汉朝吧,或许还能遇上个知冷知热的男人……空耽搁了你这么些年,姐姐心里实在不忍……"

如琴的眼里忽然有了泪,喊道:"姐姐……"

昭君说:"你若愿意,我就差人去请车牙若鞮单于过来,让他请奏汉天子,如何?"

如琴的眼泪夺眶而出,又道:"姐姐……"

昭君的眼睛也湿润了,说:"如琴,其实我也舍不得你,又不忍耽搁你,你若愿意,姐姐就着人去准备些上好的貂皮之类,也好……"

如琴打断王昭君的话:"姐姐你误会了!如琴自打跟了姐姐的那天

起,就断了嫁人的念头。嫁人又能怎样,空添一堆烦恼而已,倒不如一个人清静。"

昭君说:"我是心疼你,老来老去,跟前没个知冷知热的人,你真个要孤零零地来,孤零零地去不成?"

如琴说:"恕如琴鲁莽。姐姐倒是嫁了两回人,还不是照样孤独吗?姐姐,这个话儿以后再不要提起,如琴是铁了心要守着姐姐的,等哪天姐姐归天的时候,如琴跟着去就是了。嘻,哪里的黄土不埋人呢?"

如琴说着,一脸的恬静。

昭君是知道如琴的,虽然弱如扶柳,性子却刚烈,是个说一不二的女子。自那之后,昭君再没有提起婚嫁之事,待如琴越发像自家的妹妹了。

匈奴帝国前后约七百多年的历史,多数时间充满了战乱、杀戮和迁徙,唯有呼韩邪与昭君和亲之后的将近六十年时间里,匈奴却海晏河清没有什么战乱。这期间虽然单于庭的大单于多有更替,但匈奴百姓安居乐业却是不争的事实。

而复株累单于、搜谐若鞮单于、车牙若鞮单于在位的二十七年间以及乌珠留若鞮单于在位的大部分时间内,匈奴人都过了多年安稳日子(王莽摄政后汉匈之间虽然出现了裂痕和动荡,但终归没有爆发大的战争)。所以越是从宏观的、历史的角度去考量昭君出塞,就越是突显出昭君和亲之举的不俗。一个女子能够以一己之力换来匈奴近六十年的清平,昭君无疑是匈汉时期当之无愧的和平女神。

那天早上,天气晴和。初冬时节难得有这么好的天气,金珠一时兴起,拎起弓箭和箭壶,跃马便向草原上奔去。其实,金珠长这么大,还真没有猎到过什么猎物,倒不是金珠的技艺不精,而是她往往不忍面对猎物的那一双眼睛。在校场射箭时,金珠几乎是百发百中;可等到在草原上狩猎时,当她拉弓搭箭的那一刻,看到动物们那可怜无助的眼神时,金珠就彻底崩溃了。所以,金珠骑马射箭就变成了纯粹的消遣,射石头,射树干,甚至射草地上的蘑菇,往往是骑着马跑一整天,箭囊空了,人也乏了,就高高兴兴地回来了。

那天金珠在草原上信马由缰地逛荡着,看看日头已经偏西,于是忙收拾东西准备回家了。恍惚间,金珠发现前面的草丛中有个什么东西在动。

天色暗了,再加上远,开始时金珠以为是鹿,她骑在马上笑道:"放心吧,我不射你,你赶紧回家去吧!"金珠的坐骑这时候却显得异常烦躁,不停地喷着响鼻。草丛里那东西并不走开,借着杂草的掩护,竟一步步地向金珠靠近。

金珠这时意识到自己可能遇上了麻烦,就在她拍马掉头的时候,草丛里的那东西迅速地窜了过来,金珠的马被这突然的动静吓了一跳,嘶鸣着猛地跃起。"咳——"金珠没有防备,刹那间被掀翻在马下。

就在金珠跌落马下的那一刻,草丛里窜出了两只狼,这两只狼体型异常硕大,脸上似乎挂着不怀好意的奸笑。金珠忙弯弓搭箭,可是在抽箭的时候,她呆了,箭囊里已经一根箭都没有了。金珠顿时有些慌乱,如果有箭,自己尚可以抵挡一阵,此刻手中除了那张弓,什么都没有了。

金珠和那两只狼对峙着……

金珠几次尝试着离开,都没有成功。两只狼和她杠上了。

眼看着太阳就要落了,金珠心里又急又怕,那两只狼倒显得极有耐心,蹲坐在离金珠三四丈远的地方,笑模悠儿地望着它们的猎物。金珠明白,说不上什么时候,这两只狼一个眼色,便会迅疾地向她扑来。

按说匈奴人在草地上遇到个把狼是再正常不过的事了,可金珠是单于王庭的金枝玉叶,往日出行前呼后拥,谁曾想偏偏今日遇上凶险。金珠知道自己今天怕是逃不过这一劫了。

后来的事情颇有些戏剧性。

天色一阵阵暗了下来,草原一片地老天荒般的死寂,这种时候是绝对不会有什么人出现在荒原上的。金珠彻底绝望了。面前的那两只狼相互对望了一眼,然后不约而同地往后退了两步,金珠知道,这是要进攻了。

金珠失声大喊:"救命呀——救命呀——"金珠突然间的这一嗓子无比尖锐,竟然把那两只狼吓了一跳,趁着狼那一愣怔,金珠猛地翻身上马,急速地向前跑去。

到手的猎物眼看要跑,两只狼岂肯罢休,它们兵分两路向金珠的坐骑包剿过去。草原上的人们都说狼最是老谋深算,金珠算是领教了。只见那两只狼忽前忽后、忽左忽右,紧紧地缠绊着金珠,使她不能放开缰绳奔跑。纠缠了大约一顿饭的工夫,金珠和马都已经大汗淋漓了。金珠忽然明白了那两只狼的伎俩,它们这是要生生地拖垮她和她的马,然后再……

金珠不敢想下去了。

　　金珠感到自己已经没有一点力气了。那两只狼却显得越来越有精神,鞍前马后地围追堵截,戏谑着就要到口的猎物。

　　金珠骑在马上,拼力大喊道:"滚开!滚开!"

　　一只狼继续与金珠周旋着,另一只狼则蹲坐在地上,仰起脑袋朝着空旷的夜空嚎叫着:"呜——"

　　金珠知道,它是在呼唤它的同伴,用不了多长时间,一群狼就会如约而至,一个人一匹马,足以让它们饱餐一顿。草原已经完全被夜色吞噬了,除了那只狼凄厉的嚎叫听不到一点别的声音。金珠仰望着天空,天上繁星点点,她之前一点都没想到,自己会死在这样一个美妙的夜晚。

　　金珠望着黑黢黢的草原,大声喊道:"有人没有——救救我呀——"金珠明明知道这个时候是不会有什么人出现的,但她还是想试一试:"来人呀——救命呀——"

　　远处,一盏盏蓝色的"灯火"向这边移动着,那是无数只狼的眼睛,金珠似乎听到远处传来的"唰唰"的声响。

　　就在这时,不远处似乎响起一阵沉闷的马蹄声。金珠仔细一听,确实是马蹄声!金珠心中一喜,天神啊,难道真的有人来了?金珠本能地喊道:"来人呀——救命呀——"

　　远处的马蹄声停顿了一下,接着便向这边跑来。金珠喊道:"我在这里——"

　　金珠先是看到了一点金红色的火光,那火光在黑沉沉的旷野上非常醒目,大概是移动得快的缘故,那火光将夜色划开了一道口子。紧接着,一个黑黢黢的影子出现了,金珠借着那人手上的火把看去,这是一个结实的匈奴汉子。

　　不远处,那些蓝色灯火似乎也移动得更快了。

　　金珠喊道:"快救我——我在这儿!"

　　汉子来到跟前,大声道:"你是什么人?怎么在这儿?"

　　金珠说:"我被狼缠住了……"金珠都快哭了。

　　汉子一回头,发现那一群狼已经快到跟前了,于是喊道:"快走!"

　　那些狼是何等的狡猾,眼看到嘴的美食岂能让他跑掉?

　　刹那间,先前的那两只狼封住了金珠他们的去路,后面赶来的群狼呈扇形挡在了他们前面,它们只不过对汉子手中的火把有所忌惮,所以才没有立刻扑上来。

那汉子前后看看,扭头对金珠说:"你先走,我断后,往斜刺里走——"

汉子手举火把,照护着金珠,俩人试探着向旁边走着。那些狼似乎看出这两个人想逃跑,便一步步地跟了上来。

汉子挥舞着火把,呼呼的火苗使狼群停住了脚步,但仅仅片刻工夫就又聚拢了过来,而且这次似乎是做好了进攻的准备。汉子知道,如此的黑夜,如此的荒原上,一两个人是无法抵御得了群狼的攻击的,好在他的手中有一支火把。

汉子用火把试了试风向,对金珠大声喝道:"你快跑!那边,朝上风头跑!"

金珠踌躇着,问:"那你呢?"

汉子喝道:"别管我,你先走,快!快呀!"

金珠只好打马先走,狼群见状,立刻朝汉子这边扑了过来。

汉子边退边挥舞着手中的火把,他知道一旦狼群扑上来他立刻就会被撕成碎片,所以手中的火把无论如何不能丢掉。狼群忌惮火光,与汉子成胶着之势……忽然,汉子感到身后有什么动静,就在他扭头的瞬间,一只狼冲了上来,汉子躲闪时,手中的火把不慎落在地上,汉子大叫一声:"我命休矣!"

让他意外的是,狼群并没扑过来,当他回过神来之后,看到脚下的草地已经在燃烧了。原来,他手中的火把正好落在一堆干草上,干草忽地一下腾起了巨大的火焰,大火朝着处于下风头的狼群卷了过去。初冬的草原,草地上的茅草已经干透了,上面还存留着干燥的草籽,一星火种足以引发一场大火;当一支火把落在结满草籽的茅草上时,火焰迅速地燃烧起来。狼群在火焰的追逐下仓皇逃窜着。

汉子看看狼群暂时顾不上自己了,他拎起缰绳向金珠那边追了过去。汉子与金珠刚刚会合,就见远处飞奔过来一队人马,他们边跑边喊道:"金珠公主——金珠公主——"金珠知道,这是单于庭的卫队出来寻找她了。

昭君做梦也没有想到,小女儿金珠出去打猎时竟然给她领了个女婿回来!

第四章

婚嫁

救了金珠的那汉子叫当于狐鹿,当于家族也是匈奴草原的贵族。当于狐鹿是个职业军人,他的手下大约有两万多兵士,奉单于庭的命令驻守在龙城的西北方。那天当于狐鹿在单于庭办完事后骑马返回驻地的路上,由于多喝了些酒,出了单于庭被风一吹,酒劲就上来了,当走到一个背风的山窝里时,当于狐鹿实在困得不行,跌倒在草窝窝里睡了过去。一觉醒来后,发现太阳已经西斜,于是打马匆匆向驻地跑去。

幸亏当于狐鹿那天喝多了酒,幸亏他喝多酒后睡了一觉,金珠公主的时间坐标不前不后恰恰和当于狐鹿的时间坐标搭在了一起,于是金珠公主遇到狼群,又恰恰被当于狐鹿给救了,一切的一切,不前不后,刚刚好。

当天夜里黑漆麻乌的谁都没有看清谁的模样,第二天早上当于狐鹿过来辞行时,金珠才发现这是一个英武的匈奴汉子。想到昨天夜里救自己时的拼命,金珠忽然有点喜欢这个汉子了,一个女人这辈子能有个男人如此呵护着,知足了,何况他长得还不丑,岂止是不丑,甚至是很好看呢!

昭君打量着眼前的这个匈奴汉子,英武结实,却也慈眉善目,她再看看身边的金珠,正在打量着面前的当于狐鹿,眉眼间透着欢喜。于是她笑了。

当于狐鹿也是第一次面见宁胡阏氏。当他得知昨夜里救下的女子是宁胡阏氏王昭君的女儿时,心里赞叹道:果然名不虚传,果然都是倾国倾城的美人。

当于狐鹿拱手对昭君说:"当于狐鹿给宁胡阏氏请安。"

昭君笑道:"当于将军不必多礼,过来坐吧。"

当于狐鹿依然站着说:"当于狐鹿不敢。趁着天色明朗,当于这就要回去了,特来向宁胡阏氏和金珠公主辞行。"

金珠插话说:"不过是说几句话,哪里就耽误你赶路了?"

昭君笑呵呵地说:"你看看,连我女儿都在挽留你了。"

当于狐鹿站在那里,立时窘得红了脸。

昭君问道:"当于将军,谢谢你昨天救了我女儿,要不是你及时赶到,我女儿怕是凶多吉少了……"

当于狐鹿说:"还是金珠公主福大命大,其实我也没做什么。遇上那种时候,任是哪个匈奴汉子都会舍命救人的。"

昭君满意地笑笑,问道:"当于将军,今年多大了?"

"二十。"

"家中还有什么人？一切可安好？"

当于狐鹿规规矩矩地说："回宁胡阏氏的话，家中父母安好，兄弟姐妹和睦，草地上牛羊……也肥硕。"当于狐鹿说着，出了一脑门子的汗。

金珠忽地笑了，说："母亲只问你家中还有什么人，谁问你那么多了？"

昭君笑着制止女儿说："金珠，不可欺负老实人。当于将军，金珠被我宠坏了，你莫怪。"

当于狐鹿立刻说："不怪不怪，公主心直口快，正对当于狐鹿的脾气呢。"

金珠嗔道："看看，又说浑话！"

当于狐鹿赶紧抱拳道："公主见谅，当于不会说话……"

昭君素闻当于家族为人正直良善，与须卜家族一样，是匈奴贵族中声望颇高的家族。今日看到当于狐鹿，不仅生得仪表堂堂，而且性格也憨厚，如若把金珠许配与他，做母亲的尽可以放心了。

昭君于是乐呵呵地对当于狐鹿说："当于将军，我的小女儿金珠今年十七岁，如若你还没有婚配，我欲把她许配与你，不知你可愿意？"

当于狐鹿听了宁胡阏氏这句话，顿时懵了。

金珠则窃笑着扭过了身子。

昭君又说："当于将军，你今天且回去，禀告父母后，择日过来提亲吧。"

当于狐鹿仿佛被这天大的喜讯砸了一棒子，呆立在那里，不知如何是好。

金珠羞涩道："嗨，呆子，母亲在和你说话呢！"

当于狐鹿醒过神来，站在那里，不知该说什么才好。

忽然，毡帘一掀，车牙若缇单于哈哈大笑着走进来，说："好啊，好事啊！"

当于狐鹿忙躬身施礼道："大单于。"

金珠也施礼道："叔叔。"

昭君问道："且莫车，莫非你……"

车牙若缇单于道："刚才我在门外已经都听到了，好事！这些日子我正说要给我侄女寻个好人家呢,这不,当于将军就出现了！这后生不错,是个可以托付终身的汉子。傻小子,你倒是说句话呀!"

当于狐鹿终于醒过神来,他忙说:"当于……当于自然乐意!"

车牙若缇单于笑道:"好,这个大媒,我做了!"

半年后,金珠和当于狐鹿成亲了,她辞别了母亲和姐姐,随丈夫去了当于家族的封地。

第四章

婚嫁

第五章　第一次入汉

公元2年，汉平帝刘衎执政期间，匈奴单于庭的大单于已经是乌珠留若鞮单于了。

车牙若鞮单于在位八年，归天后由呼韩邪与颛渠阏氏所生的儿子囊知牙斯继位匈奴单于，即乌珠累若鞮大单于。

汉平帝刘衎执政期间，未央宫里真正主事的却是大司马王莽。王莽并不满足于大司马的位置，他觊觎的是九五之尊的皇位。为了讨好他的姑姑王政君老太后，他向老太后举荐了王昭君的女儿云。他对老太后说："云是王昭君的长女，听说容貌不输她的母亲，性子又极伶俐，老太后何不唤来让她陪侍些日子？"

老太后欣然接受了侄儿王莽的孝心。

半年后，云和须卜当来到了长安。

云在丈夫须卜当的陪同下，作为匈奴使节第一次前往长安。这个时候匈汉两国的关系尚平和，所以他们这次入汉应该是礼节性的交流访问。

长久以来，昭君心里始终没有断了让女儿入汉的念头。云聪明，有担当，缺的是历练，虽然目前匈汉关系还算稳定，但一朝天子一朝臣，谁能知道以后会发生什么事情呢？云从小就对家国大事上心，用她的话说，国家安宁了，家庭才会和顺；如今丈夫须卜当是单于庭的执事大臣，自己理应与他共同为匈奴王庭尽责才是。由于从小就在单于庭走动，云对单于庭的事务自然熟识，当年的搜谐若鞮单于和后来的车牙若鞮单于也十分信赖他们这个聪明的侄女。自觉与不自觉间,云便把自己的命运与匈奴的荣衰紧紧地系在了一起。

昭君是这样打算的,之所以让云入汉,一来是让她多些见识和阅历,二来也算是走走亲戚。即使是亲戚,也是该经常走动才好,经年累月地不来往,再亲的亲戚也生分了。自己是老了,往后匈汉两家相互走动的事就得倚靠云和须卜当这些年轻人了。

云没有想到,再次将她入汉之事提到议事日程上时,她已经是三十岁的少妇了。

云完全是一副出门的骑行打扮,一身鹿皮制作的衣裤,精干利索,外面罩一件深蓝色面料的小羔皮披风,精神抖擞地骑在马上,颇有一股巾帼不输须眉的威风。

云和丈夫须卜当启程后,一路上风餐露宿就不说了,一个匈奴女子自小在大漠长大,已经习惯了风沙雨雪的磨砺;只是太远了,望着眼前那灰漫漫的长路,云都怀疑这条路仿佛被什么人施了魔法,长得没了尽头。骑在马上一步步地丈量着脚下的土地,云觉得自己就是一只行走在荒原上的蚂蚁,辛苦倒说不上,云只是心疼母亲当年的辛苦,一个娇弱的水妹子长途跋涉一路走来,单单是塞外的风沙就能把她折磨得够够儿的,母亲毫无怨言地跟着呼韩邪单于足足走了一年多光景才回到龙城,母亲硬是在那一年里把别人一辈子的路都走完了。

原以为匈汉和睦,云和丈夫须卜当前往长安的路途不会有什么凶险,岂料在他们穿越乌拉山与狼山的峡谷时差一点殒命。

须卜当一行二十多人,穿越乌拉山和狼山的峡谷后人马都有些疲惫,须卜当望着远处的石头城对云说:"很快就要到高阙塞了,到了那里我们可以歇息两天再赶路,你说可好?"云笑着说:"听你的便是了。"

须卜当转身对大家说:"太阳快落山了,大家辛苦些,天黑前我们必须赶到高阙塞!"

大家在山脚下稍做整理,正准备要离开时,须卜当忽然感觉到了什么,他好像隐约听到了什么动静,他本能地一抬头时,看到半山腰上一块牛腰粗的石头正摇晃着滚了下来。刚开始声音并不大,随着巨石滚落的速度越来越快,头顶上发出轰隆隆的闷响……

须卜当大喊:"快闪开!"

人们似乎还没有反应过来,那巨石已经飞滚到了半山腰。

须卜当喊道:"别愣怔了,快!快跑!"

被突发情况击懵的人们一时间竟然不知该往哪里跑才好,须卜当一看旁边有片松树林子,忙喊道:"快!那边,往林子里跑!"

人们向树林子跑去,好在离得不远。就在大家向林子跑去的时候,山上的巨石带动着更多大大小小的石块砸向他们刚才歇息的地方,飞滚的石块相互摩擦着,碰撞着,溅起点点火星。

前后相差也就喘息的工夫,石块便把人们刚才停留的地方湮没了。

林子里,人们惊恐未定,喘息着说好险,差一点就将自己交代了。

这时,林子深处忽然扑啦啦飞起一群鸟,惊慌地向外飞去。黄昏时分,应该是众鸟归林的时候,怎么反倒向外飞去了呢?须卜当略一思忖,叫道:"不好!快,大家都躲到树干后面去!"话音刚落,林子深处唰唰地飞来了一阵密集的箭镞,有两支箭不偏不倚正好扎进了云身后的树干上,幸亏躲避及时,否则真就出事了!

待四周安静下来后,云疑惑道:"怎么会这么巧?恰恰我们在山脚下歇息,山上的石头照着我们就下来了;我们刚钻进林子,又有人想暗算我们,好像一切都是事先安排好似的。这究竟是什么人干的?"

"等等!云,你看看这支箭!"须卜当把刚刚从树干上拔下的箭杆递过去。

林子里光线不好,云就着微光仔细地察看着那支箭杆,隐约发现箭杆上有个狼头状标记,仿佛是用什么东西特意烙上去的。匈奴下面的部落对于自己部落的武器都有各自的标记,有的是狼头,有的是蛇形,诸如此类,图案不一。

云将箭杆还给丈夫,冷笑道:"这就再明白不过了,他知道我们南下时,这高阙塞是必经之路,于是事先着人守在山上,等我们到了山脚下时便推下巨石,妄想将我们置于死地;倘若侥幸不死,也必然会进这片林子暂时躲避,所以又安排了武士,企图神不知鬼不晓地将我们射杀在这片林子里。这地方偏僻荒凉,少有人经过,我们即便死了,也很难被人发现,可见这家伙的心肠有多么歹毒!"

须卜当说:"我猜也是他干的。宁可得罪君子,不可得罪小人,这家伙看来是与我们杠上了。"

人们纷纷问道:"右骨都侯,这是什么人干的呢?"

须卜当说:"天快黑了,大家赶紧收拾行李,将跑散的马匹收拢回来,此地不可久留,到高阙塞还有一段路要走呢!"

高阙塞又名石头城,由南北两座城组成,坐北朝南,东、西、北三面环山,南面则是一条渐渐开阔的谷地,从这里出去之后距离著名的"秦直道"就不远了。高阙塞是汉匈大通道上的重要关隘,也是匈奴前往长安的必经之路。须卜当夫妇一行在高阙塞歇息了两日后,继续向长安进发。

须卜当对妻子说:"很快就要过黄河了,过了黄河之后大概还有不到两千里的路程,若按每日六十里的程头,再有一个多月我们就到长安了。"

云感慨道:"太远了。小时候以为天下的大小就是草原的这头到那头,骑着马一来一回就把天下走完了;再后来长大些,以为天下就是龙城到狼居胥山的距离,早上出发,天黑就到了……须卜,我们离开龙城后日夜兼程,到现在已经走了快两个月了,你说天下到底有多大呢?"

须卜当笑呵呵地说:"我也说不准,反正很大。不管咋说,没有比太阳更高的山,没有比腿更长的路,我们不停地走就是了,总有一天能到。"

呼衍勿央喜欢云公主,自己没能得到不说,反倒让须卜当那小子得了便宜,所以多少年来一直耿耿于怀。呼衍勿央的地盘在阴山西北一带,南临黄河,西界戈壁荒漠。当他听说须卜当夫妇前往长安时,久压心底的那股邪火便又蹿了起来,我呼衍勿央得不到的东西,别人得到了也休想安宁。呼衍勿央暗自思忖,乌拉山峡谷地势险要偏僻,经年间很少有人走动,只要安排几个人躲在山上的石崖后面,当他们经过时,顷刻间乱石滚下,他们必死无疑;即便有人能够侥幸逃脱,前面还有一道黄河在等着他们,哼,我看你们还能活到几时!

渡黄河的前一天,须卜当已经将要过河的诸般事宜安顿得妥妥帖帖。第二天一早,一行人来到黄河边上。天气很好,红腾腾的日头照耀着,没有一丝儿风,河面上有些浪,但并不算大,正是渡河的好时候。须卜当说要是冬天就好了,封冻的黄河结实得能禁得住千军万马;可这阳春三月冰河已经完全解冻,就只能乘坐羊皮筏子渡河了。

这是一个巨大的羊皮筏子,大约由三百多只羊皮扎成,所以在黄河上行驶是很稳当的。可是当羊皮筏子行至河心的时候,忽然有几个皮囊莫名地爆了,船工顿时有些惊慌,预感到要有什么事情发生,于是加快了划行的速度。

皮囊接二连三地破裂了,须卜当感到了事情的严重性,他想这绝不是偶然为之,肯定是什么人在搞鬼。皮筏子距离岸边大约还有几十丈的时候,突然开始倾斜,筏子上的人们发出一阵惊呼。须卜当当机立断,他对筏子上的人们说:"把马匹赶下去,马会凫水!男人们都下去,紧紧攀着筏子,快!"说着,他率先跳进了黄河。

好在距离岸边不远了,几番挣扎后,一行人终于安全抵达了黄河对岸。须卜当他们上岸后,隐约看到水里似乎还漂着两个陌生人,看样子已经冻僵了。须卜当忙招呼大家将那俩人捞了上来,询问时,先是死活都不肯说,后来须卜当假作要把他们再扔进黄河时,才吞吞吐吐地招了:是呼衍勿央派他们来的。

过了黄河道路就好走多了,往后大约是不会有什么凶险了。须卜当于是派了两个人回单于庭报信儿,顺便将一路发生的事情禀报给乌珠留若缇单于。

消息传到单于王庭后,乌珠留若缇单于很是恼火。乌珠留若缇单于不同于车牙若缇单于,他是个火暴脾气。当他听说呼衍勿央对须卜当一行频下毒手时,顿时大发雷霆:"大胆的呼衍勿央,竟敢如此嚣张,全然不把我这个大单于放在眼里,来人呀!"

乌珠留若缇单于当即点起一千人马,对为首的将军说:"你速速赶往呼衍勿央的驻地,让他立刻来见本王,若他乖乖地跟你来了便好,若他胆敢违逆,你就地给我灭了他!"

呼衍勿央还算聪明,跟着乌珠留若缇单于的人马乖乖地来到了单于庭,并且带来了许多珍贵的礼物,见了乌珠留若缇大单于,也是一副小心翼翼的模样。

呼衍勿央走进单于大帐时,大帐里灯火通明,当地摆放着一个巨大的火盆,里面燃烧着熊熊火焰,几十个面目狰狞的武士分列在大帐两侧,手上的武器在火光的映照下闪烁着血红的光泽。

乌珠留若缇单于劈头问道:"呼衍勿央,把你做的好事一一道来!"

呼衍勿央说:"大单于,这是什么意思?"

乌珠留若缇单于脸色一变,说:"自己做了什么事难道自己不清楚,反来问本王？"

呼衍勿央一副无辜的模样，说："呼衍确实不知……"

乌珠留若缇单于厉声喝道："好你个呼衍勿央，你为何三番两次地为难须卜当夫妇，他们是代表匈奴出使汉朝，你和他们过不去，就是与我囊知牙斯过不去，今天你就给我说个明白！"

呼衍勿央低声下气地说："大单于，误会了，小民哪敢与大单于作对呢？绝对没有的事！这怕是什么人在搬弄是非吧？"

乌珠留若缇单于看呼衍勿央这家伙死不认账，于是喊道："来人！把物证呈上来！"有人拿过来几支箭杆，乌珠留若缇将箭杆掷在地上说："呼衍勿央，你看看这是什么！"

呼衍勿央心里什么都明白，但他还在狡辩说："大单于，这是我们呼衍家族的箭不假，戍边打仗，这就是我们的兵器，如若有人要陷害呼衍，哪里寻不来几支呢！"

乌珠留若缇单于怒了，喊道："把那两个人给我带上来！"

须卜当一行在黄河边上抓得那两个人被推了上来。

呼衍勿央一见那两个人，有些慌乱，他嗫嚅道："大单于，这……"

乌珠留若缇单于厉声喝道："呼衍勿央，你还有何话说！"

那俩人跪在地上道："呼衍大人恕罪，我等已经全招了……"

乌珠留若缇单于咬牙道："没有你的指使，他们敢对我单于庭的人下手？他们是吃了熊心豹胆了吗？"

呼衍勿央忽然跪倒在地上，说："大单于息怒，这两个家伙也许鬼迷心窍，觊觎上了须卜大人他们随身携带的财物，实在不干我的事……"

乌珠留若缇单于冷冷一笑，好你个冥顽不化的东西，今天必得给你些厉害瞧瞧，于是喝道："呼衍勿央，今日人证物证俱全，你还不认罪，可见你呼衍勿央是铁了心要与单于庭抗衡到底了！来人！立刻点起一万人马，将他的呼衍家族给我踏平了！"

一名将军领命而去。

呼衍勿央有些傻眼了。

乌珠留若缇单于又说："呼衍勿央，你既然今日能做出这等事来，明日就能领兵来反了我的单于庭，本王留你不得！来人！将呼衍勿央拉出去给我砍了！"

呼衍勿央忙伏倒在地上不住地磕头："大单于饶命！呼衍勿央知错了，大单于饶命！"

乌珠留若缇单于看看火候已经差不多了，就朝一旁的大臣使了个眼色，大臣上前一步，道："大单于，呼衍大人已经知错了，再说须卜当大人一行也没有什么损失，看在老臣的薄面上，大单于还是饶过呼衍大人这一回吧！"

呼啦啦一阵响动，地上忽然跪下了一片人，齐声道："大单于息怒，且饶了呼衍大人这一回，我等愿意作保。"

乌珠留若缇单于冷冷道："也罢，看在诸位大臣的面子上，本王权且暂留他一条贱命，若有下次，定斩不饶！"

众位大臣道："谢大单于开恩！"

呼衍勿央在自己的地盘上作威作福惯了，哪里经见过这样的场面，蜷缩在地上瑟瑟抖成一团。

乌珠留若缇单于道："区区一个呼衍勿央，竟敢与本王作对，不给你些颜色怕是你不长记性，来人！剁去呼衍勿央两根手指，以示惩戒！"

在呼衍勿央杀猪般的号叫中，他被剁掉了两根手指。

乌珠留若缇单于喝道："呼衍勿央，本王今天对你网开一面，从今往后你若对本王存有二心，本王定不饶你！"

呼衍勿央捂着流血的伤口，喏喏地退了下去。

须卜当一行走进长安城时已经是黄昏了。长安城里辉煌的灯火是他们在龙城所不曾见到的，整条街道的店铺、酒肆、驿馆，统统敞开着门面，里面明亮的灯光倾泻了出来，大门两侧高悬着各式灯笼和招牌，将街道装点得颇有情调。

须卜当夫妇在驿馆安顿下来后，着人向未央宫通报说匈奴的右骨都侯须卜当夫妇前来觐见。汉朝当时虽说是汉平帝刘衎当政，但朝廷的大权却是掌握在王莽手里。只不过王莽表现得比较温和，将篡权的野心粉饰得极谦恭、极文雅。王莽颇懂得迂回之道，他明白汉朝天子的皇位虽然诱人，但直取必然落个身首分家的结果，他是聪明人，绝不会那样鲁莽。太皇太后王政君权高位重，她恰好是王莽的姑姑，当时在汉宫也是一人之下万人之上的人物。亲侄子孝敬亲姑姑总无可厚非吧，于是王莽对姑姑

王昭君的女儿 匈奴帝国的外交使节

的孝敬和恭顺简直达到了极致。王莽有恒心也有信心,大汉皇帝的那张龙榻迟早是自己的。

太皇太后是个相貌端庄的妇人,她温和、亲切,第一次见面时云称太皇太后为太后婆婆,太皇太后就拉着她的手亲得不行,高兴得眉开眼笑。云是昭君之女,昭君出嫁多年如今她的女儿回来了,往小了说,就好似民间外孙女回到了娘舅家一般,怎么看都亲;若往大了说,云和须卜当是代表匈奴来长安的使节,他们的身上肩负着的是匈奴帝国的使命,如此这般的身份也是够尊贵的了。

年仅十二岁的汉平帝刘衎在未央宫的宣室殿接见了须卜当夫妇。虽说是大汉天子,可是平帝到底还是个娃娃,看上去精神不大爽,多少有些萎靡;安汉公王莽站在平帝的旁边,平帝每说一句话都要有意无意地看看王莽的眼色。

王莽中等个头,面色暗红,也许是习惯了点头哈腰的缘故,那条脊梁看上去多少有些佝偻,最有特点的是他那双眼睛,眼仁很黑,却四处露白,蛤蟆般地鼓突着,都说这种眼睛的人心机重,也歹毒,事实也确实如此,他的两个儿子就曾惨死在他的手下。

须卜当向平帝表达他们夫妇长途跋涉前来长安的初衷,他说:"……汉匈两国四十多年来和睦相处,两国的政局稳定、百姓安乐,这是匈汉两国的幸事,也是两国百姓之幸事。此次我们夫妇来到长安,一是拜见陛下、问候太皇太后安康,二是转达乌珠留若缇单于的意思,希望汉匈两国长久和睦、海晏河清。"

平帝刘衎道:"须卜大人的意思也正是朕想说的,汉匈两国唇齿相依,和则两利,失和则两害,汉匈两国若能长久和睦自然是极好的事。"

云说:"陛下,匈汉两国多年来没有战乱,所以才有了如今两国的繁盛和百姓的富足,我想如果汉匈两国的边贸互市来往更频繁一些,岂不更好?"

平帝望了王莽一眼,见王莽面色和悦,于是附和说:"好,当然好。"

云继续说:"纵观天下战乱之起因,无论与官与民,无非就是对财富和资源的掠夺与占有,如果日子富足了,谁还会愿意冒着生命危险去烧杀掳掠?"

平帝又望了王莽一眼,王莽微微颔首,平帝于是说:"云公主言之有理。"

云说:"多谢陛下夸奖。还有,家国贸易与民间相同,你与我桑麻,我与你皮毛,无非取长补短、互通有无,若能长此下去岂不皆大欢喜,陛下以为如何呢?"

刘衍正要说话,却被王莽哈哈的笑声给打断了,王莽道:"素闻云公主博学聪慧,今日见了,果然是才貌双全!好,就依你夫妇所言,我这就命人下去安排!"

闲暇无事的时候,须卜当夫妇就在繁华的长安城里徜徉,浓郁的中原文化给了他们别样的感受。长安街头热闹无比,繁华的集市自不必说,叫卖声此起彼伏,让他们惊讶的是在街头居然看到了几个匈奴人。匈奴人的面前摆放着一些熟好的皮子,有雪白的羔皮,也有珍贵的紫貂皮和旱獭皮,正操着半生不熟的汉话在招徕客人。

云想起了母亲的话:匈奴是她的婆家,汉朝是她的娘家,手心手背都是肉,无论哪个指头伤了都疼得钻心。云悄声对丈夫说:"只要两国人民能安居乐业,我愿意在这条路上奔波一辈子。"须卜当半开玩笑半认真地说:"夫人聪慧。"

在长安的那些日子,云脱去了厚重笨拙的皮袄,也试着穿起了汉朝女子的服装,须卜当夸赞道:"谁说我们匈奴的女子不美,穿上这轻柔的汉服,竟也婀娜了许多呢!"

再说那呼衍勿央,失去了两根手指后,表面上是服了,心里却迁怒于须卜当夫妇。回到自己的驻地后,越想越恼,也就越发不甘心。于是,呼衍勿央就暗地里唆使手下的喽啰们,装扮成乞丐流浪汉隔三岔五地骚扰云中郡一带,掠夺妇女和财物。呼衍勿央吩咐了,不可将事情闹大,小打小闹即可。

消息传到未央宫后,安汉公王莽很是不悦,须卜当夫妇二人竭力斡旋,再加上太皇太后的说和,事情才没有闹到不可收拾的地步,但长安方面还是派遣使者前去匈奴将呼衍勿央在云中郡骚扰作乱的事知会了单于庭。

在一个山洞前,金珠见到了独孤伯。金珠难过地说:"独孤伯,金珠寻你很久了……"

独孤伯已经很老了,正在山洞前晒太阳,听说呼衍勿央失去手指后还在频频作乱,长叹一声道:"唉,人心啊……"

金珠见过独孤伯后不久,独孤伯出现在呼衍勿央面前。上一次见到独孤伯还是云公主在单于庭签订彩礼契约的时候。不知为什么,呼衍勿央对于独孤伯有种说不出的恐惧,尽管独孤伯是那样的慈祥。对于独孤伯的出现,呼衍勿央心里莫名地有些忐忑。

当时,独孤伯漫不经心地对呼衍勿央说:"呼衍大人,做事不可太绝,触怒了天神可不是小事,要小心啊,你家怕是要有塌天大祸发生了。"

果然,几天后的一个中午,呼衍家族的驻地莫名地被雷电击中起火,一下子烧了几十顶穹庐,呼衍勿央家族的大半家产化为灰烬。

呼衍勿央最后一次见到独孤伯时,问独孤伯说:"大师,我呼衍家族完了……我就不明白,为什么倒霉的总是我,为什么我呼衍家族会遭此大难?"

独孤伯的身子看上去很是虚弱,他说:"呼衍大人,与其问别人,不如问自己,其实你心里什么都清楚。回去吧,好生过日子,人生苦短啊……"

从此,人们再也没有在匈奴草原上见到过独孤伯的身影。

云和丈夫原准备在长安逗留几个月就回去了,无奈王太后极力挽留,她似乎把云当成了自己的亲外孙,须臾不愿离开,那段日子就连她的亲侄子王莽都感到受了冷落。云在长安的那段日子,除了陪王太后说说话,就是与须卜当一同在长安城里四处看看,走走,了解汉朝的风土人情、人文习俗;更多的时间,夫妇俩是在书馆里翻看藏书,用云的话讲,她在匈奴看过的所有书简加起来,也不及这段日子看过得多。

云在家里的时候,跟着母亲学了些汉话,到了长安后由于有了语言环境,云的汉话更娴熟了。看到精彩处,云兴奋地对丈夫说:"须卜,这回出来我可长见识了!"

相对于汉宫女子的娇柔,云的坦诚率真很得王太后的欣赏,她常常跟侄儿王莽说:"这丫头对我的脾气,说话办事大大方方,脾性儿也随和,跟这丫头说话,心里头舒坦。"

一日,云来到王太后居住的长乐宫,在寝宫里与王太后说话。王太后拉着云的手说:"丫头,从本宫见到你的那天起,本宫就觉着咱们娘俩投缘,也亲。你别看本宫现在享尽了人间的荣华富贵,其实本宫的心里却苦得很呢!"

云温和地笑着说:"太后婆婆心里有什么话尽管跟云说,就当云是婆婆的亲外孙吧。"

"唉,一言难尽啊!"王太后的眼里竟然有了泪,她说,"丫头啊,婆婆也就是与你说说心里话,偌大的未央宫,婆婆连个说说知心话的人都没有,心里憋闷啊!"

云不知该说什么才好:"婆婆……"

王太后道:"丫头,你知道,汉家的天下是高祖千辛万苦打下来的,以至后来的惠帝、文帝、景帝、武帝,还有我的丈夫元帝,为了汉家的社稷他们哪一个不是殚精竭虑?于是才有了汉家铁桶般稳固的江山。元帝归天之后,我儿刘骜继位为成帝,唉,此后,刘氏家族的江山便日渐衰败了。丫头,说起来丢人啊,我儿在位仅仅八年,这期间被那飞燕与合德两姐妹狐媚着,可怜我儿最后竟死在了合德那狐狸精的怀中。我儿成帝无子,侄儿刘欣继位,是为哀帝,真是汉刘家族的不幸啊!哀帝并不把心思用在江山社稷上,哀帝他……唉,真是让我老太婆羞于启齿啊!哀帝整日沉溺于酒色倒也罢了,他还专幸男宠,登基仅仅七年就驾崩了……丫头啊,婆婆进宫时十六岁,嫁给刘奭后他登基成为元帝,婆婆从皇后成了皇太后到如今的太皇太后,这些年眼看着成帝、哀帝撑不起汉家的江山,如今的皇帝又年幼,我这心里急啊,好在我的侄儿王莽能为我操些心……"王太后说着,掉眼泪了,她接着说:"原以为有个娘家人帮衬着总归要比外人放心些,可是本宫越来越觉着那王莽不可小觑,别看他在本宫面前唯唯诺诺,我却担心他包藏着祸心。若是他觊觎的是我汉家的江山,那这些年来本宫可就是在自己的身边养了一只狼崽子啊……"王太后说着,言语间透着无尽的悲凉。

云不知该如何安慰王太后才好,她轻声说:"婆婆不要太难过,当心伤了身子。"

王太后道:"唉,反正我已是古稀之人了,汉刘社稷若不保,我苟活着又有何用?"

云握着王太后的手说:"婆婆想多了。婆婆说了半日的话,怕是也乏了,该歇歇了。"

王太后抓着云的手说:"丫头,咱娘俩有缘,本宫心里烦闷却无处倾诉,你要多住些日子,咱娘俩好好说说话。"

云笑着安慰王太后说:"婆婆放心,云此次来长安就是来陪婆婆的,云且要住些时日呢!"

王太后说:"那就好,那就好。"

云临离开长乐宫时又说:"婆婆,汉匈两国比邻而居,只要两国永久和睦,云就能时常过来看望婆婆,陪婆婆说说话。"

老太后高兴地说:"丫头,婆婆懂你的心思。"

云从长乐宫出来后,心情有些郁闷,王太后的话令她心里生出了几分担忧——如果汉刘的天下真的被王莽篡取的话,那么匈汉关系还会不会一如既往地平和?

回到驿馆后,云和丈夫说了她的担忧,须卜当说:"其实我们刚来长安时,我就有了同样的担忧,只是没有说罢了。如今的皇帝刘衎看起来只不过是个摆设,真正当权的是安汉公王莽。"

云说:"我看那王莽的面相,不像是贤良之辈,汉刘的江山如若真的落在他手上,倒是让人捏了把汗呢。"

须卜当说:"我的夫人,偏颇了,仅凭面相怎能看出一个人是否贤良呢?依我之见,那王莽并非如人们所说的那样好,也非像一些人说的那样恶,我只能说他是个有心之人。"云接着说:"王莽被封为安汉公后,可以说是万人之上一人之下,如今连他的姑母太皇太后也奈何不得。我观他表面上风平浪静,说不定心里却揣着一个乾坤梦呢。"

须卜当沉吟着。

云说:"唉,自元帝时母亲与呼韩邪单于和亲之后,多年以来匈汉两家和睦相处;倘若日后汉刘的江山社稷姓了王……只怕匈汉关系就又要有波澜了。"

须卜当立刻掩住妻子的嘴说:"不可妄言!"

云嗔道:"我这不就是跟你说说嘛。"

须卜当说:"云,我们是匈奴的使节,万事宜和,临回匈奴前我们再去拜见皇帝刘衎和安汉公王莽,但愿匈汉关系万年和好,勿生是非。"

云笑道:"须卜大人,你是匈奴的右骨都侯、单于庭的执事大臣,云听你的便是了。"

须卜当也开玩笑道："伊墨云是匈奴的使节，须卜当小心伺候就是了。"

说完，俩人哈哈地笑了。

须卜当一行临离开长安时，再次来到未央宫拜会了汉帝刘衎。

豪华的宣室殿里，刘衎高坐在龙榻之上，看上去面色暗白、了无生气。紧挨龙榻的左下方，王莽坐在一条硕大的几案后，倒显得神采奕奕。

须卜当和云走进宣室殿行过礼后，须卜当对平帝说："陛下，我们来到长安已经将近一年了，近日准备返回匈奴，今日特来向陛下辞行。"

平帝应道："哦……要返回匈奴了。"

云躬身道："陛下，单于庭事情不少，我们实在不能再耽搁了。"

平帝道："哦，回去后代朕问候你们的大单于。"

须卜当道："谢陛下。"

平帝问一旁的王莽道："安汉公还有什么事情要吩咐？"

王莽立刻道："陛下一早就上朝处理朝政，此时想必已经是十分劳乏了。"

平帝刘衎说："朕是有些乏困了。有什么事情就劳烦安汉公处理吧，朕要回寝宫去小憩片刻了。"说罢，早有一个眉清目秀的小童走上来，服侍着平帝向后面走去。

王莽站起身来，对须卜当夫妇说："右骨都侯，对不住了，皇上年幼，况且身子骨羸弱，不便久坐，我们还是去我的书房叙话吧。"

在书房，王莽热情地招待了须卜当夫妇，他说："宁胡阏氏和我都姓王，我们自然是一家人；你二位作为匈奴的使节来长安做客，自然是远道而来的亲戚，所以无论于私于公，你们二位都是我的亲人。"

须卜当笑着说："安汉公如此说最好不过了。我真切地希望我们这门亲戚常来常往。"

云也说："若从母亲那里论，我们这是回娘舅家了，是正经亲戚呢！临来时母亲千叮咛万嘱咐，她只希望汉匈两国永远像亲戚般地走动，国与国之间和睦了，百姓的日子自然也就和顺了，安汉公您说是不是这个理儿？"

王莽呵呵地笑道："须卜夫人不仅人生得天生丽质，言谈话语也极有

道理。好,就依你夫妻之言,只要我王莽三寸气在,定然会为汉匈两国的和睦锦上添花!"

须卜当听了王莽的话,忽然间有些感动,他拱手道:"安汉公,须卜当这里谢过了!"

关于汉匈两国的和平大业,王莽信誓旦旦答应得极好,可是后来所发生的一系列事情,就与他当初的承诺相去甚远了。

第六章 裂隙

乌珠留若鞮单于在位时间为二十一年。他执政期间,前几年还算风平浪静,等到汉平帝刘衎登基后,汉刘江山的大权已经牢牢地掌握在了王莽手中,至此,匈汉关系开始有了裂痕。

公元前1年,二十四岁的哀帝刘欣驾崩,西汉王朝局面一度失控。王太后虽然明白王莽心机颇重,但此时此刻也只有他可以解决当前困境了,于是调任王莽为大司马。九岁的平帝刘衎继位后,王太后亲自垂帘听政,大司马王莽则全权操持国政。一年后,王莽被朝廷封为安汉公。安汉公的爵位非同寻常,据说在汉朝得此爵位者只有王莽一人。成为安汉公的王莽有了更大的权力,汉室的军事及兵马大权全部由他掌管。

王莽二十多年来卧薪尝胆,不仅把自己仕途的每一个步骤都拿捏得十分精准,而且将周围的关系团和得十分融洽,他在一步步地向那个至高无上的位置攀爬着。刘衎登基后,王莽用手段将七岁的女儿王嬿嫁给平帝,并立为皇后。至此,他不仅是大权在握的安汉公,也是汉朝的国丈,还是王太后所倚靠的重臣。王莽用了二十年的时间,完成了他登临皇位前的一切准备。此时,前行的路上还隔着一个障碍,那就是年幼的平帝刘衎。

夜深人静之时,王莽独自一人在庭院里散步,他望着天上的月亮,不禁潸然泪下。他感慨自己的不容易,感慨自己多年来没有睡过一个踏实觉,他时时刻刻都"含"着,"藏"着,还得表现得那么坦然。为了博一个大义灭亲的好名声,他甚至逼死了自己的儿子王获,那可是自己亲亲的骨肉啊,虎狼尚且懂得惜子,何况是人呢？王莽想,多年来自己忍辱负重付出得实在太多了,若得不到那个皇位,真正是委屈死自己了。

据说平帝小小年纪并不是那么听话,常常为一些小事和王莽怄气,王莽心里当然不舒服。翅膀还没硬就跟我安汉公叫板,长大了那还了得？一天小皇帝病了,在自己的寝宫里休息,小孩子家不过是偶感风寒,歇息两日自会没事的。当天晚上,王莽为小皇帝送来了汤药,并亲自服侍他喝了下去。第二天早上,小皇帝竟殁了。其实,明眼人谁都看得出事情的蹊跷,但安汉公权高位重,一人之下,万人之上,如今那小皇帝殁了,王莽便成了汉朝最高的统治者,垂帘听政的太皇太后王政君也仅仅是个虚名了。此时,王太后内心十分凄凉,原本指望着王莽能够协助自己重振大汉威风,却不想大汉的江山果真要在自己的手上易主了。她望着日薄西山的大汉王朝,纵是心里有万千块垒此刻也只有无奈了。

王莽很看重自己的名节,他绝不允许人们在他登临皇位前对他有什么诟病,于是他寻了个刘姓的婴儿扶为皇帝,自己则以摄皇帝的名义主持朝政。这时,王莽除了还在王太后面前称臣外,他已经是个代理皇帝了。当然,"摄皇帝"并不是王莽的终极目标。

刘姓婴儿很快就死了,王莽在朝臣们的一片呼声中登上了他觊觎已久的皇位,这一年是公元6年。

三年后,王莽逼他的姑姑太皇太后王政君交出传国玉玺,改长安为常安,改立国号为"新"。至此,西汉亡。

登上皇位的王莽长长地舒了一口气,这口闷气整整憋了他将近三十年,太不容易了。如果抛开人品而言,王莽在位期间所推行的一系列举措确实对中国历史的发展起到了一定的推动作用,但也正是这些举措暴露了王莽的幼稚和不成熟。辅政,他也许恰恰好,当政,就显得有些手忙脚乱了。要说王莽这个人,从他预谋皇位到登上皇帝宝座前后用了将近三十年的时间,其用心的诡秘和精巧不可谓不是个聪明人,可是他当了皇帝后的有些举措却显得有些盲目——作为一国之君,你在国内推行新政是你的事,可你有必要干涉别国的内政吗？

公元13年,王莽派遣使者来到匈奴,使者遵从王命收回了当年汉元帝颁发给匈奴的"匈奴单于玺",重新发给乌珠留若缇单于一颗"新匈奴单于章"。

开始时，乌珠留若缇单于有点发懵，还没有反应过来事情的重要性，当把"匈奴单于玺"交到大新使者手上时，明白了，可是也晚了。

须卜当也意识到了这一"玺"一"章"的置换，首先从等级上就显出差别，"玺"是国印，而"章"就不可同日而语了。须卜当疾步上前，企图夺回"匈奴单于玺"，只见那大新使者高举玉玺狠狠地向地上那个巨大的火盆摔去……

"匈奴单于玺"和火盆相撞的一刹那，玉玺碎裂了。

乌珠留若缇单于怒了，但他还强忍着。

大新使者又借故他们收留乌桓人而进一步发难。使者当即质问道："当年平帝在位时曾给你们定了四条规矩，其中一条就是如果有乌桓人前来投降匈奴者，匈奴方面不得收留，你们为什么违反规定？即刻将他们赶走！"

火暴脾气的乌珠留若缇单于勃然大怒，他大声道："我匈奴不过是收留了几个流浪的乌桓人，也值得你们兴师问罪吗？难道我匈奴做什么事情都必须征得他王莽同意吗？"

使者傲慢地说："你好大胆，竟敢直呼大新皇上的名讳！"

旁边的贤王立刻道："你算什么东西，竟敢对我们匈奴大单于指手画脚！"

使者冷笑道："哼，匈奴？大单于？说得好听！不过是些衣毡裘、食乳肉、整天与牲畜打交道的野蛮人而已，我大新皇上是什么人，是雄霸中原的帝王！能是一回事吗？真是好笑！"

"大胆！"乌珠留若缇单于怒不可遏。

不知死活的大新使者还在火上浇油："我们大新皇上能屈尊与你们往来已经很给你们面子了。你们若是识相，就乖乖地做你们的顺民；若不然，我大新皇上点起十万雄兵扫平你们的龙城！"

大新使者的话彻底把乌珠留若缇单于给激怒了，他一脚踹翻面前的火盆，大声叫道："来人！把这个不知死活的家伙给我砍了！"

气头上的乌珠留若缇单于当即派人点起一万铁骑，长驱南下，直逼云中！

汉匈关系开始有了火药味。

王莽为乌珠留若缇单于的不听话很是恼火，他原本的意思是要匈奴

第六章

裂隙

顺服,没想到却彻底惹恼了匈奴王庭,听说一万铁骑如今已经过了阴山。王莽思忖,若是不应战,倒显得我大新软弱了;若是应战,自己并没有十分的把握。王莽明白,那匈奴铁骑一旦发起飙来,岂是血肉之躯可以抵挡得了的?

王莽用了三十年的时间完成了登临皇位的准备,其用心之良苦,其心机之缜密,三十年的时间很充裕,足可以做得相当完美;可一旦做了大新皇帝,仓促间就显得有些手忙脚乱,做一些事情好比弯弓射箭,仓皇间射出去了,却觉得有些不妥,但已经晚了。也就是说,虽然王莽做了皇帝,但他的内心却不够强大也不具备一个皇帝的韬略和胸怀,仓皇上阵的结果在某种程度上为他后来的人生悲剧做好了铺垫。

王莽在给自己打气:"朕是谁?朕是大新的皇帝,是真正的九五之尊,朕会惧你区区一万人的蛮夷?来人!吩咐下去,兵来将挡,水来土掩,绝不可委顿了我大新将士的志气!"

天下本无事,庸人自扰之。王莽对待匈奴的态度就像是和自己开了一个庸俗的玩笑。

匈汉边境上,双方的兵士对峙着……

自从中原与匈奴的关系紧张起来后,乌珠留若缇单于下令,要木工坊立即赶造一千辆马车,五百辆用来运送粮草,五百辆用来做战车。

两天前,乌珠留若缇单于亲自到木工坊视察,当他看到无数匈奴男儿在拼命赶造马车时,欣慰地笑道:"王莽那家伙,太不把我们匈奴当回事了,想打仗还不容易?我匈奴男儿天生就是为了搏杀来到这世上的,几十年没有打仗,骨头早就痒痒了!

当天晚上,乌珠留若缇单于刚刚从外面回来,忽然有军士来报:"报单于,长安又来人了!"对于"长安",匈奴人依然是旧日的称呼。

乌珠留若缇单于道:"叫!"他用的是"叫"而不是"请"。

长安的使者进到穹庐后,既不施礼也不下跪,高声喝道:"囊知牙斯听旨!"

使者不尊称乌珠留若缇单于而直呼其名,这让所有在座的人都感到意外,囊知牙斯也是你们能叫的?众人正要发作,乌珠留若缇单于摆摆手示意大家沉住气。

使者大声道:"我大新朝皇帝有旨——其一,从即日起,改匈奴单于为

'降奴服于';其二,令分匈奴国土人民,以为十五,立稽侯珊子孙十五人皆为单于!"

开什么玩笑!

这不是胡闹么!

使者刚读罢诏书,大帐里就炸了锅!那些王子们都是些血性汉子,此刻他们气得嗷嗷大叫:

"什么?改匈奴单于为降奴服于?这也太欺负人了!"

"这是要把我们匈奴分割瓦解,然后一口口吞掉!我们匈奴人敬天敬地,他王莽老儿是个什么东西,竟敢跟我们发号施令!单于,下令吧,我们打狗日的!"

乌珠留若缇单于制止大家安静下来,他对汉使说:"回去告诉那王莽老儿,我们匈奴也是有尊严的民族,别人敬我一尺,我能敬他一丈;别人割块肉给我,我能剖颗心还他!可要是想羞辱我、骑在我们脖子上拉屎,我匈奴必将让他不得好死!"

多年来没有什么战乱,匈奴人得到了充分的休养生息,现在的匈奴畜牧繁荣,人丁兴旺,粮食堆积如山。他们本来就是马背民族,骨子里天生就有种勇猛强悍的血性,所以他们并不害怕战争。当奔跑的马蹄和戈壁上的石头碰撞出火星时,匈奴人骨子里的那种狼性也被激发了出来。

几天后,匈奴的骑兵像一道黑色的火焰冲过汉匈边境直向云中和朔方一带席卷而去。

谁都没有料到匈奴人会来得那么快,像旋风般袭来又像旋风般消失,所到之处,尸横遍野;活着的人们和牲畜在悲凉的呼号中被席卷而去。好多年不打仗了,云中守城的士卒已经习惯了四平八稳的日子,他们也没有想到匈奴人会这般剽悍,袭击一座城池麻利得像秋风扫落叶一般!

这次袭击,是汉匈和好多年来第一次刀光剑影的摩擦,虽然仅仅是一次擦枪走火,但足以使两国人民震惊:战火烧起来了,老百姓又要遭殃了……

昭君听说了发生在云中和朔方的事情后,心急如焚。她知道,集结在阴山以南的汉匈双方,一旦刀枪相撞,他们就会像野兽嗅到血腥一样失去理智和控制,双方就会死死地纠缠在一起拼个你死我活。

第六章

裂 隙

夜深了，昭君却毫无睡意，她坐在毡榻上心里油煎般地难受，她痛惜呼韩邪单于苦心创建的匈汉和平就要付之东流了，得想个什么办法才好啊……

忽然，昭君想到了大女儿云和女婿须卜当，一个大胆而冒险的想法涌了出来。

第二天一早，昭君着人请来了云和女婿须卜当。她拉着女儿的手说："闺女，匈汉关系到了这步田地，双方虎视眈眈对峙在阴山南北，溅起一个火星或许就会引发一场战争。云儿，仗一旦打起来就没有了界限，后果不堪设想啊！"

须卜当说："母亲，这仗打与不打，当由单于庭决断，母亲上了年纪，就不要为此事煎熬自己了。"

昭君叹口气，说："唉，话不是这么个说法，打仗就得死人，活蹦乱跳的精壮后生，一仗下来就都没了，那可都是爹娘的骨肉啊！你们出去打听打听，有哪一个爹娘愿意自己的孩儿们出去送命？"

云说："母亲，如今匈奴和中原双方的状况就好比是箭在弦上，乌珠留若缇单于性子火暴不甘输了这口气，他绝不会首先退兵；那王莽登上皇位不久，正需要一次胜利来巩固他的统治，所以那王莽也不会主动撤兵；双方这般态势真不知该如何是好了。"

"无论如何，打仗不是个办法，总得有人出来斡旋才好，可惜母亲老了……"

云是何等聪明的女人，她听懂了母亲的弦外之音，说："母亲有什么话但说无妨。"

昭君说："我们汉人有句话说，养兵千日用兵一时，你是匈奴的女儿，这个时候，你该挺身而出了。"

云说："这两天我也在想这个问题，匈汉关系非战即和，那王莽虽然骄横跋扈，但他也是读书人出身，总不该一点道理不讲吧？要是有人前去斡旋，或许两国百姓可以免遭战火的涂炭呢。可是……我行吗？"

昭君说："云儿，你行，只要你心中装着匈奴的百姓，你肯定能促成匈汉关系的重新和好。再说那王太后与你私交甚好，说不定还会助你们一臂之力呢！"

右骨都侯须卜当这时开口道："母亲的一番话让须卜当开窍了。匈奴危难之际,正是我等挺身而出之时,母亲,我和云就再走一趟长安!"

昭君舒了口气,她对女婿说:"有你和云儿同去母亲自然放心了,可你是右骨都侯,单于庭执政的重臣,乌珠留若鞮单于离得开你吗?"

须卜当说:"目前最重要的家国大事就是匈汉的关系,这件事情处理不妥帖,国无宁日,百姓无宁日,我现在就去和大单于商量,我想他会答应的。"

须卜当来到单于庭的寝帐时,乌珠留若鞮单于正在一声接一声地咳嗽着,他看到须卜当,示意他坐下。

须卜当担心地问道:"大单于的咳疾又犯了,我去找个医师来吧!"

乌珠留若鞮单于喝了口水,制止道:"不用,右骨都侯,有事你就说吧。"

须卜当向乌珠留若鞮单于说了入汉的想法。

乌珠留若鞮单于说:"右骨都侯,咱们想到一起去了。"

虽然前些天乌珠留若鞮单于派兵袭扰了云中郡和朔方,但平心而论他并不真正想打仗,他只是想敲山震虎,震慑一下王莽。虽说这些年匈奴的国力强大,真正打起仗来足以和王莽的大新朝抗衡,但打仗就要死人,就要消耗国家的元气,"男儿去打仗,妇孺守后方,征战归来日,白骨漫沙场",没有哪一个母亲和妻子愿意看到那种悲凉的胜利场面。就算战争打赢了,草原上整日萦绕着女人们的哭声,那又有什么意思?所以,当右骨都侯须卜当提出入汉的事情后,乌珠留若鞮单于便爽快地答应了。

乌珠留若鞮单于对须卜当说:"事情宜早不宜迟,快去准备吧。"他说着,又咳嗽了起来。

须卜当关切地问:"大单于,你这咳嗽已经有些日子了,你这样扛着可不成。"

乌珠留若鞮单于说:"不碍事,大约是天气骤然冷了的缘故。你快快收拾东西准备南下,我没事,过些日子会好的。"

晚上,云在家里收拾着准备南下的东西,须卜当在一旁帮忙。看到云手上的动作有些迟疑,须卜当问道:"怎么,是不是还有什么事放不下?"

云说:"我有些放心不下母亲,怎么说也是花甲之人了,我们这一去,还不知什么时候才能回来。"

第六章

须卜当安慰着妻子说："你多虑了,母亲身体一向康健,再说还有哥哥伊屠智牙师和妹妹关照着,料也无妨。我已经着人去请金珠妹妹了,过几日就该来了;哥哥离龙城不远,随时都能过来,你还有何不放心的?"

云说："哥哥一个男人,难免粗手粗脚对母亲的照顾不够精细;妹妹金珠我倒是放心,可她们当于家族的一应事情也是须臾离不开金珠的,我实在不忍心她婆家娘家两头来回奔跑,恐她过于辛苦。"

须卜当玩笑道："既是如此的牵肠挂肚,那咱就不去长安也罢。明日一早我就去见乌珠留若缇大单于,让单于庭安排别人去长安就是了。"

云啪地在丈夫的手臂上拍了一下,嗔道:"又说浑话!我只不过是跟你说说心里话,瞧瞧你,倒要去见单于,这么大的事情出尔反尔,你我是这样的人吗?"

须卜当忙赔不是,说："罢了罢了,原本也是戏言,你却当真了,说到底还是须卜当不好。"

云听丈夫这样说,笑了,又问道："早上去见大单于,你看他气色如何?"

须卜当摇摇头说:"精神还好,只是瘦弱得厉害。"

云说："自王莽摄政以来,处处为难于他,他这个大单于当得并不舒心。"

须卜当说:"大单于的性子也过于暴烈,这种性格往往是伤人伤己,两国之事,事在人为,言语间稍有不和就发兵边境,打打杀杀总不是长久之计。这次我们去长安,肩上担的可是匈奴百姓的安危!云,说实话我真怕自己担当不起。"

云在丈夫身边坐了下来,宽慰他说:"右骨都侯且放宽心,有你夫人云陪着你,只要我们夫妻同心竭尽全力去斡旋就是了。"

须卜当缓缓地说:"这两日我也想过了,我们这次赴长安斡旋不比从前,过去毕竟是汉刘的江山,还顾念着呼韩邪和母亲当年和亲的旧情;如今已经改朝换代,那王莽若翻脸不认人,我们该如何是好?到头来匈汉两国若能恢复以往的和睦那是最好的结果,万一我们的努力徒劳,我还有何脸面回来面对匈奴的父老?"

云将身子靠在丈夫的肩上,柔声道:"须卜你想多了,现在我们对那边的情形知之甚少,到了长安后我们且看且行,你就不要煎熬自己了。"

位于图拉河谷的匈奴龙城,距离阴山脚下的高阙塞将近两千里地,须卜当夫妇的马队从龙城出来已经半个多月了。他们日夜兼程,已经过了额尔浑河和范夫人城,赶得紧些,大约再有二十几日就能到阴山脚下的高阙塞。

早晨,太阳将出未出的时候,须卜当一行已经赶了两个多时辰的路程,寂寥的大漠上,除了急促的马蹄声,再就没什么声音了。天气干冷干冷的,呼出的哈气在顷刻间就凝成了霜花。由于急着赶路,人和马的身上都出了汗又凝成了霜,变得通体皆白。

须卜当招呼大家说:"大家下马活动一下身子吧,再跑下去,脚指头就该冻掉了。"

天还没亮就起来赶路,人们此刻又冷又饿,身子僵直得连腿都抬不起来,一个个几乎是从马上跌下来的。

大家在地上小跑了一阵后,僵硬的身体才渐渐活泛了。又吃了些干奶酪,喝了几口酒,失散的热量和力气这才在身上聚拢了起来。

须卜当对大家说:"上马吧,今天的路程还长着呢!"

大家上马后没走多远,忽听得身后传来一阵急促的马蹄声。须卜当勒住马转身望去时,只见两骑两乘从后面急急地追了上来,再仔细看时,原来是单于庭的信使。

云疑惑地望着丈夫说:"他们来干什么?莫非单于庭出了什么事?"

说话间,信使已经到了跟前,俩人翻身跌下马来,急切地说:"大人……单于庭让你们火速返回……"

须卜当忙问:"返回?出了什么事?"

信使说:"乌珠留若鞮单于病重,让你们立刻回去!"

乌珠留若鞮单于的寝帐里,毡榻旁围满了人,单于已经进入弥留状态。

其实在云和须卜当启程南下的那天开始,乌珠留若鞮单于就已经感到不好了,只是他没有想到自己会衰弱得这么快。一连数日,剧烈的咳嗽仿佛把心都要震出来了,最后便开始大口大口地吐血。到了这一两天,他竟然衰弱得连说话的力气都没有了。

第六章

乌珠留若缇单于预感到自己的大限就要到了，于是派人火速去将须卜当夫妇追回来。须卜当跟随自己多年，自己如若真的走了，单于庭的一切事务还得须卜当来打理。我囊知牙斯病得可真不是个时候啊，匈汉关系被王莽这个贼子搞得乱七八糟，长城内外匈汉两军壁垒森严，稍有不慎，战火很快就会燃烧起来，这个时候就是死了，也是死不瞑目啊……

乌珠留若缇单于虚弱地对身边的人说："快，快去把母后请来，我有话说……"

昨天夜里，昭君从囊智牙斯那里回来后，躺在毡榻上一点儿睡意都没有。她想起囊知牙斯虚弱的样子，心里禁不住也是丝丝缕缕的痛，虽然不是自己的骨肉，但他终归是呼韩邪的儿子，自从接任大单于以来，囊知牙斯二十一年的路走得磕磕绊绊并不顺畅。先前汉成帝和哀帝在的时候，两国间的关系还说得过去；自从汉平帝登基以来，王莽掌握了朝政大权，匈汉关系便一日日地出现了裂痕，尽管乌珠留若缇单于殚精竭虑想把匈汉关系恢复至父亲呼韩邪在世时的样子，可是王莽却没有汉元帝当年的胸襟，眼看着匈汉关系一天天紧张起来，乌珠留若缇单于他怎能不焦虑呢？

昭君回想自己出塞以来的这些年，呼韩邪走了，雕陶莫皋走了，且糜胥和且莫车也走了，每一个大单于的离世，单于庭都要有一阵子的动荡。看样子乌珠留若缇单于也不久于人世了，山雨欲来风满楼啊，单于庭怕是又要起波澜了……

单于庭已经派快马去追赶女儿和女婿了，不知他们什么时候才能返回，乌珠留若缇单于一旦撒手去了，单于庭肯定要大乱。按照单于庭以往的规矩，乌珠留若缇单于走后应该由他的弟弟咸或者舆继任单于，可右贤王舆生性残暴、心胸狭窄，他若继任了单于，于内怕是压不住单于庭的阵脚；于外怕是处理不好与大新朝的关系，如若那样，怕是真的要大乱了。

早晨，天还黑着的时候昭君便起来了，稍稍收拾了一下，便和如琴向乌珠留若缇单于的寝帐走去，她想趁乌珠留若缇单于还清醒的时候，好好地陪陪他。路上，正好遇到前来请她的侍从："宁胡阏氏，大单于请您快快过去。"

昭君立刻加快了脚步向单于的寝帐走去。

单于的寝帐里，已经有不少人在那里了。

裂隙

"大单于,母后来看望你了!"乌珠留若缇单于的阏氏们附在他的耳畔轻轻地唤道。

昭君来到跟前,坐在乌珠留若缇单于身边,说:"囊知牙斯,今日感觉清爽些了吗?"

乌珠留若缇单于对寝帐里的其他人说:"你们都出去吧,我想和母后说说话……"

众人走后,乌珠留若缇单于吃力地说:"母后,我怕是不中用了……"

昭君握着他的手,安慰道:"不要瞎想,不过是染了些风寒,哪里就说不中用了呢?"

乌珠留若缇单于说:"母后,我自己的病,我知道……只是右骨都侯不知什么时候回来,他再不回来,我怕是等不得了。"

昭君说:"我估摸他们也快回来了,囊知牙斯,你还要挣扎些……"昭君的眼眶湿润了。

乌珠留若缇单于说:"母后,自从我继任单于以来,二十一年了,这个单于当得好累啊……现在好了,我要到父王那里去了。"

昭君含泪叫道:"囊知牙斯,你不许走,单于庭的事情还没安排好,你不能现在这个样子去见你的父王!"

乌珠留若缇单于无奈地苦笑了一下说:"人生无奈啊……"

正在这时,忽听得王庭外面一阵嘈杂,有人喊道:"右骨都侯回来了!"

紧接着,寝帐的毡帘一掀,须卜当夫妇披着满身的风尘疾步走了进来。

"大单于!我们回来了!"须卜当和云来到乌珠留若缇单于跟前。

乌珠留若缇单于气若游丝地说:"右骨都侯,我等得你好苦啊,你再不回来,我就……"

须卜当一把抓起乌珠留若缇单于的手说:"大单于,你不能走,匈汉大战一触即发,这个时候你不能走啊!王莽那边虎视眈眈,巴不得将我们匈奴分而治之;你若走了,单于庭这边群龙无首,恐怕内乱也是免不了的,真要那样,匈奴休矣!"

乌珠留若缇单于强打着精神说道:"这也是我急召你回来的原因,右骨都侯,你既是单于庭的重臣,也是我的至亲,我不想父王和母后辛苦创建的匈汉和好局面葬送在我手里,所以这么多年来,我一直忍着,忍着……前些日子兵袭云中实在是王莽欺人太甚,我忍无可忍……须伯当,你是单于庭的右骨都侯,我们相处多年,我知你仁义大度,我走后,匈奴的大事你就多费心吧……"

须卜当握着乌珠留若缇单于的手哽咽道:"大单于……"

乌珠留若缇单于又对昭君说:"母后,当年父王在世时就说你是天神赐给匈奴的吉祥,是个心中能装天下的女人,母后,以后的事……拜托了……"

看得出,乌珠留若缇单于是在拼着自己最后的力气说话。

昭君知道眼下不是伤心的时候,稳住单于庭才是最重要的。于是她吩咐女儿说:"云,你出去对候在外面的众位阏氏们说,单于累了,想睡一会儿。没有传唤,她们不可进来打搅单于。"说完,她默默地看了云一眼。云立刻明白了母亲的意思,疾步向外走去。

昭君附在乌珠留若缇单于耳边唤道:"囊知牙斯,你升天之后该由谁继任匈奴单于,你就说句话吧。"

乌珠留若缇单于没有反应,昭君心里一惊,忙用手去摸他的脉搏,没想到单于的身子竟一点点地变凉了。

昭君含着泪说:"囊知牙斯……他是我来到匈奴后经历的第五位单于,他也走了……"

须卜当说:"母亲,我们该怎么办?"

乌珠留若缇大单于走了。一股无依无靠的悲凉在毡帐里弥漫开来。当年呼韩邪和复株累死后昭君都曾有过这种感觉,孤儿寡母,前景渺茫,不过那时候自己还年轻,颛渠阏氏和大阏氏还在,心里虽然痛,却不似今天这样无助。

昭君对须卜当说:"孩子,你是右骨都侯,匈奴王庭的执事大臣,你说吧,我们该怎么办?"

须卜当说:"当前最要紧的是新单于即位,否则,群龙无首,单于庭一旦乱起来就麻烦了。"

昭君说:"孩子,呼韩邪众多的子孙中,依你看立谁为好呢?"

须卜当说:"若论资排辈,自然是左贤王乐了。可是左贤王乐体弱多病,终日将养着尚且力不可支,哪里能撑起匈奴的乾坤呢?"

第六章

裂隙

昭君说:"前日我过去看过了,左贤王乐怕是也撑不过这个冬天了。"

须卜当说:"那……那就只有立五阏氏陶奴的儿子右贤王舆为单于了。"

昭君道:"右贤王舆生性残暴、心胸狭窄,又是个火暴脾气,他还缺少些历练,目前匈汉关系如此脆弱不堪,舆若是继任大单于怕是对匈汉关系没有什么好处。"

须卜当说:"我也是这么想。母亲,左犁汗王咸是个仁义的王子,而且多年来他与汉朝交往频繁,若立他为大单于,匈奴或许无忧。"

昭君说:"可是左犁汗王咸距离遥远,恐怕一时赶不回来,若是右贤王舆在左犁汗王咸之前赶回来奔丧,事情必然要掀起波澜。"

须卜当说:"这个不难,我们先将乌珠留若缇单于归天的消息封锁几日,派伊屠智牙师哥哥火速赶往准噶尔地将左犁汗王咸请回,抢先立咸为大单于。到那时,即使右贤王舆回到单于王庭也无济于事了。"

昭君说:"好,事不宜迟,你速速去安排吧。"

单于庭的大帐内,点起了十二盏巨大的羊油灯,将大帐内照耀得分外明亮。大帐中央的火盆也点燃了,冒着红通通的火焰。自从乌珠留若缇单于生病之后,这大帐已经有些日子没有升帐议事了,看到须卜当平静的表情,其他的大臣们猜测道:"看样子大单于的病还不当紧。"

须卜当招呼单于庭其他的大臣说:"大家坐下吧!来人,给各位大人上酒!"

大臣们坐下后,温热馨香的酒也端上来了。

须卜当又招呼说:"来来,各位大臣,请!"

一位大臣小心地问道:"右骨都侯,大单于的病情怎么样了?"

须卜当说:"把大家招呼来,就是说这件事的。单于自从服了我带回的汉药之后,发了些汗,病势渐渐平稳了下来,看样子近日不会有什么危险,各位大臣且放宽心吧。"

大臣们终于松了一口气说:"哦……那我们总该进去向单于问个安吧?"

须卜当又说:"不可,虽说单于的病情有所缓和,但还需静养,所以各位大臣还是不要打扰单于的好。单于好不容易能睡觉了,他说要好好歇息几日。来来,各位大臣,喝酒!"

在这之前,须卜当已经安排了三十名贴身的侍卫守在单于的寝帐内外,并且命令说:"无论什么人,包括各位阏氏、王子在内,一概不许入内,违令者,斩!"

就在须卜当坐在大帐内与各位大臣喝酒的时候,伊屠智牙师已经奔驰在去往左犁汗王驻地的路上了。

左犁汗王咸,四十岁,长期以来带着自己的阏氏和儿子们驻守在龙城西南的封地,过着相对安宁的生活。咸的封地水草丰美,是个要山有山、要水有水的富庶之地。左犁汗王咸性情宽厚温和,少与人争高下,所以在他麾下的匈奴人日子过得还算不错。由于左犁汗王的封地离长安较近,所以他们与汉互市往来频繁,从感情上讲也显得亲近了许多。

左犁汗王咸其实并不看重那个大单于的位子,自己在封地的日子也不赖,划地为王,自成一统,小日子过得有滋有味,这已经很知足了!

太阳快落山了,左犁汗王咸的大帐四周烟雾氤氲,人归毡帐马归圈,一天中最舒适、最温暖的时候到了。不一刻,各个毡帐间便弥散起了浓浓的酒香肉香……

左犁汗王咸正在自己的大帐里一口肉一口酒地吃着晚饭,忽然有人来禀报说:"右谷蠡王伊屠智牙师到!"

左犁汗王咸一怔说:"他来做什么?"

说话间,伊屠智牙师已经走了进来,他和咸是同父异母兄弟,平日并不多见,此刻俩人亲热地拥抱着,相互拍打着。

亲热了一阵子后,咸松开手问道:"弟弟,你怎么来了,是不是单于庭发生了什么事情?"

伊屠智牙师说:"哥哥,你赶快收拾一下,立刻随我回单于庭。"

咸说:"这么急,是不是大单于他……"

伊屠智牙师说:"哥哥,你就别问了,回到单于庭你自然就明白了。"

咸说:"伊屠智牙师,你不说明白我绝不离开我的封地。"

为什么咸不愿意回单于庭呢,说来还是有缘由的。

两年前,王莽和匈奴的关系日益紧张,西域各小国也都先后脱离了王莽的控制而纷纷归附于匈奴,这让王莽十分恼怒,于是派出使者来会见左犁汗王咸。汉使给左犁汗王带来了一份丰厚的见面礼,不仅有大量的金银珠宝,还有粮食和布匹,并对咸说:"当今圣上久慕王子的仁义宽厚,特意派我来请左犁汗王父子到长安做客。"

左犁汗王咸看到汉使一片诚意,并没有多想,便带着两个儿子登和助随使者去了长安。

咸哪里知道,他此一去恰恰中了王莽的圈套。王莽曾想立呼韩邪的十五个子孙为匈奴单于而未果,于是对乌珠留若缇单于很是愤慨,这回他要强迫立咸为"孝单于",立他的小儿子助为"顺单于",这明摆着是对乌珠留若缇单于的公开挑衅,而咸的大儿子登则被作为人质扣了起来。

乌珠留若缇单于听说了这件事后,大骂王莽老奸巨猾,同时对咸父子也颇有微词,盛怒之下驱兵直逼云中的益寿寨,一夜之间几乎将寨子踏成了平地。这时,咸才意识到自己不仅被王莽耍了一把,同时也触怒了哥哥囊智牙斯。咸于是骑马逃出长安回到了单于庭。乌珠留若缇单于见到咸后把他狠狠臭骂一顿,然后打发他回到他自己的封地,并训斥他说:"从今以后守着驻地好生过你的日子,少给我惹是非!"

从此,咸安分守己地经营着自己的部族过日子,与大新朝鸡犬之声相闻,再没有什么实质性的来往,只是他的儿子登和助却被王莽扣留在长安再也没有回来。

伊屠智牙师见咸不肯跟自己走,只好说了实话:"哥哥,事已至此,我也就不瞒你了,乌珠留若缇单于已经于三日前归天了。"

咸听了之后大吃一惊:"前些天听说大单于身子不爽,正要去看望,没想到走得这样快……"

伊屠智牙师说:"现在外面还不知道大单于归天的消息,母后和右骨都侯让你速速回单于庭商量后事。"

咸说:"为了我们父子被诱骗至长安那件事,乌珠留若缇单于一直耿耿于怀,我这样回去,他的灵魂怕是也不会饶恕我的。"

伊屠智牙师说:"哎呀哥哥,你太多虑了,单于已经去了天神那里,现在重要的是后事怎么办。再说,是母后和右骨都侯让你回去,难道你连他们的话都不听了吗?"

咸一直以来对宁胡阏氏很是敬重,既然是母后召自己回去,那就没什么可说的了。

当下,咸简单做了一下安排,点起三百名精壮的侍卫,向单于庭的方

第六章

裂隙

向急驰而去。

夜色降临了。

虽然已是深夜了,可单于庭前并不平静。

自从须卜当颁布了禁止一切人探望乌珠留若缇单于的命令后,那些王子和大臣们就回到了各自的毡帐,静候着单于的消息。可是那些女人们不干了,围在寝帐前吵吵嚷嚷不肯离开,其中吵嚷的最凶的是黑珍珠。

黑珍珠刚满十六岁,是个绝色美女,由于皮肤偏黑些,所以有人也叫她黑珍珠。黑珍珠是左犁汗王咸的女儿,从小在单于庭长大,父亲驻地她很少过去,所以跟乌珠留若缇单于很亲近,相处得如同父女。也许是从小被单于庭的阏氏们宠坏了,黑珍珠性格泼辣强悍,且会一些功夫,所以在单于庭是个没人敢惹的角色。

"我要进去看望伯父,为什么不让我们进去?难道这里面有诈?"黑珍珠大声问道。

守卫在门口的侍卫说:"这是右骨都侯的命令,谁都不许违逆。"

黑珍珠说:"难道连我也不许进去吗?"

侍卫说:"是的,公主。"

黑珍珠扬起手中的马鞭子,劈头盖脸地往侍卫的身上抽着,喊道:"闪开!"

侍卫没有闪开,他说:"公主,你可以用鞭子抽小的,但小的还是不能放你进去。"

黑珍珠说:"好,那我就打死你,看你还敢拦我!"

说着,扬起鞭子又要抽——

这时,寝帐的门开了,昭君出现在门前,她轻声说:"孩子,你进来吧。"

其他的阏氏们也要进去,却被昭君给挡住了。

进了寝帐,昭君对黑珍珠说:"珍珠,我一直认为你是个懂事的孩子,那么,我现在把一切都告诉你,你可一定要沉住气。"

黑珍珠说:"好,我听您的。"

昭君说:"孩子,你的伯父……乌珠留若缇大单于已经归天了。"

黑珍珠一惊,她嚷道:"既然人已经归天了,为什么还不让大家知道?

这是为什么?"

昭君一把捂住黑珍珠的嘴说:"傻孩子,你小声些。"

黑珍珠从小在单于庭长大,囊知牙斯对这个顽皮淘气的小侄女疼爱有加,经常把她带在身边,所以黑珍珠对囊知牙斯伯父的感情甚至要胜过她的父亲咸。

昭君小声对黑珍珠说:"孩子,暂时不让大家知道你伯父故去的消息是为了匈奴的安定,历来这个时候都是单于庭最容易混乱的时候,这个当口,你千万要沉住气呀!"

黑珍珠说:"那您为什么要告诉我这些?"

昭君好言劝慰道:"因为你是个识大体的姑娘,因为我们还有许多事情要依靠你去做……"

黑珍珠说:"那我现在该做什么?"

昭君说:"孩子,你也知道,呼韩邪大单于有十五个子孙,而且个个手中大权在握,他们都想登上匈奴大单于的宝座,可单于的位子却只有一个。目前,匈汉两家在边境上陈兵几十万,双方剑拔弩张,战事一触即发,而单于庭群龙无首,这个时候千万不能内乱。单于庭一旦乱起来,王莽必然会乘虚而入……"

黑珍珠说:"婆婆,您不要说了,我知道该怎么做了。"

昭君说:"孩子,难为你了。"

黑珍珠走后,须卜当过来对昭君说:"母亲,你还是睡一会儿吧。"

昭君说:"好吧。天快亮了,如果不出意外的话,伊屠智牙师他们也该回来了。"

昭君躺下后刚有些迷糊,外面响起一阵嘈杂的人声,须卜当立刻站起来说:"母后,他们回来了!"

左犁汗王咸跳下马背后径直向乌珠留若鞮单于的寝帐走去,伊屠智牙师紧随其后。

左犁汗王咸来到内帐的毡榻前,他抓起单于的手说:"哥哥,咸来迟了……"

说着,咸便泣不成声了。

须卜当上前劝慰道:"左犁汗王,现在不是伤心的时候,你听我说,我派伊屠智牙师哥哥急着请你回来,就是为商量后事的。"

须卜当开门见山地说:"多少年来,我们俩相处得亲如手足,而且我知道在匈汉两家的关系上你一直是主和而反战的,所以我们准备立你为单于,不知你意下如何?"

咸大惊,说:"这——不可,右骨都侯,事情来得太突然了,我一点准备都没有。再说,我生性平和,怕是不能胜任匈奴大单于这一职务,依我看,右贤王舆可以继任单于,你们难道没想过吗?"

须卜当说:"我们什么都想过了,权衡再三,这个单于你当也得当,不当也得当。按照单于庭的规矩,乌珠留若鞮单于归天,应该由右贤王舆继任单于,可是舆这个人脾气暴戾、生性好战,他若为单于,我担心匈汉关系会进一步恶化,恐怕一场混战是避免不了的。"

咸沉吟道:"去年,我父子三人被王莽诱骗到长安,硬是给我安了个'孝单于'的帽子,为这件事哥哥囊知牙斯很是不悦;现在如果我继任单于,哥哥的在天之灵怕是不会饶恕我的。我……我还是当我的左犁汗王吧。"

须卜当说:"话不能这么说,一旦匈汉大乱,难道你这个左犁汗王的位子还能坐得安稳吗?"

这时,半天没有说话的昭君走了过来,她在咸的对面坐下,正色道:"你们的话我都听到了。咸,你的父亲呼韩邪单于前后三次入汉,风餐露宿,历尽艰辛,才有了匈奴人几十年的安稳日子。作为他的儿子,你愿意看到战乱再起吗?假如说你不是个王子而是一个有血性的匈奴汉子,难道不该为匈奴做点什么吗?四十年了,匈汉边城晏闭,牛马布野,三世无犬吠,黎庶忘干戈之役,这是多好的光景啊!我王昭君,一个汉家女子,我离开家乡千里迢迢来到这塞外大漠,难道我是贪恋荣华富贵、贪恋一个匈奴阏氏的名分吗?自从雕陶莫皋去世后,我在匈奴苦苦守候几十年,只因为这里是我的家呀,我宁可变作大漠的一把黄沙也不愿意看到南北混战的局面……咸,我不想说什么了,你是呼韩邪的儿子,究竟该怎么做,你自己定夺吧。"

昭君说着,眼泪落了下来。

毡帐里一时安静极了。

过了一会儿,咸说道:"母后不必难过,好吧,这个单于我当了。"

昭君和须卜当都松了一口气。

第六章

裂 隙

须卜当以他执事大臣的身份,当即安排信使通知左右贤王、左右谷蠡王以及左右日逐王等速来单于王庭议事!

几天后的黄昏时分,荒原上出现了几支精悍的马队,虽然看上去人马已经十分疲惫,但他们仍然像旋风一般掠过草原,向单于庭的方向疾驰而来,干燥的草原上荡起了一缕缕烟尘……

那也许是草原上一年中最寒冷的日子。单于庭的大帐里燃起了一圈火盆,炽热的火焰舔尽了人们身上的寒气,几碗热乎乎的奶子下肚之后,长途跋涉的诸位汗王们才算真正暖和了起来。

右贤王舆是个粗壮结实的汉子,比起其他弟兄来他的相貌显得粗蛮了许多。他不喜绸布只爱裘革,所以一年中大多以旃革为衣,即使在炎热的夏天也很少穿汉地的丝绸。

右贤王舆从进了大帐后就没有看见乌珠留若缇单于和左犁汗王咸,这个粗中有细的汉子预感到了一些什么,他搁下碗,抹了一把胡须上的奶汁高声叫道:"右骨都侯,我们已经来半日了,怎么没看见我的哥哥乌珠留若缇大单于呢?"

须卜当这时不慌不忙地说:"今天把诸位汗王召回到单于庭来,就是有两件大事向大家通告,第一,乌珠留若缇大单于已经归天了。"

诸王大惊:"大单于归天了?什么时候?"

须卜当接着说:"第二,单于临终前留下话说,请左犁汗王咸继任匈奴大单于,即乌累若缇单于。"

"慢着!"右贤王舆噌地站了起来,大声道,"乌珠留若缇单于已经归天多日,为什么现在才告诉我们?难道是什么人背着我们另有诡计不成?"

诸王纷纷喝道:"对!必须给我们说清楚!说清楚!"

须卜当正色道:"右贤王少安勿躁!乌珠留若缇单于生病多时大家是知道的,归天之后单于庭立刻打发信使知会各位汗王,如今单于庭处于非常时期,作为右贤王你该安抚众王才是,为何还要火上浇油?"

右贤王舆大声道:"少给我来这套!你右骨都侯不过是单于王庭的执事大臣,我是谁?我是王!"

须卜当也大声说:"匈奴不可一日无主,由谁继任匈奴大单于是单于庭的决定,你休得无礼!"

右贤王舆说:"就算匈奴不可一日无主,若论资排辈,大单于的位子也应该由我右贤王舆来继任,为什么会是左犁汗王咸?"

诸王纷纷吵道:"对!右贤王说得有理!必须给我们一个交代!"

右贤王舆的火被拱了上来,他唰地一下抽出腰间的弯刀,大喝道:"来人!"

立刻,从门外冲进来十几个武士,手上举着明晃晃的弯刀。

须卜当见状,大声叫道:"王庭卫队何在?"

王庭卫队一拥而上,将右贤王的武士团团围住。

单于庭的气氛立时紧张起来——

右贤王舆从肩上摘下弓,从箭囊里抽出一支箭,冷笑道:"实话告诉你吧,右骨都侯。临来的时候我就带来了五千精兵,此刻就在王庭外的草地上候着,只要我这支响箭一射出去,立时就让这单于庭血流成河!来!不怕死的来呀!"

几个大臣顿时有些慌张。

这时,门外传来一个威严的声音:"这是要哪里血流成河呀!"话音未落,昭君出现在门口。

伊屠智牙师惊讶道:"母亲,你怎么来了?"

昭君款款地走进来,从袖间拿出一个锦袋,说:"这是在乌珠留若鞮单于贴身的衣服里发现的,你们看看吧。"

众人的目光聚集在那个锦袋上。

昭君说:"单于王庭,我不便久留,你们接着议事吧。"

说着,昭君将锦袋交给须卜当后,转身离去。

众王道:"送宁胡阏氏!送母后!"

须卜当打开锦袋,拿出一块软羊皮,看了看上面的内容后交给了右贤王舆。

须卜当恳切地说:"上面写得清楚,立左犁汗王为单于,确实是乌珠留若鞮单于的临终遗言,我等不可不从;还有,乌珠留若鞮大单于曾留下话说,右贤王您所管辖的匈奴右地地域辽阔,南临汉地上谷、雁门、朔方,西界乌孙、月氏和羌,可谓是我们匈奴重要门户;乌珠留若鞮单于还说,在我们匈奴,有你右贤王把守着匈奴右地,单于庭无忧矣!"

右贤王舆蹙着眉头没有说话。

第六章

裂 隙

须卜当接着说:"我们都明白,右贤王智勇双全、威风八面,肩上职责之重堪比单于。您是个有担当的人,定然不会辜负乌珠留若鞮单于和单于庭的重托吧?"

众王七嘴八舌地说:"既然立咸为单于是乌珠留若鞮单于的旨意,那就尽快举行即位仪式,我们匈奴不可一日无主呀!"

大凡勇猛暴戾之人都爱戴个高帽子听个好听话,右贤王舆亦不例外,听须卜当这么一说,心中渐渐释然了。仔细想想,自己统治着匈奴右地也算是掌握了匈奴的半壁江山,在自己那一方土地上,还乐得一个自在呢!

右贤王舆见事已至此,虽说心中不悦,也只好说:"罢了罢了,本王不争了!"

须卜当说:"右贤王如此识大体,匈奴之大幸也!来人!请乌累若鞮单于即位!"

右贤王舆虽然默认了单于王庭的决定,但这件事已经在他的心里成了一根芒刺,什么时候想起这件事来总有些扎心。

乌累若鞮单于即位之后,单于庭终于安顿妥当。可是匈汉关系依然紧张,这个问题不解决,对峙在边境上的队伍说不上什么时候就会干起仗来。于是,须卜当夫妇和伊屠智牙师又对乌累若鞮单于说起南下入汉的事情。

须卜当说:"单于,匈奴和新朝两家屯兵长城内外,一个是引弓待发,一个是养精蓄锐。前番我们准备前往劝说两国罢兵和解,无奈乌珠留若鞮单于病危只好退了回来。眼下,单于庭诸事均已安顿停当,我们想再次启程南下。"

乌累若鞮单于说:"眼下天寒地冻不宜远行,不如待来年春暖花开再南下入汉,你们说可好?"

云说:"单于,边塞的将士们终日餐风饮雪,尚不觉苦,我们又怎能言苦呢?我想,我们还是尽快动身吧。再说,登和助还在王莽的手里,我想早点把他们解救回来。"

乌累若鞮单于想了想说:"既是这样,那就辛苦你们了。"

须卜当说:"我们是呼韩邪的儿女,能为匈奴百姓尽一份心力是对呼韩邪大单于灵魂的慰藉,何谈什么辛苦呢?"

第六章

裂隙

乌累若缇单于说:"那好,你们就速去准备吧。多带些御寒的毡裘和肉食,早去早回。"

须伯当说:"臣……"

"报!"忽然,一个人慌慌张张地闯了进来。

乌累若缇单于一惊,问:"什么事?"

来人嗫嚅。

乌累若缇单于说:"什么事,快说!"

来人报:"大单于,您在长安做质子的王子……"

乌累若缇单于急问:"他们怎么了?"

来人忽然跪倒在地,说:"单于……王子登和助都被王莽杀死了!"

乌累若缇单于、须卜当和云被这突然而至的噩耗惊呆了。

乌累若缇单于半晌无语,面色渐渐由红而白,忽然他喷出一口鲜血,挣扎道:"来人!备马!拿我的甲胄来,我要亲手宰了这个畜生……"

说着,乌累若缇单于猛地站起来,只见他身子晃了晃,跌倒在地后昏了过去。

杀父之仇,弑子之恨,这是人世间最不容易化解的两种仇恨,汉匈关系从此被逼进了一条死胡同。

乌累若缇单于醒过来后,须卜当安顿他回到寝帐歇息,他和云来到母亲昭君的寝帐里。

须卜当说:"乌累若缇单于继位了,原本指望着匈汉关系从此会有一个转机,没想到王莽却做出这样的事情来,真是可恶!"

云说:"自甘露三年呼韩邪大单于附汉以来,匈汉两家和睦相处,尤其是父王和母后和亲之后匈汉两家更是成了亲戚,可自王莽改汉为新以来,匈汉的关系已经到了破裂的边缘。这个时候害死了登和助,王莽他究竟想干什么?叫我说,杀了他犹不解恨!"

就在这时,黑珍珠一掀门帘走进来,说:"要杀谁呀?能不能算我一个?"

昭君道:"珍珠啊,你就省省吧,还嫌不够乱吗?"

黑珍珠的到来,使凝重的空气稍稍缓和了一些,毕竟,愁着苦着,总不是个办法。

黑珍珠对云说:"我猜着了,你们是在说两位哥哥的事吧?姐姐,什么时候你们南下入汉时一定要带上我,我要亲手杀了王莽为两位哥哥报仇!"

云说:"珍珠,如今入汉可不比从前了,说不准那就是刀山火海,我们的性命或许就在刀尖上挑着呢。"

黑珍珠说:"我不怕,说定了,到时候你们必须带上我!"

须卜当敷衍着黑珍珠:"好了好了,到时候带上你不就行了吗?"

当天晚上,昭君亲手熬了一碗八宝莲子粥命人送到了乌累若缇单于的大帐里,随后,她带着云也过去了。八宝莲子粥的材料还是哀帝在世的时候命人送来的,这几年她一直没舍得吃。

乌累若缇单于看到昭君进来,欠身道:"让母后费心了。"

昭君坐在咸的身边,招呼使女将八宝莲子粥端过来,说:"咸,这是我亲手为你熬的,你好歹吃一口……"

乌累若缇单于不好推辞,只好吃了半碗。

昭君慢语轻声地说道:"咸,我出塞的时候,你好像比我小不了几岁,其实这些年我们差不多是一起成人,一起生儿育女,一起慢慢地变老的。我们汉家有句话说,人生在世,不如意事十之八九。无论你是天子还是庶民谁都不能免俗,本来活得好好的,你不知道什么时候灾难就会突然降临在你的身边……当初我嫁给你父王的时候,根本没有想到他会那么快就撒手人鬟,我抱着还不到两岁的伊屠智牙师站在无边的草原上,我连一个亲人都没有,陌生、悲苦,可我还是咬牙活了下来,因为我不是别人,我是宁胡阏氏。嫁给你的哥哥雕陶莫皋之后,我们相亲相爱地在一起生活了十一年,那十一年是我生命中最美好的时光。我以为我们会白头到老,但是他也撒下我早早地走了……他走了,我拉着三个未成年的孩子,心里一片荒凉……可是我又挣扎着活了过来,我是谁,我是宁胡阏氏。咸,走的已经走了,活着的却必须活着,你是一国之尊,你的生命已经不仅仅属于你自己,你是匈奴的王!"

儿子登和助被王莽所杀害,这件事在乌累若缇单于的心上系了一个死结,他沉重地说:"母后,我当了这么多年的左犁汉王,应该也是个见过世面的人了,你说的这些道理,我都懂,可是,那是我的儿子啊,我的儿子……他们如果死在战场上,我也认了,可是我的两个儿子手无寸铁地死在

王莽的利剑下,这不公平,这太欺负人了!现在让我和我的仇人去讲和,我做不到!"

昭君说:"不错,他们是你的儿子,可他们也是匈奴的儿子,他们是为匈奴而死,和战死在疆场的男儿一样让人敬重。如果你整日沉湎在这样的私仇中不能自拔的话,你就不配做匈奴的单于!"

乌累若缇单于大声叫道:"母后——"

昭君也大声说:"你不要这样叫我,我王昭君承受不起!"

使女和下人不知道发生了什么事,纷纷跑了过来。

昭君摆摆手说:"没事,你们下去吧。"

乌累若缇单于默默地打量着眼前的这个女人,不愧是汉宫里出来的,举手投足间都透着大度与得体,外貌柔弱却内心刚强。来到匈奴这么多年了,从来没听到她有什么怨言,那明媚的笑容足以溶化任何人心中的坚冰,难道她心里真的就一点烦恼也没有吗?不,父王和复株累单于死后,有人曾听到过她伤心绝望的哭声,只不过当她从地上爬起来抹掉脸上的泪水后就又是那个令人尊敬的母后了。心里想着,乌累若缇单于开始有些责备自己了,堂堂一个男儿,心胸怎会这般狭小,竟连一个妇人都不如。

昭君从来没有像今天这么多话,她继续说着:"咸,云和须卜当是我的女儿和女婿,我何尝不愿意把他们留在身边尽享天伦呢?他们夫妇南下吉凶难测,谁都不知道最终会是一个什么结果。斡旋成功了,汉匈关系和睦如初,皆大欢喜;斡旋不成,他们难免会有生命之忧。儿行千里母担忧啊,他们是我的亲人,每走一步都揪着当娘的心……我老了,眼看着已经是风里的灯、瓦上的霜,禁不住什么磕打了,可是这个时候我不能儿女情长,他们是匈奴的大臣,他们属于匈奴,我只好让我的孩子们去了……"

昭君说到这里时,早已是老泪纵横。

乌累若缇单于惭愧道:"母后,你什么都别说了,我知道该怎么做了……"

这时候,谁都没有想到,又一场灾难悄悄降临了。

咸这个单于虽说受命于危难之时,但上苍却并没有因此而对他格外关照,就在须卜当夫妇决定再次启程南下的头天晚上,一场大雪悄然而至。

那场雪一直下了三天三夜,平地积雪五六尺,将草原和草原上的一切都埋在了下面……事先没有一点征兆,几十年不遇的白灾骤然降临草原,给刚上任的乌累若缇单于来了个下马威。

白灾降临之后,草原上的牛羊马匹被埋在积雪下,死亡十之六七;人的死亡更直接,仅仅几天时间,天神就把草原上的老弱病残收走了许多。

广袤的草原被大雪盖得严严实实,那些侥幸活下来的牲畜们瘦骨伶仃地站在雪地里,它们原本是想找到一些吃的东西,哪怕是紧贴在地皮上的草沫子呢。然而它们失望了,茫茫雪原,它们竟然找不到一丁点儿可以充饥的东西。牲畜们仰着头无奈地望着灰蒙蒙的天空,眼睛里含着悲悯的泪水……

春天终于来了,没有死去的牲畜和人们渐渐地苏醒了过来。望着一天天泛青的草地,匈奴人的心里重又点燃起炽热的生存欲望。

散落在草地上的毡帐里终于冒出了缕缕炊烟,大人和孩子坐在牛粪火旁说话。

孩子问道:"母亲,爷爷哪里去了?"

母亲说:"他去了天神那里。"

孩子又问:"他为什么要去天神那里?"

母亲说:"因为他老了。"

母亲叹口气,说:"不要怨恨天神吧,孩子,其实天神是最公道的,他体恤那些老弱病残的匈奴人,不愿意他们活在草地上受苦,他知道他们最终是要离开草原的,所以天神就把他们召了回去。"

孩子眨着黑亮的眼睛问:"我们到老了的时候也要到天神那里去吗?"

母亲说:"说得没错,孩子。"

孩子问道:"那我们现在该干些什么呢?"

母亲说:"放牧牛羊,繁衍后代。"

孩子最后问道:"然后呢?"

母亲说:"该生的生,该死的死。"

匈奴人对生死的理解简单而朴实,他们既没有对一个生命的诞生有什么特别的欣喜,也没有对人的死亡有多么恐惧,该生的时候生,该死的时候死,就像草木荣枯那么简单,仅此而已。

这天,须卜当和云来到乌累若缇单于的穹庐,须卜当说:"大单于,天气暖和了,雪都快融化了,我和云想近日就启程南下。"

乌累若缇单于说:"这正是我要说的事情。这几日我也在思忖,宁胡阏氏说得不无道理,匈汉关系发展至今,到了关键时刻,如今前进一步是战,后退一步是和。为了匈奴百姓的安危,我暂且先将个人恩怨搁过一旁,所以请你们夫妇过来,商量一下南下斡旋的事宜。"

云快语道:"我和须卜当都是单于庭的人,南下斡旋是应当应分的事,大单于何必见外呢!"

须卜当也笑着说:"大单于,云说得是。"

乌累若缇单于道:"好!客气话不多说了,那你们就回去准备准备尽快启程吧!"

"父王,还有我呢!"黑珍珠突然闯了进来。

乌累若缇单于喝道:"退下!看不见我们在商量正事吗?"

黑珍珠说:"我也是来商量正事的呀!"

云劝道:"珍珠,我知道你这丫头有一身好功夫,可这次南下你却不能同去,登和助已经死了,你小小年纪,我们不能再让你去冒这个险!"

黑珍珠咬牙道:"我不怕!我倒要看看这个王莽长着几个脑袋,哼,谁杀谁还说不定呢!"

一大早,云和须卜当就来到昭君的寝帐辞行。

云高兴地说:"母亲,我们已经收拾停当,准备今天就动身了。"

须卜当说:"上次我们走到半路,乌珠留若缇单于病危,只好返回单于庭;如今单于庭的诸般事宜已经安顿停当,趁着风和日丽,我们就动身了。"

昭君道:"入汉之后,你们要谨慎些,那王莽是个反复无常之人,你们夫妻要多加小心才是。"

须卜当道:"母亲不必担心,我们又不是第一次入汉,我们会小心的。倒是母亲要多保重身体,毕竟是上年纪的人了,一早一晚多加些衣服,不要受了风寒。"

须卜当的一番话说得昭君眼睛潮润了。她这个大女婿啊,说起来比

第六章

裂隙

女儿云还要晓事,一早一晚嘘寒问暖,如同亲生的儿子一般。

离开单于庭后,云和须卜当正要上马,就听见身后有人喊道:"云姐姐!等等我——"

黑珍珠骑着一匹小红马从后面追了上来。

黑珍珠来到跟前跳下马,上前抓住云的马缰绳,不悦地说:"姐姐,咱们不是说好了要带我去吗?你们怎么变卦了?"

须卜当好言相劝道:"珍珠,我们不过是先去打个前站,要是斡旋有些眉目,我们下次再带你去,行吗?"

黑珍珠道:"不行!说了不算,你们欺负人,我非去不可!"

云笑着说:"好啦好啦,带你去还不行吗?不过,你要依我三件事。"

黑珍珠问:"姐姐,哪三件事,你说。"

云说:"一、这么漂亮的姑娘,为了避免是非你必须女扮男装;二、到了长安之后,你必须紧跟着我,不能到处乱跑;三、不可任性耍大公主脾气,不可动不动就舞枪弄棒。"

黑珍珠说:"珍珠依姐姐就是了,还不行吗?"

云说:"那好,上马吧!"

须卜当制止道:"等等!珍珠,我问你,这事你父王同意了吗?"

黑珍珠嗫嚅道:"这……"

就在这时,听得身后有人说话了:"让她去吧,我同意了!"

大家回头看时,乌累若缇单于不知什么时候来到了身后。

乌累若缇单于说:"珍珠要去,就让她跟着去好了。珍珠的身手还不错,出门在外或许也是个帮手。"

黑珍珠听了高兴极了,当即跪倒在地给父亲叩头道:"谢谢父王!"

乌累若缇单于吩咐女儿道:"出门在外要听云姐姐的话,不可惹事。"

黑珍珠应道:"孩儿知道了!"

黑珍珠站起身来,翻身上马,一抖缰绳,小红马一团火焰似的蹿了出去。

第七章　第二次入汉

公元13年初春,须卜当夫妇再次奔赴长安,距离第一次入汉整整过了十八年,此时的云已经四十二岁了。

这是王莽登上皇位的第七个年头。

这天,王莽退朝后信步来到御花园,看到园内草木葱茏、绿肥红瘦,心中甚是欢喜。自登基大新朝皇帝以来,除了汉匈边塞有些摩擦以外,大新朝基本还算得上歌舞升平。如今,江山、王位、荣华、富贵,我王莽应有尽有,只是身边的那些女人们左看右看都不顺眼,奇怪,像王昭君和赵飞燕那样的绝色美人我怎么就一个都遇不上呢?我王莽贵为一朝天子,这天下都是我的,只要多下些功夫去找,何愁没有美女?

王莽正在想心事,大司马严尤来到他身边,说:"陛下,臣有要事禀报。"

王莽说:"说。"

严尤躬身说:"陛下听说了吗?"

王莽问:"什么事?"

严尤说:"陛下,您猜现在匈奴坐上单于宝座的是谁?"

王莽问:"是谁?难道会是那个天不怕地不怕的右贤王舆?"

严尤说:"不,陛下,就是两年前从长安城里逃走的'孝单于'咸。"

王莽呵呵一笑道:"哦,是他呀!怎么,当上了匈奴大单于莫不是要来给他儿子报仇?"

严尤说:"那倒没听说。"

王莽说:"那好,准备贺礼,既然他不来找我的麻烦,我们派人去会会他,顺便恭贺他登上大单于的宝座。"

严尤说:"陛下,听说漠北年前下了一场几十年罕见的大雪,雪深的地方有五六尺,我们怕是去不了。"

王莽幸灾乐祸道:"天助我也!乌珠留单于的死加上天灾,够他们匈奴人忙乎一阵子的,我们尽可以高枕无忧了,等我缓口气再收拾他们!"

严尤说:"陛下,汉匈两家本是亲戚,还是那句话,和为贵呀!"

王莽说:"好了,你不必啰唆了,朕知道该怎么做,下去吧!"

严尤转身刚要走,又被王莽叫住了:"等一下!"

严尤说:"陛下……"

王莽说:"大司马,你看这春光三月百花似锦,只是朕身旁没有如花似玉之人,甚是无聊,你可有好主意?"

严尤是个聪明人,他明明知道王莽的心思是想弄几个美女,却故意装出一副不甚明白的样子:"陛下,老身这就去传话,请皇后来陪伴陛下。"

王莽不悦道:"大司马,你就不要扫我的兴了,好不好?"

严尤故作不解地说:"那陛下的意思是……"

王莽说:"大司马,朕一向视你为知己,你是知道的。朕已经苦了大半辈子了,如今贵为一朝天子,稍稍犒劳一下自己也不为过吧?"

严尤依旧在装糊涂:"那是那是。"

王莽见严尤还不明白自己的意思,只好把话挑明了说:"大司马,朕清苦了半世,如今召几个有姿色的女子来陪陪朕,也是应该的吧?"

严尤立刻说:"应该,应该,后宫佳丽无数,不知陛下想召哪位美人过来陪伴?"

王莽说:"唉,虽然后宫佳丽无数,可是哪比得了昭君、飞燕?罢了,你先下去吧,以后替朕多操点心,寻一两个像昭君、飞燕般的女子进宫来,也不枉我对你的信任了。"

严尤说:"陛下,如今汉匈边境不太平,战事剑拔弩张,大有一触即发之势,百姓们终日惶恐不安,民间的绝色女子都深藏闺中而不敢出来,我们到哪里去寻那昭君、飞燕般的女子呢?要想寻得绝色美女须得天下太平、百姓安居乐业才行啊!"

王莽想了一下说:"你这话说得也有些道理。不过,你以为朕就想打

仗吗？实在是那匈奴人太难驾驭，不仅不臣服于我，还屡屡进犯我边塞，不给他们些厉害他们是不肯俯首的！"

严尤说："陛下，臣有几句话，不知当讲不当讲。"

王莽说："你说吧。"

严尤说："依我看，那匈奴人虽然性格糙了些，但并不是不讲道理，他们也是些很义气的汉子，你敬他一尺，他会敬你一丈；先皇宣帝和元帝的时候与他们礼尚往来相处得十分和睦，四十多年来汉匈两家你来我往亲戚一般可谓是天下太平。但是，谁要是伤了他们的自尊惹怒了他们，匈奴人也会不计后果地做出一些莽撞事来。所以，对待匈奴人陛下还是要三思才是。我还是那句话，和为贵。"

王莽听了大司马严尤的话很是不悦，说："大司马，朕不过是和你说春光三月无人陪伴很是无趣，倒引出你这样一番话来，算了，你下去吧！"

大司马严尤没有立刻退下，他上前一步对王莽说道："陛下，臣是个性情中人，有些话或许说得不中听，请陛下恕罪。"

王莽冷冷地问道："这么说你还有话要说？"

严尤道："陛下，乌珠留若缇单于去世后，乌累若缇单于新立，这无论对大新朝还是匈奴都是一个机会。俗话说，冤冤相报何时了？过去的就过去了，我们应当抓住乌累若缇单于新立的机会重新与匈奴修好，否则，战火一旦烧了起来，首先遭殃的应该是我们。"

王莽冷笑道："我大新朝兵多将广，粮草充裕，难道还惧他一个小小的匈奴不成？"

严尤道："陛下，恕臣斗胆，话不是这样的讲法，那可不是一个小小的匈奴呀！匈奴人历来骁勇善战想必陛下比我清楚，自头曼、冒顿单于以来，他们南北东西纵横上千里，匈奴的江山其实就驮在马背上，他们来去迅疾，所到之处如秋风扫落叶一般；倒是我们大新朝，江山社稷、祖宗基业摆在那里，搬不动也拿不走，一旦打起仗来只有干等着挨打的份儿，吃亏的还不是我们吗？再说了，自呼韩邪以来，经过几十年的休养生息，那匈奴势力日渐强盛，足以与我大新朝抗衡，所以我们与他们只能和而不能战。"

王莽说："哦，这样说来，你的话还有几分道理。"

严尤说："还有，陛下即位时间不是很久，应该着力于国内繁荣和疆域的巩固,若这个时候打仗,恐怕将失信于百姓,到头来,怕是对大新朝不利啊!"

王莽见严尤没完没了地啰唆着,虽然说得句句在理,但心里很是烦躁。

严尤对于王莽这个皇帝的所作所为,心里颇有微词。一国之君,治理国家需要的是德行与韬略,而王莽在登临皇位之后则过分迷信天意星象,经常与一帮术士们蝇营狗苟,以此来蛊惑民心、巩固自己的政权,身为一个皇帝,此种作为实在是令人不堪。

严尤又说:"陛下,对于边境的骚乱,臣以为当以安抚而非征讨;若大力讨伐,恐引起更大的骚乱。"

王莽打个哈欠,说道:"好了,难为你处处为朕着想,你的意思朕都知道了,你下去吧,朕也乏困了。"

望着王莽那不耐烦的样子,严尤在心里叹息道:"唉,大新危矣!"

这天,王莽正在书房里品茶。这是下面刚刚进贡来的茶饼,还带着青茶的涩香。王莽着人将茶饼烘烤停当后,又细细地捣碎了,烹煮后尝了几盏,感觉不错。正要歪下身子小憩片刻,他忽听得外面有人报道:"陛下,匈奴来人了!"

王莽立刻坐起来,说:"什么?"

"陛下,匈奴来人了。"

王莽问:"是什么人?"

"是匈奴单于庭的执事大臣右骨都侯须卜当和他的妻子,一个叫云的女人。"

作为一国之君,王莽太了解这个叫云的女人了。

平帝年间,云入汉侍奉皇太后的时候,王莽经常在姑母跟前走动,所以那时候就认识云了。云亦如她的母亲一般是个绝色女子,年纪轻轻便显露出有别于其他女子的天分。她心思缜密,有襟怀,说话做事极有分寸,这像她的母亲;她果敢、睿智,有气度,这又像她的父亲,不管怎么说,云都是一个极有魅力的女人。

一晃十几年过去了,这个云现在……王莽胡乱地想着,随即便吩咐道:"传朕的话,着王歙、王飒两兄弟好生款待匈奴的使臣们!"

第七章

第二次入汉

这时候,须卜当夫妇一行已经在驿馆安顿了下来。

须卜当对大家说:"连日来鞍马劳顿,大家都累坏了,先住下来歇息歇息,我已经知会了朝廷,过一两日定然会与那王莽见面的,到时候大家都精神着些,不可委顿了匈奴人的威风!"

大家答应一声去了。

云和须卜当刚刚换过衣服,就有人进来对他们说:"王歙、王飒兄弟求见!"

话音刚落,两位三十多岁的年轻人疾步走了进来。二人来到须卜当夫妇面前,双双倒地拜道:"姐姐、姐夫远路风尘而来,一路辛苦,受小弟一拜!"

须卜当夫妇忙将二人扶起,惊诧道:"你们莫非就是表弟王歙、王飒?"

二人道:"正是小弟。"

云一把抓住他俩的手说:"天神啊,可算见着亲人了……"

三个人相拥,不觉都湿润了眼睛。

须卜当笑道:"亲戚们见面应该高兴才是,瞧瞧你们,又是哭又是笑的,难道是疯癫了不成?"

一句话说得大家止住了唏嘘,纷纷坐下来叙话。

王歙说:"姐姐、姐夫,我兄弟二人如今一个是和亲侯,一个是展德侯,是圣上派我们过来的。"

云高兴道:"这就好了,有自家人周旋,事情就好办了。"

王飒问道:"表姐,姑姑身体可好?"

云说:"倒还结实,母亲毕竟是年迈之人了。噢,舅舅呢?他老人家还好吧?"

王歙道:"身体还好,只是越老越思念姑姑,时常说起他们小时候的事情,总是盼望着有生之年能见姑姑一面呢。"

云说:"母亲何尝不是如此,先前父亲在世的时候他们就说要回秭归去省亲,没想到父亲早早地去了。后来母亲虽然不说回乡省亲了,但是我知道,她心里一直惦记着这件事呢。本来,我和哥哥伊屠智牙师商量好了,无论如何也要陪母亲回一次故里,谁想到这几年汉匈两家的边境上狼烟又起,回乡省亲的事就又搁置了下来。"

须卜当说:"我早看出来了,母亲的身体虽然是一日不如一日了,但她却不服老,心里还是惦记着要回家看看。这件事啊,仿佛成了她心里的一个结,什么时候不能如愿,她就硬是撑着自己。"

王飒这时说:"我猜姐姐、姐夫就是为了登和助的事情而来吧?"

云说:"这只是其一。还有,当年呼韩邪大单于和母亲千辛万苦经营出了匈汉和好的局面,不能就这么给毁了,母亲说要是那样的话她将来死了也无颜去见呼韩邪和复株累两位单于了。"

须卜当说:"今天我们在这里见面,既是亲戚又是两国的使臣,往大了说是为了两国的江山社稷和百姓,往小了说就是为了自家的至亲骨肉,所以无论如何,我们也得将这场即将爆发的战火给熄灭,否则,就连自己的亲人也对不起了。"

"姐夫,一家人不说两家话,你放心,就是为了圆姑姑的梦,我们也会尽力的。"王歙压低声音接着说,"只是那王莽自从登基以来,不仅变得疑神疑鬼、喜怒无常,而且固执暴戾、独断专行,常常是朝令夕改,连严尤那样的老臣的话也听不进去,否则汉匈关系也不会成这个样子。"

须卜当长叹一声:"唉,一人昏聩,国之不幸啊!"

王飒忙说:"姐夫,小声些,当心隔墙有耳……"

云说:"不管怎么说,我们既然远天远地地来了,就要竭力从中斡旋,促使匈汉两家的关系重新和好,仗是绝对不能打起来的。人活一世,草木一秋,我们虽然不能像母亲和呼韩邪单于那样做出些轰轰烈烈的大事来,但是为了两国的百姓不再受战火涂炭,斡旋之事嘛……我豁出自己这条命了!"

王歙道:"表姐,别这样说话,不是还有我们兄弟吗?"

须卜当笑着对两兄弟说:"你们这个表姐呀,真是巾帼不让须眉,可惜生了个女儿身,要是个男子,准是位叱咤风云的将军!"

云笑道:"须卜,没有你这样说话的,你是在夸我呢还是在贬我?"

须卜当道:"怎么是在贬你呢?古往今来,匈奴像你这样奔波斡旋于两国之间的女子,又有几人呢?你一腔忧国忧民的侠骨柔情,如果我们所做的事情倘若能够留名青史的话,倒是我须卜当沾尽了你的风光呢!"

云扑哧一声笑了,说:"难为你了,右骨都侯。做了多年的夫妻,你还从来没有这么夸过我呢!"

须卜当也说笑道:"这不是遇上你的亲人了嘛!"

大家都笑了。

就在须卜当夫妇和王歙、王飒兄弟见面的时候,黑珍珠拉着奢偷偷溜到长安的大街上去看热闹了。奢是云和须卜当的儿子,这次随父母一同来长安的。从沉寂辽阔的大漠骤然来到繁华热闹的长安街头,黑珍珠只觉得眼花缭乱,这里的人们穿着和匈奴人不一样的衣服,梳着和匈奴人不一样的发饰,挺好看,也挺古怪。

黑珍珠穿着匈奴男人的衣服,走得又累又热,不禁想起了匈奴草原。黑珍珠对奢说:"奢,咱们的草原上这时候正是清爽宜人的季节,那草绿得直晃人的眼睛;草地上的野花你就看吧,细碎的黄、细碎的蓝、细碎的白,那叫一个美。实在热了,草原上到处都是水泡子,随便钻进哪个水泡子洗上一澡,那叫一个痛快,你说是吧?"

黑珍珠走着,想着,看来老人们说得没错——东西嘛,是别人的好;家呢,还是自己的好。

黑珍珠对奢说:"奢,你说这地方好吗?"

奢说:"除了比单于庭热闹些,人多些,看不出有啥好与不好的。"

黑珍珠又问:"要是把你留在这里长住,你愿意吗?"

奢说:"当然不愿意!我就不明白,他们的皇上为什么把这么多人圈在这么小的地方,闹哄哄的,实在太麻烦了!"

黑珍珠说:"我也不愿意在这样的地方长住,原来以为长安是个比匈奴草原还大的地方,没想到这么小,连马都跑不开!奢,你想想,要是人人都像我们匈奴人似的骑着马在城里跑来跑去,这里肯定会乱得一塌糊涂,你信不信?"

奢哈哈地笑道:"说得没错!"

黑珍珠说:"所以说嘛,还是咱们草原上好,骑在马上,想怎么跑就怎么跑,想去哪儿就去哪儿!"

奢说:"那你还非要来?后悔了吧?"

黑珍珠悄声说:"你以为我是来瞧热闹的吗?"

奢反问道:"难道你不是来瞧热闹的?"

黑珍珠拍拍奢的脑袋说:"小孩子家,别问那么多!"

奢不满道:"咱俩都是十六岁,为何你总把我当小孩子?要是在草原上,骑马射箭,我已经是个男人了呢!"

黑珍珠说:"别忘了老人们说的话——山再高高不过日头,虽然咱俩同岁,毕竟差着辈分呢,和我比,你永远是个孩子嘛!"

长安城,老太后王政君居住的长乐宫内。

已经八十三岁的老太后斜倚在睡榻上,心情甚是烦闷。虽说是又熬过了一个冬天,可近日来越发感觉到身子沉重,仿佛每块骨头和关节都锈死了,稍一动作便会吱呀作响。唉,活着,可真没意思。老太后也不明白自己为什么已经这把年纪了还不死。四十七年前,丈夫刘奭走了;三十九年前,儿子刘骜走了;八年前,孙子刘衎也走了……就连和自己年龄相仿的兄弟姐妹们和侍女丫头们也都早早地抛下她走了。如今,偌大的皇宫竟没有几个自己熟识的人了,每天从早到晚也难得有人说几句贴心的话儿。虽然已经是阳春三月,外面的天气也温暖如煦,老太后却感到了一种彻骨的悲凉。

她躺在睡榻上,隐约听到外面传来一阵"咕嘎"的声音。透过敞开的窗户,她看到外面的天空上,似乎有一行大雁正鸣叫着飞过,老太后无精打采地叫道:"来人呀!"

站立在身后的侍女立刻应道:"老太后,我在这儿呢!"

"哦……"老太后抬眼望着眼前的侍女,懒洋洋地问道,"我怎么听见好像有雁叫的声音呢?"

侍女说:"是呢,老太后。有行大雁往北边飞去了。都这个时候了,大约也是最后一行北去的大雁了。"

"今儿是什么时候了?"

"回老太后的话,今儿个是三月初一。"

老太后又问道:"这么说天气果然暖和了?"

侍女说:"是呢,老太后。外面的太阳好着呢,要不我们扶您出去走走?"

老太后叹了口气道:"唉,你们纵然有心,可本宫没有那个力气了……我这喘口气还觉着费劲呢……哦,近日未央宫那边可有什么新鲜事儿吗?"

侍女说:"老太后,听说匈奴那边来人了,还有个女的呢!老太后,听说他们匈奴的人穿毡裘、食乳酪,浑身都是羊膻味儿,您见过匈奴人吗?"

老太后不悦地喝道:"住嘴!休得在背后编排人家的是非!你快告诉本宫,那匈奴来的究竟是些什么人?"

侍女道:"老太后,这就不知道了。"

老太后叹息着自语道:"云丫头啊,临走时你不是说转过年还来看我吗?这都过去十八年了,你再不来看看婆婆,婆婆真的要走了……"

侍女听不太清老太后在说什么,她问道:"老太后,您要做什么?"

没有应答,再看时,老太后已经睡着了。

就在这时,外面有人传话道:"贵客到——"

说话间,云走了进来。云今天换上了一身藕荷色的汉装,外罩一件深紫色的薄披风,颇有几分汉女的风韵。

侍女看到有客人来访,刚要上前叫醒老太后,云伸手制止道:"不要惊动她老人家。"

岂料老太后闭着眼睛问:"是谁呀?"

人上了年纪就这样,说是睡着了,却听得见别人说话;说是醒着,又响亮地打着鼾。

云忙上前跪在老太后跟前说:"恕云无礼,惊动老太后了。"

老太后忽然睁开眼睛问:"你说你是谁?"

云轻声道:"老太后,云来看望婆婆了。"

老太后懵懵懂懂地打量着眼前的这个女人,片刻后忽然叫道:"丫头,果然是你呀!快起来,起来!丫头啊,婆婆刚才还念叨你呢,这么些年了,你怎么才来啊……"说着就挣扎着要起来。

云赶紧上前扶着老太后坐起来道:"婆婆,家家有本难念的经,尤其是成了家的女人,事情多,走不开。"

老太后坐起来后,云忙往她身后塞了一个靠枕,问道:"婆婆,这样坐着可舒服一些?"

"舒服,舒服,婆婆只要看到你,身子骤然间清爽了许多!"老太后对身边的侍女们说,"你们下去吧,有云在这儿服侍着我就行了。"两个侍女下去了,老太后端详着云说:"十几年没见,多少也有些显老喽!"

云说:"可不是嘛婆婆,岁月不饶人呐!婆婆,你老还好吧?"

"好什么好？不过是熬日子罢了……"老太后说着，眼圈竟红了。

云立刻说："婆婆，是云不好，惹你老伤心了。"

老太后摇摇头说："丫头，婆婆心里堵啊……"

云说："婆婆……"云照顾着老太后喝了口水。

老太后说："丫头，婆婆没拿你当外人，今天就跟你说说心里话，否则，这一肚子的话怕是要跟我进棺材了……"

云轻轻地抚恤着老太后说："婆婆，你老想说什么尽管说，云听着呢。"

老太后泪眼婆娑地说："丫头，我是个有罪之人啊，汉刘的江山生生地断送在我的手上，你说将来我还有何脸面去见高祖和我的丈夫？上次你来长安的时候，汉家的社稷就已经摇摇欲坠，平帝年幼撑不起汉刘的江山，我那时也年近古稀，面对偌大的摊子，也是有心无力了。好在王莽能在前面为我抵挡一二，才使得刘家的基业维持了下来。原以为王莽是我的亲侄子，他帮我这个亲姑姑，也是帮了汉刘的江山社稷，可谁能料到，那王莽他就是一只狼啊。他那时鼎力帮我，实际上他是惦记上了汉家的江山，他不过是把我当作一块跳板，亏我还把他当作自己的至亲，你说天下有这么阴毒的人吗？我也曾苛责过王莽多次，无奈他那时已经羽翼丰满，我一个老太婆，已经奈何不得他了……"老太后的言语里透着无尽的悲凉。

云安慰着老太后："婆婆，你老都这般年纪了，多想无用，还是放宽心颐养天年吧！"

老太后说："丫头，婆婆知道你这是在宽慰我，可我心里这口气咽不下去呀！汉刘偌大的江山，如今姓了王了，还是在我的手上，你说婆婆心里能不憋屈吗？"

云问道："婆婆，当今圣上还常来看望婆婆吗？"

老太后说："哼，三两个月兴许能过来打个照面，再说我也不想见他了。他如今已经是大新的皇帝了，要风得风，要雨得雨，他还来做甚？二三十年围在我身边嘘寒问暖，几乎没有一天不过来请安，丫头你说他的心机是何等之深？寻常人伪装个三月五月，三年五年也尽了，他王莽竟然夹着尾巴伪装了二三十年，其心思的歹毒也可见一斑了。"老太后许是太过激动，竟然有些喘息。

云忙说:"婆婆暂且歇息一会儿,看看云给婆婆带什么礼物来了?"说着,云打开带来的包袱,从里面拿出一张珍珠羔皮的被子来。只见那羔皮雪白,上面的毛卷儿像一粒粒珍珠般精致,又配了葱心绿的丝绸面子,托在手上轻柔得几乎没有分量。

云说:"婆婆,上了年纪最见不得沉重的东西,你老看看这珍珠羔皮的被子可还称心?"

老太后接过珍珠羔皮被子,高兴地说:"称心,太称心了,又暖和,又轻巧,丫头,婆婆喜欢呢。"

云又取出一个精致的木匣子,大约八寸见方,打开后,是一只红色的锦囊,云说:"婆婆,草原上也没有什么稀罕东西,这鹿心血虽不值钱,好歹也是个补品,婆婆年纪大了,若有个心口疼什么的服用一些,还是不错的。"

老太后说:"丫头,千里迢迢的,难为你还记挂着婆婆。好,婆婆都收下了。"说着,老太后的眼圈又红了。

须卜当夫妇到达长安城已经半月有余,关于议和的文书也托王歙兄弟递上去多日,却不见王莽有什么回应。大家在驿馆里闲住着,除了王歙弟兄偶尔过来陪他们说说话,别无他事,真是度日如年。

这一天清晨,须卜当夫妇起来刚刚洗漱完毕,就见王飒快步走进驿馆的院子,他朗声道:"姐姐、姐夫,快,圣上今天要召见你们,快快收拾一下,车子已经在外面候着了。"

云长吁了一口气道:"真不容易!这王莽架子好大,让我们这一候就是半个月,我们好歹也是匈奴的使臣,看来这王莽真是没把我们匈奴放在眼里!"

须卜当劝道:"好了,别发牢骚了,快走吧!"

一行人随王飒来到未央宫,那黑珍珠非要跟了来不可,只好扮作随从的模样,除了容貌看上去清秀了些,倒也还看不出其他什么破绽。

王莽在自己的书房接见了须卜当一行,大司马严尤也在。宾主落座之后,王歙向王莽介绍说:"陛下,这是匈奴前来议和的使臣右骨都侯须卜当夫妇。"

王莽看了云一眼,心里暗暗有些吃惊:十多年不见,这云果然是越发丰腴越发俊美了。

"陛下万安。"须卜当礼节性地问候着。

王莽的目光还在云的身上流连着,似乎没有听到须卜当的问候。

"陛下,右骨都侯在向陛下问安呢!"大司马严尤在一旁提醒道。

王莽收回目光,敷衍道:"好,好。"

王歙接着说:"想必陛下也知道,他们不仅是匈奴的使臣还是我的表姐和姐夫。"

王莽说:"哦,十几年前我们见过面的。"

严尤赶紧说:"那么这二位一定是王昭君的女儿和女婿了?"

须卜当和云应道:"正是。家母托我们带问大家安好。"

严尤说:"哎呀,太好了!这样说来既是使臣又是亲戚,这还有什么不好说的,陛下您说是吧?"

王莽这时开口道:"二位千里迢迢来到长安,有什么事情就说吧。"

须卜当说:"陛下,我们前来主要有两件事情,一是议和,二是为我匈奴的王子登和助讨个公道。"

王莽冷冷道:"你们的文书我已经看了,关于议和一事,不是那么简单。既然你们不想打仗,退兵就是了,何必那么多军队还压在阴山脚下呢?"

王莽的态度有些欺人,云听他这么一说就有些不悦,说:"陛下,我们来议和,并不是我们匈奴人害怕打仗,想必圣上也听说过当年冒顿大单于横扫千里疆场的马上威风,我们实在是为两国百姓着想,战火一旦烧起来就没了疆界,遭殃的还是匈汉的百姓。"

王莽说:"要这样说,我大新朝兵多将广,粮草丰裕,更不怕打仗了,如果你们不想撤兵,那我大新朝愿意奉陪。"

云说:"陛下,我们风餐宿露、千里迢迢从漠北来到长安,如果不为议和,难道是来玩耍不成?"

严尤一听双方的语气都有些剑拔弩张,忙插话道:"匈奴使臣千里跋涉而来,辛苦你们了!俗话说,冤家宜解不宜结,大家都是沾亲带故的,有话好好说,有话好好说。"

王歙插话说:"严大人,容我说几句。从大新这边说,皇上赐我为'和亲侯'；从昭君姑姑那边论，前来的又是我的姐姐和姐夫，既然大家坐在了这里，还是以和为贵，居家过日子还有个马勺碰锅沿儿呢，我们从长计议如何？"

须卜当也说："王歙表弟说得没错，如此最好。"

王莽说："之前，乌珠留若缇单于在世时，曾派兵袭击我云中和朔方等地，当地太守都尉被杀，掠走边民牲畜不计其数，真是太可恶了，他根本没有把我这个大新皇帝放在眼里！"

须卜当说："陛下，乌珠留若缇单于已故去多日，他生前纵然有千般不是，人已经去了，再说不相干的话也没用了，我们还是……"

云打断丈夫的话说："夫君，你容我说几句。既然陛下把话说到这个份儿上，究竟谁是谁非，我们就该把话说透亮了才是，否则，怎么议和？陛下，自呼韩邪单于始，四十多年来匈奴与汉朝一直和睦相处。匈奴人虽然性格率直却不乏真诚，我们向来信奉'你敬我一尺，我敬你一丈'的诺言，可如果时时处处想压我们匈奴人一头，那就没什么道理可言了！"

王莽听了，心里想：这个女人倒是不可小觑，须小心对付才是，于是说："这么说倒是我大新有对不住你们的地方了？"

云接着说："乌珠留若缇单于在世时，皇上您更换'匈奴单于玺'为'新匈奴单于章'，后又下诏改'匈奴单于'为'降奴服于'，这已经是将我们匈奴的地位贬低了一头；另外，你下诏要将匈奴国土人民分为十五份，立稽侯珊十五位子孙皆为单于，这明摆着要将我们匈奴分而治之，然后逐一吞灭；还有，陛下你募兵三十万，以十二部将为统帅，分别从张掖、河西、五原、云中等地十道并出，企图将匈奴一举而灭之……"

严尤看云越说越激愤，唯恐场面不可收拾，于是插话道："来人，给须卜夫人换茶！"

话已然说到了这个份儿上，以云的性格不将肚子里的话说完她是不肯罢休的，于是云接着说："陛下，导致乌珠留若缇单于袭击雁门和朔方最直接的原因是你，你将左犁汗王咸父子三人招诱至长安之后，你……"

这时，须卜当看了一眼殿角下的黑珍珠，他制止道："云，你不要再说了……"

云不顾丈夫的阻拦，她的眼睛里含着泪水道："陛下，登和助两个孩子究竟做错了什么你就杀害了他们，今天你必须给我们说个明白！"

就在这时,忽听得殿角下一声大喝:"王莽老贼!还我哥哥命来!"

大家看时,只见黑珍珠手握宝剑直向王莽刺来。

顿时,殿内大乱。

王莽大叫道:"快!有刺客!"

话音未落,十几个侍卫向黑珍珠冲了过去。

黑珍珠面无惧色,手腕轻轻一抖,几个侍卫身上的衣服便绽裂开无数道口子,她喝道:"不怕死的就来试试姑奶奶的宝剑!"

须卜当和云扑过去,牢牢地将黑珍珠围在中间,说:"珍珠,不可造次!"

王莽大惊道:"这是什么人?竟敢行刺于朕!"

黑珍珠厉声喊道:"你姑奶奶行不更名坐不改姓,我就是登和助的妹妹黑珍珠!老贼,拿我哥哥的命来!"

王莽惊诧道:"快快给我拿下!"

一刹那,十几个侍卫将须卜当夫妇和黑珍珠团团围了起来。

王莽对须卜当夫妇道:"如此看来,议和是假,来刺杀朕倒是真的了!你们还有何话说?"

黑珍珠大声嚷道:"无耻老贼,女扮男装的是我,要刺杀你的也是我,与旁人无干!"

王莽暗道:好一个敢作敢为的女子!于是他不由得多看了黑珍珠两眼:只见这个女子身手矫捷,不高不矮的个头,不胖不瘦的身材,黎黑的皮肤,小巧的鼻子,饱满而丰润的嘴唇,一双眼睛像宝石又像寒星,煞是精神,比起宫中那些风摆杨柳般柔弱的女人们来别有一番味道,于是在心里赞叹道:啧啧啧,过去竟没留意,匈奴人中竟然也有如此标致的女子!好啊,要是有这样的女子陪伴在朕身边,既是爱妾又可做贴身侍卫,也算我王莽没有枉活了!

王莽目光直直地望着黑珍珠,竟然忘了眼下的情形,严尤在他耳边叫了一声:"陛下!"

王莽陡然缓过神来道:"大胆女子,竟敢刺杀本王!"

王歙忙过来说:"陛下息怒,陛下息怒。"

须卜当说:"陛下,这孩子就是乌累若缇单于的小女儿,她的两个哥哥前不久惨死在你的手上,换作陛下你,你能咽得下这口气吗?"

王飒过来劝道："陛下，这丫头从小在草原上长大，无拘无束惯了，望陛下看在她少不更事的分儿上，就对这丫头网开一面吧！我相信表姐回去后定然会狠狠管教她的！"

王莽不悦道："并非本王不给你们面子，实在是你们做事荒唐！唉，就算你们是真心来议和的，可事到如今，这议和还有什么意义？"

黑珍珠大声道："你住口！黑珍珠替哥哥报仇，不关别人的事！"

王莽怒道："这小丫头，已经到了这般天地还嘴硬！左右，给朕拿下！"

云大叫道："珍珠——"

黑珍珠被带走了。

云又气恼又无奈，她在后面大声道："珍珠，你这个不懂事的孩子呀，你知道你给我们闯了多大的祸啊……"

汉匈两国的议和本来就不顺利，此时更是蒙上了厚厚的一层阴霾。

须卜当和云回到驿馆后很是懊恼，俩人不吃不喝，只坐在那里生闷气。

须卜当说："真没有料到事情会这样！你看看，本来谈判就已经够艰难了，这个珍珠，真是不懂事，这不是授人于柄嘛！当初我说不让她跟来吧，你不听，这下好了！"

云站起来，亲自给丈夫斟了一盏茶端过来，柔声道："夫君，别着急，总会有办法的。来，先喝口水吧。"

这就是昭君的女儿云，威风起来时电闪雷鸣所向披靡；一旦平静下来，又似一缕清凉的长风，足以慰藉对方的烦恼与焦躁。

王飒道："珍珠这下可真闯祸了。王莽本是个疑心很重的人，他连他的儿子都不放过，他会放过珍珠吗？"

王歙给王飒使了个眼色，转身安慰云和须卜当说："姐姐、姐夫不必着急，我们会想办法把珍珠救出来的。那王莽虽是无道，毕竟他还是个聪明人，为了他的江山社稷，他也不得不从长远考虑。你们先歇息着，我们这就去想办法。"

晚上，王歙兄弟见了严尤等几位老臣，求他们想想办法挽回这种尴尬的局面，其他几位老臣唉声叹气，纷纷说事情到了这个地步，汉匈和好怕是没什么指望了。

只有严尤相反,他一副悠然的样子,说:"不妨,不妨,事情远没到你们想象的糟糕地步。"

王歙忙问道:"莫非大司马有什么高见?"

严尤笑道:"刚才我已见过了陛下。"

王飒急切地问道:"陛下他怎么说?"

严尤说:"陛下已经同意将那珍珠姑娘送回驿馆了!"

王歙问:"严老前辈,这话可当真?"

严尤正色道:"怎会不真呢?来来来,你们听老夫说——等到明天,你们就可以带着珍珠姑娘回到驿馆去见须卜当夫妇了。陛下说了,珍珠姑娘少不更事就不予追究了,议和的事呢,也不成什么问题,但是右骨都侯夫妇必须答应陛下一件事情。"

王歙忙问:"什么事情?"

严尤说笑道:"到时候你们就知道了。"

晚上,云和丈夫谁也没有吃饭,俩人早早地躺下了,却谁都睡不着,闭着眼睛在床上假寐,直挨到天亮。

第二天刚过晌午,王歙兄弟快步向驿馆走来,还在门外时就高声叫道:"姐姐、姐夫,你们看谁回来了!"

云和须卜当忙从屋子里走出来。令他们欣喜的是,兄弟俩居然把黑珍珠带回来了!

云一把抱住黑珍珠说:"你这丫头,可急死我了!哦,他们没把你咋样吧?"

黑珍珠说:"能把我怎么样?可惜昨天出手不利,没有把王莽老儿杀了,气死我了!"

须卜当说:"大公主,你就给我们省点心吧,别忘了咱们是来议和的,要是议和不成反闹个天下大乱,我们可成了罪人了!"

黑珍珠满不在乎地说:"一人做事一人当,我不会牵连你们的!"

云喝道:"住口!傻丫头,咱们是匈奴派出来的使者,肩上担着干系呢。你要是再胡闹,我们现在就派人把你送回去!"

黑珍珠忽然嬉笑道:"好了姐姐,别生气了,我知道你是不会把我送回去的,往后我听你的还不行吗?"

须卜当转身对王歙两兄弟说:"没想到这么顺利就把珍珠带回来了,辛苦两位兄弟了!"

王歙和王飒相互看了一眼,叹了口气说:"唉,姐姐、姐夫有所不知,事情哪能那么简单呢,王莽他……"

云问道:"王莽他要怎么样?"

王歙说:"若按大新的律法,当堂行刺天子犯的可是死罪;王莽他能放珍珠回来,他是有条件的。"

云是个爽快人,她说:"哎呀,表弟,有话你就直说吧,吞吞吐吐的可急死我了!"

王歙叹息道:"王莽提出要与匈奴和亲。"

须卜当说:"和亲?这是好事啊,我们就是受乌累若缇单于的旨意前来议和的,你们怎么还愁眉苦脸的呢?"

云也说:"咳,我当是什么事呢,和亲这事我们在来的时候就与乌累若缇单于商量过了,如果'和亲'能够使两国的关系重归于好,那我们就走和亲这条路。但不知王莽想怎么个'和'法,是汉家的公主下嫁我们匈奴呢,还是我们匈奴的女子嫁来长安呢?"

王飒道:"姐姐、姐夫不知,圣上既然在这个时候提出'和亲',可见他已经是心中有数了。"

云说:"哎呀,表弟,你就痛快些吧!"

正这时,外面响起一个声音:"须卜夫人,你就别难为和亲侯了!"

话音未落,大司马严尤颤巍巍地走了进来。

须卜当说:"司马大人,你怎么来了?快快请坐。"

严尤笑道:"哦,是这样。那天陛下在书房里会见各位时,见珍珠姑娘是个绝色女子,再加上她性格直率爽朗,比起汉家女子来有种别样的可爱,于是就喜欢上了珍珠姑娘。所以对于珍珠姑娘的冒犯,陛下就不计较了。陛下打发老朽过来就是转达这层意思的,他欲纳珍珠姑娘为妃,不知你们……"

须卜当望一眼妻子,说:"司马大人,你是说……"

云打断丈夫的话,口气很果断:"为了匈汉两家的和睦,和亲可以,但是想纳珍珠为妃,这怕是不行。珍珠虽然是匈奴单于的公主,但她从小性格刚烈,是匹不易驯服的小马驹子,我担心她会给你们的大新天子添麻烦。如果你们同意和亲的话,我可以另选一位匈奴公主过来。司马大人,你看这样可好?"

严尤尴尬地笑笑说:"这个……"

就在这时,黑珍珠呼地站起来说:"司马大人!你去对王莽说吧,我愿意了。"

须卜当夫妇齐声喝道:"珍珠!"

严尤也正色道:"圣上说了,和亲之后,他立即将汉匈边境上的三十万军士撤回,从此以后,汉匈两国相安,再无战事。所以老夫还要叮咛姑娘一句话,珍珠姑娘,此事非同儿戏,你这话当真吗?"

黑珍珠道:"大人,我自己的主,我做得。大人回去对那王莽说吧,我愿意嫁过来!"

严尤说:"那好,既然如此,那老夫就回去复命了!"

严尤走后,须卜当夫妇把珍珠好一顿埋怨:"你这丫头,叫我们说你什么好呢?你明明与那王莽有弑兄之仇,前一天还恨不得要杀了他,怎么今天竟要嫁给他了呢?"

黑珍珠眼里闪烁着泪花说:"姐姐、姐夫,和亲之后匈汉两家各自撤兵一如旧故,咱们入汉的目的也达到了,这是好事呢!"

云说:"丫头,平素你可不是个甘心委屈自己的孩子,你今天是怎么了?"

黑珍珠一脸平静地说:"姐姐,我意已决,你们什么都别说了!"

隔天,严尤大人过来传话,王莽听说黑珍珠答应了他的要求,心中甚是喜欢,他催促须卜当夫妇快点启程回匈奴面见乌累若缇单于,然后快点把珍珠姑娘送进宫来。

云却对严尤大司马说:"大人,虽说珍珠姑娘应了和亲的事情,可是对于登和助两位王子的死,那王莽始终没有一个明确的说法,明日我要面见你们的皇上。"

大司马严尤笑着说:"须卜夫人,圣上昨日受了些风寒,正在寝宫歇息,怕是不便面见二位了。圣上嘱老夫过来就是说这件事情的。圣上说了,两位王子的事,应该是个误会,完全是下面人办事不力,圣上已经派人

将杀害王子的凶手法办了。夫人,圣上说了,和亲之后汉匈两国就是亲戚,登和助两位王子最想看到的应该也是这样的结果,他们在九泉之下尽可以瞑目了。"

云说:"这样说,我们匈奴的王子登和助难道就白死了不成?"

严尤道:"夫人,人死不能复生,这是没有办法的事情。圣上说了,你们走的时候,他自会安排下面多多赔偿于你们,还望夫人回到匈奴后替圣上多多抚恤乌累若缇大单于才是。"

须卜当叹息道:"唉,两位王子死得好委屈啊……"

云又说:"大人,云希望大人转告你的皇上,既然匈汉两家重续旧好,今后匈汉两国必得相互尊重,和平相处,同时开展边贸互市,这样才好造福匈汉百姓。大人以为如何?"

严尤答道:"如此甚好!"

两天后,王莽派人送来了许多粮食、棉帛以及药材等,并特意安排和亲侯王歙过来送行。

临到须卜当夫妇和黑珍珠起程回匈奴的那天早上,王莽派来了一辆车,车上装着登和助的遗骸,还有一队汉使陪同前往。黑珍珠伏在车旁哭了好一会儿,云过来劝了半天她才悲悲切切地止住哭声。

黑珍珠擦干了眼泪,然后扳鞍上马,护送着两个哥哥的遗骸踏上了返回匈奴的征程。一路上黑珍珠沉默了许多,她默默地行,默默地住,几乎没什么话,与来的时候那个活泼开朗的丫头简直判若两人。可只要稍稍留意就会发现她那双漆黑的眼睛里却含着几丝忧伤。

若依着王莽的意思,黑珍珠就留下来别走了。黑珍珠不肯,我堂堂一个匈奴大公主岂能如此草率地跟了你王莽?她执意要把两个哥哥送回匈奴后再做打算。

车马已经上路了,王歙对云说:"表姐,姑姑出塞匈奴多年,我们盼她能在有生之年回来看看,外公外婆直到临死前还对姑姑念念不忘,可惜没能见到姑姑;如今我父母的岁数也不小了,姑姑若不回来,恐怕他们今生再难相见了……"

王歙说着,眼泪不由自主地落了下来。

云也眼泪汪汪地说:"母亲也是成天念叨着想回来看看呢,前些年我们兄妹年幼,母亲唯恐我们受不了旅途的风寒和颠簸;这些年我们长大了些,两国间又磕磕碰碰不太平,为此,母亲一直揪着心呢。这下好了,匈汉之间的裂隙弥合之后,母亲一定会回来看望舅舅的。"

须卜当夫妇快马加鞭,没几日就来到了阴山附近。当途径阴山南麓的时候,他们看到一些汉军正在拔营起寨,大路上旌旗飞扬、车马滚滚,一片忙碌而混乱的景象。

云对丈夫说:"看到了吧,汉军在撤兵了。"

须卜当松了口气说:"是啊,僵持了两年的局势终于缓解了,母亲听到这个消息一定会高兴的。"

云说:"谁说不是呢?这两年来,我发现母亲的白发骤然多了不少,俗话说'愁一愁白了头',别看母亲平日话不多,她也在发愁啊!"

须卜当说:"这下好了,汉匈两家紧张的关系总算有了缓和的迹象。等珍珠妹妹和亲之后,你也该卸任了,空出时间来好好陪陪母亲。"

云望着眼前宽阔的草原,开心地说:"须卜,我一定要陪母亲回一趟秭归,让母亲高兴高兴。"

须卜当说笑道:"咱们可说好了,我也是要去的!让秭归的亲戚们看看,我这个大女婿还算得上相貌堂堂吧?"

云嗔道:"你呀,皱了多日的眉头终于舒展开了!须卜你看,我们来的时候草地上的草刚冒出个嫩芽芽,你看这时,已经连天连地地绿了!怎么样,我们来松松筋骨?"

须卜当也兴奋地说:"好!"

说完,夫妇俩放开缰绳,两匹马立刻撒开蹄子在草地上跑了起来。

黑珍珠望着云和须卜当渐渐远去的背影,心里不禁一阵酸楚:"女人这辈子啊,要是有这样一个相亲相爱的男人陪伴着,死也认了!"

黑珍珠想到自己将要跟王莽那个半老头子睡在一张床上,心里顿时生出莫名的厌恶,说实在话,不甘心,真不甘心啊!可是话说回来,和亲这事,并没有谁逼迫自己,完全是自己情愿的。为这事云姐姐差点和自己翻了脸,可是云姐姐她哪里知道自己的心思呢?云姐姐,并非是我黑珍珠看上了王莽那老家伙尊贵的皇位,实在是为了我的……唉,罢了,不想那么多了!

黑珍珠想着心事,不知不觉落在了后面,这时忽听得奢在前面唤道:

"珍珠,想什么呢？快走啊！"

黑珍珠打马追了上来,奢关切地问道:"珍珠,你没事吧？"

黑珍珠故意装作一副恬然的样子说:"小孩子家真操心,我没事。"

奢又道:"不对,我看你这些日子郁郁寡欢,有什么心事,不能和奢说说吗？"

黑珍珠笑道:"真的没事。"

奢说:"珍珠,你要是不愿意和亲也没什么,千万不可委屈着自己。"

黑珍珠道:"和亲已经是定了的事,岂能儿戏？我真的没事……大概是想家了。"

黑珍珠说着,扭过头将目光投向草原尽头天地相接的地方,眼圈儿微微有些发红。

须卜当夫妇此时松了缰绳,信马由缰地走着,看黑珍珠这个样子,笑道:"到底是个孩子,才离开几个月就想家了。珍珠,你可想好了,和亲之后你就要在汉地待一辈子了,到时候可不许想家哟！"

黑珍珠努力将快要溢出眼眶的眼泪逼了回去,又恢复了平日的样子,她大声嚷道:"瞧姐夫说的,谁想家了？人家是让尘土眯眼了！"

云给丈夫使个眼色说:"是啊,我们的珍珠啊,是个刚强的姑娘,心里有数着呢！"

云说完,轻轻地叹了口气。

奢骑在马上,把黑珍珠的一切都看在眼里,他拍马来到跟前,叫道:"珍珠姑姑,终于回到草原上了,咱们何不放开缰绳比试一番？"

黑珍珠眼里含着泪花,笑道:"臭小子,终于肯叫我一声姑姑了。比就比,臭小子,放马过来吧！"

两匹马向草原深处疾驰而去。

单于庭内,乌累若鞮单于正在接见从长安归来的须卜当等人,他已经知道了这次入汉的全过程,并且恩准了珍珠和亲的事情。小女儿珍珠是他的掌上明珠,且又是与仇人和亲,这让他的心里很是不畅,但为了顾全大局,他只得将一己的恩仇暂且搁过一旁。

半年后,黑珍珠辞别了亲人入汉和亲,陪同她前往的是昭君的儿子伊屠智牙师。

据说,那天早晨黑珍珠是笑着离开单于庭的。

那天,黑珍珠把自己打扮得十分漂亮,乌黑的头发上戴满了亮闪闪的银饰,还有珊瑚和玛瑙珠子,越发衬托得她那双眼睛黑宝石般美丽。黑珍珠笑呵呵地从单于庭出来,笑呵呵地登上马车,手里始终握着她那把心爱的宝剑。送行的人们说,珍珠这孩子平时那么任性今天这是怎么了,顺从得羊羔子似的;还有人说,不对呀,这孩子别是心里有事说不出来把自己给憋得魔怔了吧?

云来到马车前,她拉着黑珍珠的手说:"珍珠,你心里有啥委屈就跟姐姐说,千万别在心里憋着,啊?"

黑珍珠宝石般的眼睛里顿时变得水汪汪的,她望着云笑道:"姐姐,我挺好,真的……"

云说:"到了那边照顾好自己,有什么事就跟伊屠智牙师商量,万事不可自作主张,听见了吗?"

黑珍珠点点头说:"姐姐,父王那里我就不过去辞行了,这些日子他的身子骨不强壮,我怕他伤心……"

云说:"好孩子,你放心去吧,单于那里我们会照顾他的。"

黑珍珠的眼睛里隐约透出一点泪光,她转过身去面向单于庭跪在了地上,恭恭敬敬地磕了三个头,哽咽道:"父王,珍珠去了……"

黑珍珠站起来后快步来到自己的坐骑前,翻身上马后狠狠地抽了一鞭子,那马箭一般向远处蹿去,眨眼间便没了踪影。

伊屠智牙师招呼着送亲的马队紧跟了上去。

起风了,一个很大的旋风从很远的地方向这边刮了过来,在单于庭前的草地上猛烈地旋转着,卷起大团的草屑和尘土,然后以极快的速度尾随车队而去……

且说匈汉和亲之后,转眼间过去了两年多,匈汉两国的关系表面看上去似乎缓和了许多,可是与元帝、成帝那时候比起来,境况就大不一样了。王莽在对待匈奴等周边国家的态度上最不明智的一点就是他太过傲气,作为帝王,须得有些帝王的胸怀,若是锱铢必较,那便是国之不幸了。

第八章 一只公鹿引发的战争

公元 18 年初秋的一天,一只受伤的公鹿在匈汉边界上惊慌失措地奔跑着,追赶它的是一群骑在马上的匈奴汉子。

公鹿健硕矫捷,虽然身上带着一支箭杆,但依然在拼力向前奔跑着。后面的匈奴汉子们追得兴起,一路"噢儿噢儿"地怪叫着,轰隆隆的马蹄声踏破了荒原上的寂静。

忽然,那只公鹿一扭头,朝着右前方的一片树林子奔去,看得出奔跑的速度明显地缓慢了下来。匈奴汉子们见状,不管不顾地追了过去——

就在那只公鹿钻进林子的那一刻,忽然一个趔趄跪在地上,匈奴汉子们欢呼着跳下马背,扑了过去。就在这时,一队手持兵器的汉兵从旁边冲了过来,将匈奴汉子们团团围在中间。

匈奴汉子叫道:"大胆!你们要做什么?"

一个汉兵喝道:"睁开你的眼睛看看,这是我大新朝的地盘,你们还好意思问我们!"

匈奴汉子看看身后,这才明白他们确实已经越过了汉匈边界。匈奴汉子的骨子里就有一股不服输的桀骜,他们乱糟糟地叫道:"越界了又怎样?我们是来追回我们的猎物的,关你们屁事?"

一汉兵喝道:"不讲理是不是?弟兄们,给我上,把他们赶出去!"

一匈奴汉子叫道:"匈奴的壮士们,给他们些厉害瞧瞧!"

说话间,两队人马便打到了一起,一只公鹿引发的战争开始了。

这场争斗开始时规模并不算大,可是经过半个月的发酵之后,竟然发展成为数千人的局部战争,消息很快便传进了长安的未央宫和匈奴龙城的单于庭。

匈奴人刚刚结束了一年一度的蹛林大会,几天的热闹集会可把人们给累坏了,可是大家却很高兴,有什么比这一年一度的大聚会更加令人兴奋呢?在蹛林大会上,乌累若缇单于看到骡马成群、六畜兴旺的景象,心中甚是喜悦。虽然又是赛驼又是跑马的把他累得不轻,可他却像个小伙子似的看不出一点疲倦。人逢喜事精神爽嘛!

回到单于庭的当天晚上,乌累若缇单于便接到了匈汉边界上发生纠纷的通报,乌累若缇单于骂道:"又给本王惹麻烦,这帮狼崽子!"

乌累若缇单于实在是太累了,他喝了两碗热乎乎的羊肉汤,倒在松软舒适的毡榻上正要休息时,忽然有人来报说:"单于,大新朝的使臣到了!"

乌累若缇单于一惊,大声道:"来人呀,点燃灯火,准备酒饭,按规格传见使臣!"

匈奴人好客是出了名的,更何况自从黑珍珠和亲之后他们已经是亲戚了呢。

单于大帐里灯火明亮,弥漫着一层浓郁的肉香,两旁的矮几上摆满了大块的烤肉和各种奶食。乌累若缇单于高坐在中间的豹皮榻上,须卜当以及其他的大臣分坐在两旁。

乌累若缇单于大声地招呼着客人说:"来来,不要客气,大家跋涉了多日,今天一定要吃饱喝足,快趁热吃吧!"

那几个使臣倒也不客气,也许真的是饿坏了,他们风卷残云一般,顷刻间将面前的烤肉和奶食吃下去大半。

乌累若缇单于这时问道:"使臣远路风尘而来,事先也没有知会一声,莫非有什么紧急事情不成?"

酒足饭饱之后,只见那使臣打着饱嗝儿不紧不慢地从怀里掏出一个布卷儿,打开后将一块长二尺宽一尺的明黄色丝绸呈现在众人面前,使臣高声道:"乌累若缇大单于,我等今日来此,是受命向你们颁布大新朝旨意的!"

乌累若缇单于不解地看着身边的须卜当,俩人交换了一下眼神。

乌累若缇单于道:"使臣有话请当面讲吧。"

使臣道:"两年前,为了汉匈两国之和睦,大新朝不计前嫌派人送还了登和助的骸骨,这是圣上的宽厚和仁慈;汉匈两家和亲之后,边境无战事,百姓安居乐业,这也是大新圣上对你们格外的恩典,所以,圣上责令匈奴单于庭向大新朝进贡良马千匹,牛万头,羊十万只……"

乌累若缇单于大声道:"这话不对!当初,登和助被害于长安应该是他王莽的不仁,为了匈汉两家的关系我们忍痛不追究也就罢了,怎么反倒是他的宽厚和仁慈了?草原上风调雨顺,是天神赐给我们匈奴百姓的,怎么能说是他王莽对我们的恩典呢?还向我们索要那么多牲畜,难道我们匈奴欠你们什么不成?"

一大臣唯恐将事情弄僵,他端起一碗酒道:"来来,大家喝酒,喝酒!"

大新使臣又道:"慢,我们临来时陛下还要我们做一件事情。"

须卜当问道:"什么事?"

大新使臣从腰间抽出一根鞭子,说:"囊知牙斯的陵墓在哪里?我们要开棺鞭尸!"

须卜当厉声道:"岂有此理!"

大新使臣道:"你们听着,这是我们圣上的旨意!当年囊知牙斯在世的时候曾授意匈奴的边王袭扰我云中朔方等地,使我朝蒙受严重损失;我们圣上本来是要找囊知牙斯算账的,没想到他竟然早早死了。我们圣上说了,人死了也不能算完,不将囊知牙斯掘墓鞭尸难舒心中这口恶气!"

乌累若缇单于是个不善言辞的人,听了汉使的话心中异常气愤,只见他的脸色由红变白,又由白变紫,胸口在一起一伏地鼓胀着……

大新使臣道:"我还没说完呢。我们圣上说了——从即日起,有些称呼你们也必须要改过来——"

须卜当插话道:"你什么意思?"

大新使臣道:"从即日起,改匈奴为'恭奴',改单于为'善于',并责令匈奴单于庭即刻拔营迁至北海一带,没有大新皇帝的允许不准南下!"

大新使臣的话刚说完,乌累若缇单于便突然喷出一口鲜血,他愤愤地叫道:"王莽老儿……欺人太甚……"

乌累若缇单于倒在地上,昏了过去。

说实话,匈汉边境上经常会发生些摩擦,匈奴的边民也经常闯入汉地掠夺财物妇女,尤其是驻扎在边境上的呼衍勿央等人,为了自己的私愤,常常故意制造一些事端,自乌累若鞮单于继任单于之后,严令禁止匈奴人在边境上惹是生非,违者严惩,所以这些年边境上少有事端发生。这次的"公鹿"事件其实并非什么大事,各自管好各自的人便是了,何至于发展到如此地步?单于庭的大臣们说,王莽一向善于小题大做,正好借此机会讹诈我们一把,亏他还是一朝天子!

乌累若鞮单于气不过,吐血之后就病倒了。

黑珍珠来到汉宫已经两年了,如今越发出脱得美艳动人。黑珍珠在穿衣打扮上亦匈亦汉,有时候皮衣革履,有时候绫罗绸缎,有时候则干脆穿着铠甲在皇宫里溜达,那双黑宝石般的眼睛里闪耀着一股威风凛凛的寒光。

黑珍珠不像其他的妃子那样安静地待在后宫里,她最大的消遣是在小校场里摆弄刀枪。匈奴人最擅长的是径路刀和弓箭,黑珍珠还是在小的时候就已经将这两种武器玩弄得相当娴熟。这两年来黑珍珠几乎将汉家的兵器耍弄遍了,所以技艺也随之精湛了许多。无论是早晨还是黄昏,小校场里常常被她折腾得暴土扬尘。

王莽站在远处望着舞枪弄棒的黑珍珠,叹息道:"这哪里是个女人呀,简直就是一头母豹子!"

这天晚上,已经到了就寝的时候,黑珍珠才从外面回来,进屋之后将手上的盔甲扔在一旁,端起桌上的水壶咕咚咕咚灌了一气凉水,当她搁下水壶时听得外面有人高声道:"皇上驾到——"

两年来,身为王莽的妃子,黑珍珠却不容他近身,每每王莽欲强行行事时,黑珍珠便手握短剑道:"若再逼我,珍珠情愿一死!"

王莽道:"和亲是你黑珍珠情愿的,你这又是为何?"

黑珍珠说:"和亲为的是两国和睦、百姓康泰,珍珠责无旁贷;可我两个哥哥死在你手上,要我委身于你也不难,除非我的哥哥们活过来!"

王莽说:"这……"

王莽自知理亏,之后便很少到黑珍珠这边来了。

此刻,王莽走进黑珍珠的住处,心疼道:"珍珠,你看看你,一身土一身汗的,这哪里还像是朕的妃子?"

黑珍珠不以为然地说:"我们匈奴草原天高地阔,我在那里生活了整

第八章 一只公鹿引发的战争

整十七年,每天起来骑马射箭开心死了;自从来到这里简直就像是进了大牢,要是再不活动活动筋骨,我得憋闷坏了!"

王莽说:"可你是朕的妃子呀,已经进宫两年了,总得有些规矩才是!"

黑珍珠瞥了王莽一眼,略显不悦地说:"生就的骨头长就的肉,珍珠这辈子就这样了,你要是看我不顺眼,把我送回草地上就是了!"

王莽见黑珍珠生气了,立刻上前哄道:"你看看,朕不过是怕把你累坏了,你倒认真了。好了好了,只要你高兴,朕不说你就是了。"

王莽望着黑珍珠说:"珍珠,宫里的美女成百上千,朕还就喜欢你这副桀骜不驯的样子……"

黑珍珠推开王莽说:"圣上,我还没有沐浴更衣呢!"

王莽立刻喊道:"来人呀,伺候美人沐浴更衣!"

当天夜里,王莽留宿在黑珍珠那里。

自从登基当了皇帝之后,王莽再不是当年那个谨小慎微的小男人了,他夹着尾巴做人委屈了自己多年,不就是为了扬眉吐气的这一天么!所以,当了皇帝的王莽骄奢淫逸,恨不得把一天当成一年来过,以补足他前半辈子的亏欠。后宫里美女无数,王莽无日无夜地周旋其间,贪婪的像一只馋嘴的老猫,竟然忘记了自己已经是个六十多岁的老头子了。到底是年龄不饶人,王莽趁黑珍珠去沐浴的工夫,早早地上了床,本想等黑珍珠回来后好好享受一番,没想到一挨枕头竟然不由自主地睡了过去。

黑珍珠沐浴完之后回到屋里,看到王莽已经睡着了,心里不禁一喜——天神助我,除掉王莽老贼就在今夜了!

黑珍珠诛杀王莽之心由来已久,自从两个哥哥被王莽杀害之后她就在心里发誓——不杀王莽誓不为人!所以就有了主动要求和亲的一系列举动。黑珍珠几次拔刀想结果了他的性命,可她深知自己的功夫还不到家,万一刺杀不成自己丢了性命事小,要是殃及匈奴单于庭麻烦就大了。再说,王莽的身边几十名侍卫十二个时辰一刻不停地守护着,即便下手,也得寻个机会才是。后来,黑珍珠借口宫里沉闷,找了个有功夫的人给自己当师傅,她在心里对自己说:王莽要杀,但一定要杀得巧妙!

黑珍珠的这个师傅姓穆名淳,是个二十六七岁的小伙子。穆淳家境殷实,曾是富商之子。由于功夫极好,他被选进宫里做了王莽的御前侍卫。将近两年来，黑珍珠跟着穆淳学练功夫，刀枪剑戟说不上样样精通，但她身手灵巧敏捷，比起初进宫时大有长进了。黑珍珠认为刺杀王莽的时候到了，于是这几天她在偷偷地做着准备。黑珍珠原以为自己的所作所为神鬼不知，哪里晓得她的行踪早被一个人给识破了，这个人就是她的师傅穆淳。

　　黑珍珠沐浴完毕回到屋里，见王莽倒在她的枕头上睡得正香，她走过去轻轻摇撼了两下，低声唤道："陛下，陛下。"王莽睡得很沉，没有一点反应。黑珍珠于是来到几案前将油灯拨到最小，屋子里顿时暗了下来。黑珍珠身子一闪，便悄无声息地消失在屏风后面。

　　不一刻，黑珍珠从屏风后面走出来时，已经是一个玄衣玄裤、轻巧打扮的女侠客了。黑珍珠腰里缠着七节软鞭，手里握着那柄锋利的径路刀，她蹑手蹑脚地来到床前。黑珍珠望着王莽那张肿胀而丑陋的面孔，在心里恨恨道：王莽老儿，你也有今天！可就在黑珍珠举起宝剑刺向王莽的刹那，手腕突然被什么人死死地攥住了！

　　黑珍珠心里一惊道："不好！"

　　当黑珍珠回头看时，发现那人竟然是他的师傅穆淳！

　　黑珍珠轻声道："你——"

　　穆淳伸手堵住黑珍珠的嘴唇，拽着她离开了床前。

　　黑珍珠被穆淳拽着来到屏风后面，他紧张道："珍珠，你太莽撞了！"

　　黑珍珠正色道："少说废话！反正也落在你的手上了，要杀要剐随你便了！"

　　穆淳轻声道："珍珠，你把我想歪了！现在不是说话的时候，你赶快脱了这身衣裳，记住，要装作没事一般。"

　　黑珍珠道："这一天我等了整整两年了，难道你要我放弃我就放弃吗？"

　　穆淳道："珍珠，你听我说，'君子报仇，十年不晚'，如若你执意要今夜报仇，怕是要落个玉石俱焚的下场！"

　　黑珍珠反问道："为什么？"

　　正在这时，传来王莽似梦非梦的声音："美人儿……"

　　穆淳急急地对黑珍珠说："按我说的去做，我不会害你的，快去吧！"

　　穆淳说完，身子一闪便不见了。

第八章

从穆淳那真诚的眼神里黑珍珠仿佛明白了些什么,她脱下夜行衣藏好,刚刚躺到床上,王莽便醒了过来,他问道:"到什么时候了?"

黑珍珠装出瞌睡的样子,含糊道:"不知道……困死了……"

王莽翻个身又睡着了。

黑珍珠却一点睡意都没有,她在心里想道:"这个穆淳,他到底是个什么人呢?"

后来,穆淳告诉黑珍珠,他其实不姓穆,他姓杜,名叫杜淳。他家曾是长安城里的一个商户,专门经营丝绸织品,日子过得很殷实。十四年前,王莽已经是重权在握的大司马了。清明节的晚上,杜淳的母亲带着几个使女来到河边放河灯,祭奠家中故去的先人。事有凑巧,王莽出来游玩时恰巧从河边走过,看见杜淳的母亲是一个绝色美人,于是起了歹心。一天,家里来了一帮人,声称是大司马派来的,他们说杜淳的父亲企图谋杀当朝圣上,于是抄了他们的家,杀了杜淳祖父和父亲,抢了杜淳的母亲后塞进一顶轿子仓皇而去。十二岁的杜淳那天正好在乡下的舅舅家,所以才躲过了一场劫难。杜淳的母亲在轿子里呼天唤地无人理睬,当轿子经过那条河时,她猛地从轿子里冲出来,纵身跃入河中……杜淳在舅舅家得知消息后拎了把菜刀要进城找王莽去报仇,舅舅拦下了他,告诉他说:君子报仇,十年不晚。此后杜淳改名换姓跟着舅舅学起了功夫。王莽当政之后,他知道自己仇人太多,成天提心吊胆唯恐被人暗害,于是贴出告示招募宫廷卫士。十八岁的杜淳凭他超群的功夫进了未央宫,被安排在王莽的身边做了一名御前侍卫。

黑珍珠听罢穆淳的家事,叹息道:"原来是这样啊……看来你也是个苦命之人。师傅,从今往后,那王莽就是我们共同的仇人了!"

乌累若缇单于自上次吐血之后,身子便一日日垮了下来,整天躺在毡榻上病病歪歪地将养着。这样的日子过了不到两年,眼看着他像一盏熬尽油的灯盏,一日日憔悴了下去。

看到乌累若缇单于的病情一日重似一日,昭君也是整日整夜地吃不下饭睡不着觉。昭君与呼韩邪成亲后来到匈奴王庭,四十多年间,她眼睁睁地看着呼韩邪与他继任匈奴单于的四个儿子先后故去,每一次昭君都是扒心扒肝地痛苦。现在,呼韩邪的六个阏氏里只剩下她和五阏氏陶奴了。那陶奴这几年也老了，虽然不再和她作对，但也绝不是个可以托付心事的人，所以昭君感到自己很是孤独。

乌累若鞮单于病入膏肓，作为匈奴单于庭的执事大臣，须卜当下令召集左右贤王、左右谷蠡王以及左右大将军等升帐议事。大家纷纷说，乌累若鞮单于也就是有今天没明天的事儿了，眼下最要紧的是乌累若鞮单于归天之后，匈奴单于这个位子由谁来坐，这件事必须尽快定下来，否则，恐怕单于庭不可避免地又要有一场内乱！

按单于庭的规矩，左贤王是匈奴单于的继任者，但左贤王乐（大阏氏的第三个儿子）已经去世，所以乌累若鞮大单于若有个三长两短，下一任匈奴单于应该非右贤王舆莫属了。到那时，右谷蠡王伊屠智牙师也将按规矩升任为左贤王。

两年前，伊屠智牙师随黑珍珠入汉之后，一方面关照着黑珍珠，另外还做些汉匈之间的往来贸易。单于庭决定，立即派人火速将伊屠智牙师召回！

舆从单于庭出来后显得并不十分开心。舆这个人表面上看起来既粗鲁又骄蛮，可他却是个极有心机的人。他知道如果伊屠智牙师升任为左贤王，那自己百年之后，他伊屠智牙师铁定就是匈奴的大单于了。可舆不甘心这样，他的愿望是自己百年之后，应该由他的儿子乌达牙师登上匈奴单于的宝座，如今这个左贤王的位子应该是我儿子的，得想个什么办法将伊屠智牙师除掉才是！当舆脑子里冒出这个念头的时候，连他自己都被吓了一跳！

这时，一个送肉汤的小童不小心将肉汤泼洒在他的身上，舆想都没想，抽出径路刀将那小童刺死在地上。

舆的舅舅呼衍勿央将这一切看在眼里，他从后面走上来，招呼着舆向单于庭外的草地上走去。那天他们甥舅俩在外面待了整整一天，直到天黑了才回来。

伊屠智牙师接到单于庭召他回去的命令后，来到黑珍珠的住处和她告别。伊屠智牙师说："珍珠，单于庭派人来召我回去议事，小叔不在跟前，你要好生照顾自己。"

黑珍珠黯然道："小叔，这么说你非回去不可了？"

伊屠智牙师说："是的,单于庭这个时候召我回去肯定有什么事了。"

黑珍珠说："谁陪你回去?就你一个人吗?"

伊屠智牙师笑道："带几个侍从就行了,我这么大个男人你还有什么不放心的?"

黑珍珠任性道："不行!那我陪你一道回去,顺便看看家里的亲人,两年多了,也不知道父亲的身子怎么样……"

伊屠智牙师劝道："珍珠,眼看天气就要冷了,几千里的路程,小叔担心你路上受苦。你放心,多则七八个月,少则半年,小叔回去处理完事情就回来。你要好生保重自己……"

黑珍珠眼圈红红地说："小叔,我知道了……"

两年来,黑珍珠在长安无依无靠,伊屠智牙师是他唯一的亲人,他这一走,自己就更孤单了,所以黑珍珠心里禁不住有些悲凉。

可是,纯良的黑珍珠绝不会想到,小叔伊屠智牙师和她的这番话竟然成了诀别。

黄昏,草地上冷风嗖嗖地吹着,清冷而寂寥。

单于庭右边的一个高坡上,昭君正站在那里等着儿子的归来。可是一连好几天了,空荡荡的草原上连个人影儿都没有。昭君在心里算计了一遍又一遍,无论怎么算伊屠智牙师也该到家了,莫不是路上出了什么事情?

这时,伊屠智牙师的妻子海棠带着两个女儿来到昭君面前,她恭敬道："母亲,要变天了,当心受凉,还是回去吧。"

俩孩子也唤道："祖母,我们是特意来接你的,我们回去吧。"

昭君看看贤惠的儿媳,又看看两个如花似玉的孙女,蹒跚着下了高坡。

王昭君什么都想过了,她唯独没有想到伊屠智牙师会死在右贤王舆的手上,所以每天早出晚归、风雨无阻地等待着儿子的归来。

起风了,天边有几片乌云飘了过来,在风的作用下,很快便连成一大片,黑沉沉地压在头顶上。空气中夹带着一股浓浓的雨腥味儿,看样子要下大雨了。

寝帐里，须卜当和云已经等了一会儿了。云红着眼睛站在丈夫旁边，看见母亲走进来她假装去倒茶，将身子扭了过去。

昭君一进来就问道："云，你们风风火火把母亲叫回来，有什么事吗？是不是你哥哥捎信来了？他几时到家？"

云将一碗热茶送到母亲手上说："母亲，你先喝口热茶。"这茶饼还是他们夫妇前几年从长安带回来的，今日特意煮给母亲吃的。

昭君发现云的眼睛红红的，问道："云，你哭了？是不是小两口儿闹别扭了？"

云强笑道："没有，母亲。"

须卜当将昭君扶到毡榻旁，说道："母亲，我们坐下说话吧。"

昭君坐下后，云拽过一条小羔皮的锦被盖在母亲的膝盖上。草地上的天气就这样，虽然刚刚入秋，但一早一晚已经颇有些寒意了。

云和须卜当都在母亲的身边坐下来。须卜当给云使个眼色，云说："叫母亲回来是怕母亲着凉，看样子怕是要变天了。"

昭君松了口气："瞧瞧你们，我还当是出什么事了呢！哦，金珠呢？"

云说："我让她去熬些羊肉汤来驱寒，这会儿大约是正忙着呢！"

须卜当说："今天正好单于庭没什么事，过来陪母亲坐会儿。"

昭君说："难得你们有片刻清闲。哦，单于的病怎么样了？"

须卜当说："不好，恐怕就在这几日了……哦，母亲来到匈奴有四十多年了吧？"

昭君道："是啊，一晃，四十多年过去了。"

须卜当又说："母亲是个汉人，在匈奴一待就是四十多年，母亲不觉得委屈吗？"

昭君笑道："这你们可把母亲看低了。你们想想看，我一个汉家女子，不能够像男人似的保家卫国，但是却能够为汉匈两家的和平大业尽献自己的微薄之力，这是何等高尚的事情。每每想起来，我胸中就会升起一股豪情，何谈什么委屈呢？"

须卜当道："母亲有这样的襟怀，我们做晚辈的也为您感到高兴。"

昭君道："小时候，父母就对我说，人活着不能只为自己；长大之后，慢慢地有了感触，一个人若只为自己活着，那天地就会越变越狭小；相反，心中若时时装着大家，天地自然就会越来越宽阔，自己的心胸也会越来越舒展,变得像草原那般宏阔了。"

云含泪笑道:"母亲说得真好。"

须卜当说:"母亲,常言道人生不如意事十之八九,母亲以为呢?"

昭君感慨道:"是啊,好日子总是很快就过去了。人这一辈子啊,哪儿能没有沟沟坎坎呢? 当年,我跟着呼韩邪单于来到匈奴,好日子刚开始,他就撇下我们母子俩走了。走的人走了,可留下的人还得活,后来我嫁给你们的父亲,我们相亲相爱地过了十一年,原以为我们会白头偕老的,谁知道他又走了……"

云说:"母亲,你想父亲吗?"

昭君说:"傻孩子,能不想吗? 可话说回来,想人是想不死的,你只能一天天地熬着,熬得日子长了就习惯了……"

昭君说到这里,苦笑了一下说:"看看,母亲还是老了,没来由地说这些做什么呢? 噢,对了,算来你哥哥早该回来了,怎么到现在连个人影都没有呢?"

云颤声道:"母亲……"

须卜当打断妻子的话:"我想哥哥回来也就在这一两日了。"

昭君道:"伊屠智牙师也真是的,这么大的人了还如此的不晓事,就算有事耽搁了行程,总该打发个人回来报个信儿吧! 唉!"

正在这时,在后面熬羊肉汤的金珠慌慌张张地跑出来,手上捧着一块布,上面搁着什么东西,云见了急忙过去阻拦,但是没拦住。

金珠大喊着:"母亲,母亲! 这是怎么回事?"

须卜当夫妇大声道:"金珠,你别——"

可是已经迟了,昭君已经看到了金珠手上的东西——那是一把径路刀和一件红兜肚……

海棠一见那把径路刀和那件红兜肚,愣了一下,随即她便明白了什么,只见她的身子晃了晃,一把抓住身边的女儿,之后便软软地瘫在了地上,两个女儿失声叫道:"母亲,你怎么了?"

昭君一把抓过金珠手上的东西仔细看着,这两样东西她再熟悉不过了,刀,是儿子用过的径路刀,上面镶嵌着两粒松石、三粒玛瑙和一粒蓝宝石;兜肚,是两年前儿子临行前她亲手缝的那个兜肚,上面绣着一只麒麟,麒麟上面浸着暗红色的血迹……东西回来了,可人呢? 人在哪儿? 我的儿子伊屠智牙师在哪儿?

昭君手里捧着那两件东西颤声问道:"金珠,这是哪儿来的?你说这是哪儿来的?"

金珠哽咽着,说不出话来。

看着手里的径路刀和红兜肚,昭君已经明白了什么,她的儿子伊屠智牙师再也回不来了……

黄昏前,一个蓬头垢面的匈奴汉子来到单于庭外,他说他在山里放羊的时候发现了这些东西,看样子不像是寻常之物,所以就把它们呈了上来。最先知道伊屠智牙师遇难的是云和丈夫,虽然也锥心刺骨般地痛苦,但还是强打精神过来安慰母亲。他们不知道该怎样说话才不至于使母亲太难过……来到母亲的寝帐后,如琴告诉他们说,夫人又出去等伊屠智牙师了。云于是将哥哥的遗物放在了寝帐后面,没想到被妹妹金珠给发现了。

夜里,在如琴的搀扶下,昭君蹒跚着向儿媳的寝帐走去。儿子走了,这一刻最难熬的恐怕就是儿媳海棠了。这个可怜的孩子啊,当着大家的面,硬是把伤痛憋在心里不肯哭出来,叫母亲怎能不心疼啊……

昭君进来后,看到两个孙女儿站在角落里抽泣。她默默地在儿媳身边坐了下来,隔着被子抚摸着儿媳消瘦的肩膀。她叹了口气,像是对儿媳又像是自语道:"海棠啊,我们汉人常说,'人无千日好,花无百日红'。人这一辈子,说不上会遇上啥事情,生老病死你得挺着,七灾八难你得挺着,只要自己不死,就是天塌下来你也得扛着……孩子,母亲知道你此刻的伤痛无人能及,可母亲除了心疼你真是一点办法没有啊……海棠,呼韩邪走了,雕陶莫皋走了,如今我的儿子也走了,要说悲伤,母亲的心都碎了,可我们是匈奴的女人,匈奴女人经历最多的就是死亡。男人们去打仗,哪一次不是死伤大半?可是,匈奴的男人倒下了,匈奴的女人不能倒下,照顾老的,抚育小的,放牧种地,只要她们在,匈奴就在。海棠,你是个刚强的女人,你权当是伊屠智牙师打仗去了,行吗?"

昭君的声音颤抖着,眼眶又红了。

海棠扑进昭君的怀里,喊道:"母亲——"

昭君搂着海棠,轻轻地拍着她的后背,眼泪扑簌簌地落了下来。自从伊屠智牙师南下去了长安之后,云和须卜当就把海棠母子接来龙城同住,自家人在一起好歹有个照应。

几天后的一个早上,海棠带着两个女儿来到昭君的住处,从她们的衣着看,仿佛是要出门的样子。

昭君问道:"海棠,你们这是要去哪儿?"

婆婆这一问,海棠的眼圈儿红了,她说:"婆婆,伊屠智牙师走了,我也该走了。"

昭君诧异道:"你要去哪里?"

海棠说:"我想带着女儿回娘家去住。车马已经在外面了。"

昭君心疼地说:"可是孩子,这儿就是你的家呀!"

海棠说:"婆婆,媳妇原本就是个牧羊女,我的家在草地上。伊屠智牙师不在了,我留在这里除了伤心还是伤心,婆婆要是心疼媳妇,就答应了媳妇吧。"

昭君叹息道:"孩子,这么说你一定要走?"

海棠道:"婆婆……"

昭君说:"孩子,本来,我是想把你们母子留在身边的,一早一晚的还有个说话的人。伊屠智牙师走了,母亲会照顾你们的。可是,看到你这么忧伤,母亲的心里也很难过。罢了,只要你心里能好受些,你想去哪儿母亲都不会拦着你了,只是……别忘了常回来看看,母亲老了,身子骨也大不如从前……"

昭君说着,有些哽咽。

海棠含泪道:"母亲,媳妇知道了。"

说着,海棠拉着两个女儿跪在婆婆跟前,深深地磕了个头,颤声道:"母亲保重……"

昭君眼里含着泪花,强忍着没有让它们流下来。她伸手拉起儿媳和两个孙女,做出一个微笑:"好了,车马已经在外面等着了,看看,今天的天气有多好,一丝风都没有……"

海棠拽着两个女儿转身向外奔去,她怕再耽搁下去自己会控制不住哭了出来。走到门口的时候,海棠回过头来,惨然地说:"婆婆,我们去了!"

昭君说不出话,只轻轻地摆了摆手。

乌累若缇单于的死讯传到长安后，黑珍珠不吃不喝地哭了好几天，她后悔自己没有跟随伊屠智牙师回匈奴见父亲一面，真是悔死了。当初同意和亲，不过是为了给哥哥报仇，现在，哥哥的仇非但没有报成，父亲也死了。黑珍珠知道父亲这五年的单于当得窝囊，那王莽见父亲软弱可欺，于是就步步紧逼，从和亲到索要马匹牛羊，再到改"单于"为"服于"，改"匈奴"为"恭奴"，热血男儿谁能咽得下这口气？父亲是活活地给窝囊死的啊！

黑珍珠边哭边想，父亲和哥哥的仇如果报不了，那自己苟活在世上还有什么意思？

就在这个时候，穆淳走进来，他告诉黑珍珠，伊屠智牙师在回匈奴的路上被人杀害了！

我的天神啊，这是怎么了……

接二连三的坏消息终于将黑珍珠彻底击倒了，她昏昏沉沉地躺在床榻上，身上火炭儿似的，不断地说着胡话。找御医看了，喝了几服汤药之后，烧虽然是退了下去，人却垮了。穆淳眼看着珍珠一日日地憔悴下去，心里十分焦灼。可怜的姑娘啊，该如何是好呢？

王莽听说乌累若缇单于死后右贤王舆继任了匈奴单于，如今被尊称为呼都尔尸道皋若缇单于。这个舆可不寻常，那家伙生性凶残、桀骜不驯，是个不好对付的家伙。他这一坐上单于的宝座，汉匈边境上说不定又要生出些什么事端来。

王莽想到这里，不由得心生烦恼，于是他吩咐人请来了大司马严尤。王莽将自己的担忧说了一遍，请大司马严尤为他拿个主意。

严尤说："陛下，依老臣看，无论谁做了匈奴的单于，他总不能上来就和咱们打仗吧？我还是那句话，和为贵。"

王莽摇摇头说："唉，不是有那么句话么，害人之心不可有，防人之心不可无，匈奴人历来勇猛无比，马上厮杀如狂风骤雨般迅疾，这个呼都尔尸道皋又是个好战之徒，万一他们抢先下手，我们就措手不及了。"

严尤不明白王莽的葫芦里到底装的是什么药，于是试探道："陛下的意思是……"

王莽道："我想将须卜当夫妇请进京城，然后再将他们……"

严尤立刻明白了王莽的意思，忙道："陛下，不可，万万不可！我大新

朝乃是天朝大国,须拿出些大国的风范来。我们如今该做的是改善与周边国家的关系,发展与周边国家的贸易往来,营造出一个四海和睦、歌舞升平的盛世来。若依陛下那样做法,只怕会引起匈奴大乱。匈奴一乱,暴客盗贼必然趁机而动,到那时,我们的边塞就不得安宁了。再说,那须卜当夫妇俱是明理之人,依我看,他们是绝不会屈从陛下的意愿的。"

王莽诡秘地笑道:"大司马,这就是你愚钝了!"

严尤道:"陛下,我知道自己愚钝,但还是斗胆奉劝陛下三思而行。自珍珠公主和亲以来,汉匈关系明显有了缓和,两国和睦是百姓的幸事,百姓安居乐业了,我大新的江山才会根基牢固,我们切不可前功尽弃呀!"

王莽听了大司马严尤的话并不以为然,他呵呵笑道:"大司马,都说人老怕事,看起来,你真是老了呀!"

严尤见说服不了王莽,在心里叹息道:"天子昏聩,只怕是这大新朝也维持不了多久了……"

几日后,严尤借故说自己年老体衰,要休养些日子,暂时不能上朝伺候陛下了;又过了几日,严尤留下一封辞呈,带着一家老小离开了长安回乡下老家去了。

舆登上了单于的宝座,被尊称为呼都尔尸道皋若缇单于。由于左贤王的人选伊屠智牙师已经死了,所以舆的儿子乌达牙师如愿被单于庭封为左贤王。但是杀害了伊屠智牙师这件事始终是舆心上的一道阴影,折磨得他寝食难安,尤其是夜深人静的时候,一闭上眼睛就仿佛看到伊屠智牙师临死前望着他的那双眼睛:"九哥,我们无冤无仇,你为什么要这样……九哥……"

呼都尔尸道皋单于每日诚惶诚恐,唯恐自己的行为被须卜当夫妇看穿。须卜当是单于庭很有威望的执事大臣,现在他的话几乎可以主宰大半个单于庭。一旦自己杀害伊屠智牙师的事情败露,那可是塌天的大祸!所以,得想个什么办法让须卜当夫妇离开单于庭些日子才好。等过一段日子,伊屠智牙师这件事在人们的心里渐渐淡漠了,自己在单于庭的势力也稳固了,到那时即使他须卜当有天大的本事也奈何不了我了,可是,想个什么办法好呢?

呼都尔尸道皋正坐在寝帐里想着心事,有人进来禀报说:"大单于,母后来了。"

呼都尔尸道皋一惊,心想:"她来干什么?"

这些年过去了,呼韩邪的六个妻子中有五个相继故去,就连呼都尔尸道皋的亲生母亲陶奴也在不久前去世了,长一辈的阏氏里现在只剩下了宁胡阏氏王昭君。所以,下人禀报的母后除了王昭君不会是别人了。

呼都尔尸道皋正踌躇间,昭君已经走了进来。

呼都尔尸道皋忙上前迎道:"母后来了?快,坐到毡榻上来,这上面暖和。"

昭君落座后,呼都尔尸道皋又忙吩咐下人端来了火盆。

昭君坐在暖和的熊皮褥子上,虽然已是六十多岁的人了,看上去面如满月、目若寒星,颇有一股凛然之气。此刻,昭君也在端详着呼都尔尸道皋,她在心里说,当了单于到底是不同以往了,那么鲁莽的汉子竟也懂得些礼数了。

昭君说:"舆,你不用忙,我坐不住,说几句话就走。"

呼都尔尸道皋一惊,差点碰翻了脚下的火盆,王昭君这个时候来找自己说话,是为了伊屠智牙师的事吗?难道是自己不小心露出了什么蛛丝马迹吗?

呼都尔尸道皋故作镇静道:"母后有什么话只管吩咐,舆照办就是了。"

昭君道:"不能这样说,你现在是匈奴的大单于,我来是要和你商量一件事情。舆,你这个大单于新立,单于庭的事情千头万绪,与汉的关系要处理好,与周边的乌孙、月氏、乌桓等国也要如常交往。伊屠智牙师不明不白地走了,依着云的性子非要查个水落石出不可——"

呼都尔尸道皋打断昭君的话:"可是母后,眼下单于庭的事情千头万绪,我哪里能腾得出人手来彻查此事?"

昭君道:"舆,你听我把话说完。你不说我也明白,家有三件事,先从紧处来,其他事都可以先放放,唯有匈汉关系的斡旋却不能耽搁。我以为,大新朝那边我们还得派人过去。"

呼都尔尸道皋一听昭君说的是这件事,悬着的心顿时放了下来,他试探地问道:"但不知母后有什么想法?"

昭君说:"我来匈奴的几十年间,匈汉两国互派了不少王子做质子,这

对于两国而言,既是一种承诺也是一种制约,云的儿子奢已经成人,金珠的儿子子蝉也已经十三岁了,既然大新朝那边要求我们派质子过去,我想可以把他们兄弟二人派遣到大新朝去做质子,所以特意过来与大单于商量。"

听昭君这样说,呼都尔尸道皋彻底松了口气,他说:"我的兄弟伊屠智牙师刚刚故去,难得母后有这样的襟怀。母后自从来到匈奴,心里无时不装着匈汉的和平大业,实在令晚辈钦佩。可是大且渠奢和醯椟王子蝉乃是母后的爱孙,我实在不忍心让他们远离母后入汉去当质子。母后,这件事我们还是从长计议吧。"

昭君说:"不,如果单于没什么异议的话就这么定了吧。当然,奢和子蝉是我的掌上明珠,当外婆的哪有不心疼之理?可是,如今匈汉关系脆弱得像是风中的一根蛛丝,说不定什么时候就会从中断掉,我们还是小心为好,所以也就顾不得许多了。"

呼都尔尸道皋不动声色地说:"大且渠奢和醯椟王子蝉毕竟没有出过远门,我想派右骨都侯须卜当夫妇送两个孩子至西河郡,母后以为如何?"

昭君说:"舆,我们想到一起去了。我已经和云两口子说好了,只等大单于的一句话了!"

这时,须卜当夫妇走进来,大声道:"大单于,我们夫妇愿往!"

呼都尔尸道皋听了心中大喜,这真是天神在助我啊!正想着该怎么将须卜当夫妇支开一阵子,他们倒自己送上门来了,好!

呼都尔尸道皋对须卜当夫妇说:"右骨都侯,到了西河郡见着大新朝的人,你们要和他们讲明白,互派质子是两国间的事,我们匈奴的质子是送过去了,他们大新朝也必须尽快安排人过来。如今我匈奴兵多将广,国力丰厚,你们出去说话办事给我把腰挺起来,不可委顿了我们匈奴人的威风。"

须卜当说:"臣明白。"

呼都尔尸道皋当下痛快道:"好,你们快下去准备吧!"

须卜当夫妇和两个孩子临离开单于庭的头天晚上,一家人聚集在昭君的寝帐里热热闹闹地吃了一顿饭。除了金珠的丈夫驻守在匈奴右地没有回来,其他的人全来了。金珠在寝帐的周围点燃了一圈粗大的羊油灯,最后又在寝帐的中央燃起一个红通通的火盆,寝帐里显得既明亮又暖和。

使女如琴比昭君小不了几岁,已经干不了什么活了。她现在就是和昭君做做伴儿说说话。她说了,无论怎样也得挣扎着活下去,她要伺候着姐姐到生命的最后一天,然后自己才可以去死。

白天的时候,金珠为了派奢和子蝉入汉的事与母亲争执了几句,她说:"乌累若缇单于病逝,呼都尔尸道皋随后便登上了单于的宝座,但他终日沉湎于酒色,这样的人我们就不该帮他!"

昭君说:"你道我们是为他一个人吗?我们是为了匈奴大业着想!"

金珠生气道:"为匈奴大业,我们家付出的还少吗?要我说,姐夫干脆辞了执事大臣,带上母亲,我们找一块水草丰美的草原,过我们的安逸日子,管他许多呢!"

昭君生气道:"金珠你想过没有,战争来了,日子能安逸?匈奴四分五裂了,日子能安逸?"

……

金珠虽然和母亲争执了几句,但她心里还是同意了母亲的做法。金珠虽说没有姐姐云那样的韬略,却是个能干的匈奴女人,平常的日子里,她往往都是一边唱着匈奴的民歌一边快活地干活儿。昭君常说金珠是天神给她派来的仙女儿,只要听到金珠的歌声和笑声,就什么烦恼都没有了。可是今天却不一样,金珠一点都快活不起来。哥哥才走了不久,心上的伤口还在流着血呢,自己的儿子也要入汉了,匈汉关系无常,谁都不知道等着孩子们的将会是什么……可是为了照顾大家的情绪,金珠还是一边干活一边哼唱着,声音里却不由得透着忧伤:

蓝天上高飞的苍鹰啊,
为什么盘旋着不肯离开,
是舍不得离开你的家乡么我的宝贝;
草原上奔跑的马驹子啊,
为什么踌躇着不肯离去,
是舍不得离开你的妈妈么我的宝贝;
……

王昭君的女儿 匈奴帝国的外交使节

金珠唱着,眼泪不由自主地落下来,点点滴滴地落进滚烫的奶锅里。望着金珠伤心的样子,大家都不知道该说什么才好。

云的儿子奢毕竟年长子蝉几岁,看到大家神色黯然,站起来说:"外婆、父亲、母亲、姨妈,我和弟弟摔跤给你们看好不好?子蝉,起来!"

奢说着将弟弟子蝉拽起来,俩人来到寝帐的另一侧,胳膊抓住胳膊,脑袋顶着脑袋,像一对结实的牛犊子似的转着圈儿地斗开了架,滑稽的动作终于将大人们给逗笑了。

昭君这时对两个外孙道:"好了好了,看看这一头一脸的汗水,来,快到外婆这里来!"

奢和子蝉这才停了下来,坐到了外婆的身边。

昭君给俩外孙擦着额头上的汗水,对如琴说:"如琴,你跟了我这么多年,我们早已经情同手足,你也早就是这个家的人了!来,如琴,斟酒!"

昭君又对云夫妇和金珠说:"别看你们都是挺大的人了,其实还不如俩孩子懂事。听着,从现在起,你们都给我精神些,都给我高兴起来。奢和子蝉虽然小,可是他们明日入汉,身份就是匈奴国的使者。这么小的孩子就能为匈奴做事了,他们就是我们匈奴的勇士。奢和子蝉走的是当年呼韩邪单于的路,今天我们大家为勇士壮行,来,端起碗来,把这酒喝了!"

七个人,七大碗酒,七个人喝得泪如泉涌、酣畅淋漓!

昭君牵着奢和子蝉的手嘱咐说:"孩子,外婆今天必须把该说的话说在当面。什么是质子,从根本上说,质子就是人质。国与国友好时,他们锦衣玉食,是别国的座上宾;一旦国与国翻了脸,他们立时就成了阶下囚,甚至还有被诛杀的危险。你们俩兄弟前去大新朝做质子,父母只能送你们至西河郡,往后就只能靠你们兄弟自己了。"

奢拉着弟弟子蝉跪在外婆面前,叩首道:"外婆不必为孙儿担心,我们凡事自会小心谨慎,即便命运多舛,也绝不会辱没匈奴赋予我们的使命!"

昭君含泪道:"我的孙儿长大了……"

第二天,大且渠奢和醯椟王子蝉在须卜当夫妇的陪同下离开了单于庭。昭君和金珠一直将他们送得很远了,仍然不肯回去。

云停下脚步,抚着母亲被风吹散的白发,劝道:"母亲,你放心,我们将奢和子蝉送到西河郡就回来了。"

昭君应道:"我知道。"昭君嘴上应着,脚下却没有停下的意思。

云又说:"母亲,回去吧,你不回去叫我们如何上得了马?"

昭君应道:"就回去,母亲这就回去。"

昭君答应着,脚下还在一步一步地向前走着。她在心里对自己说,今天这是怎么了?真担心啊,自己已经风烛残年,真担心这一别就再也——

云见母亲不愿停下送别的脚步,于是干脆站下来说:"母亲,真的不要再送了,你看你已经送出好几里路了。来,奢,子蝉,跟外婆告别!"

奢将手里的马缰绳交给别人,走到昭君面前说:"外婆,等着我,等我明年回来给你老过寿!"

子蝉也说:"外婆,到时候我打一只漂亮的雪狐给你做风帽!"

昭君眼睛里含着泪笑道:"好,好,外婆等着你们……"

须卜当过来说:"母亲,保重!我们将孩子们送到西河郡后,很快就会回来的。"

云好像突然想起了什么,她来到母亲身边,从腰间摘下一块玉佩搁在母亲的手心里说:"母亲,这是我上回去长安时,表哥王飒送给我的,给您留下吧,看见这块玉佩就等于看见我们了。"

云说着,鼻子酸酸的,眼眶里也蓄满了泪。

金珠见状忙道:"姐姐,你们快走吧,再磨蹭今天就赶不上程头了。"

云接着妹妹的话茬,回过头来大声说:"好了,大家上马!"

一队人立刻翻身上马。云抖了抖缰绳,那马竟然一动不动,朝着单于庭的方向"咴儿咴儿"地嘶叫着,云只得在马屁股上狠狠地抽了一鞭子,那马受疼不过,箭一般地蹿了出去。当胯下的马跑起来的时候,云忍了半天的眼泪终于噼噼啪啪地落了下来……

金珠送走姐姐后,心里有种说不出的哀伤,哥哥伊屠智牙师死得不明不白,如今姐姐也走了,望着眼前连天连地的衰草,她心里涌上了一股难言的惆怅,于是骑着马在草地上信马由缰地走着。

来到一片枳茇滩时,金珠跳下马来,伏在枳茇滩上痛痛快快地哭了一场后,心里才感觉稍稍好受了些。她抹了把眼泪,抬起头望了一眼空中的太阳,对自己说:"唉,天不早了,还是回去吧!"

就在这时,离金珠不远处的枳茇丛动了动,随着唰唰一阵轻响,隐约看到里面似乎晃动着一个人影,金珠大惊,喝道:"什么人?"

又是一阵唰唰的响动后,只见一个蓬头垢面的男人走了出来。这个男人看上去大约三十多岁,蓬乱的头发粘在一起,上面挂着草屑,身上的皮衣千疮百孔,脚上包着几块破羊皮。最可怕的是他那张脸,黝黑,坑坑洼洼的,还有一道长长的刀疤。

金珠见那人一步步地向自己走来,大声喝道:"站住!你是什么人?"

金珠迅速从地上拾起弓箭厉声喝道:"再不站住,我就要放箭了!"

这时,那汉子距离金珠仅十几步远了。金珠拉弓搭箭,正要松手,只听那汉子叫道:"慢!请问你可是当于居次?"

金珠一愣,随即问道:"是又怎样?不是又怎样?"

那汉子又追问一句:"这么说,你真的是金珠伊墨了?"

金珠手握弓箭怒道:"你这人好没道理,我是谁关你什么事!"

听了金珠的话,只见那汉子重重地叹了口气:"唉,既然你这样说话,那……你走吧!"

见那汉子这样一说,金珠反倒收起了弓箭,她放缓语速问道:"你到底是什么人?为什么在这里?"

这时,金珠隐约间看到那汉子的脖子上戴着一粒拇指大小的金疙瘩,她看看自己胸前带了多年的羊拐骨,蓦地,一段遥远的记忆闪回到了眼前,她记起了草地上那个骑山羊的孩子……

金珠试探地问道:"你的名字可是叫海力图?"

那汉子警惕地问:"你怎么知道?"

金珠又问:"你脖子上戴的可是金珠伊墨送你的金疙瘩?"

那汉子疑惑地问:"这么说你真的是金珠伊墨了?"

金珠端详着那汉子,虽然相貌丑陋,可那双眼睛看上去并无恶意,于是微微笑了一下说道:"还真让你给说对了,本人正是复株累若缇单于的小女儿金珠。"

那汉子听了这话,突然上前一步跪倒在金珠的脚下,他颤声道:"公主啊,我总算找到你了!"说着,便泣不成声了。

金珠忙将那汉子扶起来说:"有什么话起来说,你这是干什么!"

那汉子起来了,用那双粗大的手抹了一把泪水,哽咽道:"公主,我确实叫海力图,我已经在单于庭周围的草地上流浪很久了,我知道总有一天会遇上你的,我有话要说……"

金珠从马背的褡裢里拿出了干肉和水囊,搁在流浪汉的面前说:"吃吧,吃饱了再说。"

海力图感激地望了金珠一眼,熟练地拢起一堆火,将那些干肉条埋在火堆旁,拿起水囊贪婪地喝了几口水后,向金珠讲出了一段秘密。

海力图说:"我海力图曾经是呼都尔尸道皋的一个侍卫。金珠伊墨,你可知道一年前是什么人杀害了伊屠智牙师王子吗?"

金珠一惊,忙问:"什么人?"

海力图说:"就是当今的呼都尔尸道皋若缇大单于。"

金珠大惊道:"海力图,你说什么?"

几天后的一个傍晚,金珠从外面回来时,他的身后跟着一个三十多岁的男人,这男人的脸上涂抹着四五道乌黑的墨迹,以至于看不出他本来的面目了。黥面,是匈奴王庭的规矩,一般平民进入王庭时要以墨涂面,否则就是大不敬。金珠正好借故将海力图的脸涂黑,遇到有人问起,她就说是为母亲找来一个做杂活的人。

当天夜里,在金珠的安排下,昭君在自己的寝帐里秘密地召见了海力图。寝帐里没有别人,除了昭君外,只有金珠和老侍女如琴。

海力图进来后,忙上前施礼道:"见过宁胡阏氏。"

昭君打量着衣衫褴褛的海力图,说:"起来吧,孩子,让你受苦了!"

望着这个母亲,海力图的眼眶里不由得蓄满了泪水。她是那样慈祥,那样温厚、可怜的老妈妈……

这时,昭君强压着内心的悲愤,问道:"孩子,我听我的女儿说了,你叫海力图,是吧?"

海力图忙应道:"是的,我叫海力图。"

昭君又问道:"海力图,你说呼都尔尸道皋杀害了伊屠智牙师,你可有证据?"

海力图说:"宁胡阏氏,我海力图死里逃生活到今天,又千辛万苦地找到你们,我就是为了来做证的,老妈妈,我就是证据!"

昭君叹了一口气,说道:"唉,孩子,说说当时的境况吧。"

海力图望着宁胡阏氏已经花白了的头发,他的脸上掠过一丝痛苦的表情,思绪又回到了一年前的那个夜晚——

"那天晚上,右贤王舆带着我们一干人马来到狼居胥山下,说是要迎接伊屠智牙师从汉地归来。他们兄弟俩见面后,伊屠智牙师显得特别高兴,那天他们喝了不少酒。后来我才知道,害死伊屠智牙师的正是那酒,那酒里有毒……那天晚上,右贤王也喝了不少,还拉着伊屠智牙师说了不少贴心的话,到半夜的时候大家都醉了。右贤王平时是不允许我们喝酒的,那天晚上却破了例。我们这些兵士好不容易喝一回酒,也就顾不了许多,直喝得东倒西歪,一个接一个地倒了下去……这时,我看到伊屠智牙师捂着肚子蜷缩在那里,很难过的样子。"

昭君颤声问道:"那……你没听到他说了些什么吗?"

"伊屠智牙师倒在地上,望着舆挣扎着说:'九哥……我们无冤无仇,你为什么要这样,我们是兄弟啊九哥……'

"当时,舆笑着说:'你还不知道吧,单于庭已经封你为左贤王了。左贤王,必定是下一个单于的继任者。我这么做完全是为了我的儿子乌达牙师。将来我百年之后,乌达牙师必须登上大单于的宝座,而你,就是他最大的障碍,所以你必须死!'

"伊屠智牙师气若游丝地说:'九哥,你错了……我不想当单于,我千里迢迢从汉地回来,就是为了辅佐你的呀,九哥……'"

听到这里,昭君心里一疼,她叫道:"我的儿啊……"接着便泪流满面了。

金珠问道:"海力图,那舆喝那酒了吗?"

海力图说:"喝了。"

"那他为什么没有死?"

海力图说:"他有解药。我看见他从怀里摸出一个小包,从里面拿出几粒红色的丹丸吞了下去。当时我并不知道那是什么东西,后来我才明白过来,那是解药。"

昭君一把抓住海力图的前襟,问道:"那你呢?你怎么没有死?"

海力图叹息道:"唉,本来是死了,后来又活了过来。当我看到伊屠智牙师中毒后,就去问右贤王酒里是不是有毒,右贤王为了灭口,给了我一刀……天快亮的时候,我慢慢地醒了过来。当我挣扎着爬起来时,才发现山洼子里到处是死人,伊屠智牙师和他的随从死了,与我同来的弟兄们也都死了,却独独不见了呼都尔尸道皋……"

第八章 一只公鹿引发的战争

海力图说着，解开身上的破衣裳，胸前露出了一处醒目的疤痕，他说："宁胡阏氏，这刀疤就是呼都尔尸道皋留下的。"

昭君挣扎着来到海力图面前，说："孩子，你听着，如果让你和呼都尔尸道皋对质，你敢吗？"

海力图道："反正也是死过一回的人了，我敢！"

几天后的一个晚上，昭君吩咐如琴备了一桌家宴，并命人去将呼都尔尸道皋大单于请了过来。

有些日子了，呼都尔尸道皋大单于差不多已经将这个老太婆给忘掉了，今天虽然有些惊讶，但他还是将自己收拾整齐赶了过来。不说别的，那个叫如琴的老女人做的饭食还是蛮精致的，既是请本王去赴家宴，过去坐坐又何妨？

呼都尔尸道皋单于来到昭君的寝帐前，早有人在那里等着接应了，呼都尔尸道皋大摇大摆地走了进去。

昭君看见呼都尔尸道皋进来，笑道："我就说么，大单于一定会来的！"

呼都尔尸道皋大咧咧地说："母后抬举晚辈了，晚辈早就想来看望母后，单于庭的事情过于繁杂，还望母后体谅晚辈才是！"

昭君笑道："都是一家人，不必客气。如琴，吩咐她们上菜吧！"

不一刻，热腾腾的饭菜端上来了，昭君说："大单于，这都是我吩咐如琴做的一些家乡小菜，不知合不合单于的口味；这酒呢，还是前些年伊屠智牙师从南面带回来的，算来也有十几年了。都说酒是陈的好，今天没外人，大单于就多喝几杯！"

听昭君说到伊屠智牙师，呼都尔尸道皋的脸上稍稍掠过一丝不自然，瞬间便又恢复了常态，可这一丝反常却让昭君看在了眼里。

昭君不停地让酒布菜，她说："大单于，别看你平日大酒大肉的习惯了，可像今天这样清爽的家宴你怕是吃得不多吧？我知道，单于庭里常常是从早忙到晚，大单于总也不得清闲，今天请你来呢，就是想让你歇息歇息。大单于，你是咱匈奴的天啊，可不能把身子给累坏了！"

呼都尔尸道皋端起一碗酒说："谢母后！"然后一饮而尽。

接连几大碗酒喝下去后，呼都尔尸道皋便彻底放松了自己，他大声

道:"母后,好酒,再来一坛如何?"

昭君笑道:"好,就依你!"说着,昭君向里面唤道:"来人啊,上酒!"

话音刚落,就见海力图抱着个酒坛子走了出来。海力图来到呼都尔尸道皋面前,拔开酒塞,咕嘟嘟倒满一碗酒,双手端起来送到呼都尔尸道皋面前说:"大单于,请!"

呼都尔尸道皋端详着面前的人,此人威猛高大,一看就是个武士出身,他虽然长发遮面,却仿佛在哪里见过一般,便问:"你……你是什么人?"

海力图一撩头发,说:"大单于,您不认识我了?"

呼都尔尸道皋大惊,他喝道:"你……你是人是鬼,怎么会在这里?"

海力图说:"我是你的侍卫海力图啊,大单于。一年前的那个夜晚……你不会忘吧,苍天有眼,我没死,我又活过来了!"

呼都尔尸道皋听了这番话吃惊不小,他唰地抽出随身的宝刀向海力图刺去,说:"大胆歹人,竟敢满口胡言!"

昭君也吃了一惊,她虽然想到了呼都尔尸道皋的暴戾,但没料到他会这样不问青红皂白地在她的寝帐里杀人。就在这千钧一发之际,从里面冲出一个汉子来,这人从背后将呼都尔尸道皋死死地抱住,无论呼都尔尸道皋怎么挣都挣不开。冲过来的不是别人,正是呼都尔尸道皋的儿子乌达牙师!乌达牙师是个力大无穷的汉子,偌大的单于王庭还无人能敌,按照昭君的吩咐他预先躲在旁边的毡房内,看到事情不妙便一头冲了出来。

呼都尔尸道皋挣不脱儿子,气得大骂道:"你个狼崽子,快快松手!"

乌达牙师不吭声,也不松手,只管将父亲牢牢地抱住,呼都尔尸道皋一看连儿子都帮着这老妇人算计自己,懊恼地长叹了一声:"天不佑我啊!"

昭君走到呼都尔尸道皋跟前,铿锵道:"大单于,实话跟你说了吧,我儿伊屠智牙师是怎么死的,我已经都知道了。按我们汉家的说法'杀人偿命,欠债还钱',就算拼了我这老命不要也得跟你讨个说法!"

呼都尔尸道皋大声道:"不错,人是我杀的,你还要我这个大单于偿命不成?"

昭君大声道:"就是要你偿命也是天理公道!别看我一个古稀之人,只要我一声吩咐,要你毙命也是须臾间的事情!"

呼都尔尸道皋大嚷道:"那你就试试看!"

昭君厉声道:"用不着我亲自动手,我只要把你毒杀伊屠智牙师的事情昭告天下,自然会有人取你性命!退一万步讲,倘若诸王和单于庭知道你就是杀死伊屠智牙师的凶手,你以为你这个大单于还能坐得稳当吗?"

望着眼前这个刚强的老妇人,支撑在呼都尔尸道皋身体内的那股戾气渐渐消散了,他说道:"你究竟想要怎样?大不了我这条性命还给父亲呼韩邪罢了。"

听呼都尔尸道皋说到"呼韩邪"三个字时,昭君的眼睛湿润了。她平复了一下自己的情绪,说:"你还有脸提起你父亲?舆,你也是做父亲的人,十指连心啊,我的大单于。难道你是畜生转世吗,毒杀你的亲弟弟,你怎能下得去手啊……"

呼都尔尸道皋在儿子结实的臂膀间挣扎着说:"母后,舆知错了。自从毒杀了伊屠智牙师,舆心里无时不在经受着折磨,所以就拼命喝酒,心想着喝醉了就什么都忘了,可是醒过来后心里更难受。母后,事情已然这样了,对于伊屠智牙师的死,我已经无力回天,任凭母后如何发落,舆绝无怨言。"

昭君哭了,这个时候,她不仅心疼自己的儿子,更思念自己的丈夫,如若他们在世,自己何必经受这样的煎熬?

这时,只见昭君抹了一把眼泪,说:"这些日子我前思后想,从我的家到单于庭,从单于庭到匈奴的百姓;我又想我自己,从一个香溪河畔的浣纱女到匈奴的宁胡阏氏,以至于到如今这个苟活在大漠的老太婆,一年三百六十五日,风刀霜剑严相逼,我这长长的一辈子啊,似乎没有哪一天是为我自己活着的……舆,你真狠心啊!难道你没听说过吗?打虎亲兄弟,上阵父子兵,伊屠智牙师那么仁义的兄弟,他是回来辅佐你的,你却把他杀了……"

呼都尔尸道皋喊道:"母后,事到如今,说什么也没用了,你把我杀了吧!"

昭君咬牙道:"唉,就算我今日杀了你,我的儿子伊屠智牙师也回不来了,可我们匈奴却不能一日无主,所以我决定了,为了匈奴的安定,为了匈奴百姓的安定,我这一己之仇,不报了……乌达牙师,放开你的父亲!"

"母亲——"后帐里一声大喊,金珠哭着冲了出来。

第八章

金珠哭喊着:"母亲,我哥哥他死得冤啊……"

昭君压抑着内心的苦楚,转过身子对呼都尔尸道皋说:"大单于,为了匈奴的百年大业,为了王庭的安宁,今天我王昭君决定对你呼都尔尸道皋网开一面。人死不能复生,我儿在天之灵会明白为娘的苦心的,从今天起,过去的事情就不要再提了!"

所有在场的人都被昭君这突然的决定惊呆了,愣怔片刻后,呼都尔尸道皋跪在地上,大声道:"谢母后不杀之恩!"

昭君道:"慢!大单于,虽然我王昭君对你网开一面,但是,我是有条件的!"

呼都尔尸道皋说:"母后请讲!"

昭君说:"自从你继位匈奴单于以来,整日沉溺于酒色,对于单于庭的政务疏于治理,可有此事?"

呼都尔尸道皋小声说:"确有此事。"

昭君厉声道:"你给我听着!舆,你是呼韩邪的儿子,所以你不可辱没了呼韩邪的名声,从现在开始,你要向你的父亲那样励精图治,把匈奴国治理好;否则,我必定要将你杀害伊屠智牙师的事情大白于天下,到那时,豁出去我这条老命,也得为我儿报仇雪恨,我王昭君说到做到!"

呼都尔尸道皋此刻已经心悦诚服,他跪倒在地上颤声道:"母后,舆记下了……"

昭君又说:"你发誓!"

呼都尔尸道皋单腿跪在地上,右手放在胸前发誓道:"天神在上,舆发誓,从今以后以江山社稷为重,定将匈奴治理成一个强盛、富裕的王国,要让匈奴百姓衣食丰裕、安居乐业,如有违逆,任凭天神惩处!"

昭君说:"好,既然已经发誓,你起来吧。"

海力图在一旁大声道:"宁胡阏氏,你为什么这样?难道我千辛万苦等来的竟然是这样一个结果吗?天神啊,你睁睁眼吧!"

昭君含泪对海力图说:"孩子,此刻要说难过,莫过于我这个母亲,可我……我是宁胡阏氏啊……"

海力图颤声叫道:"婆婆……"

突然,海力图摸出一把尖刀,他凄凉地朝王昭君喊道:"宁胡阏氏,我知道你为难,就让海力图去陪王子吧!"

一只公鹿引发的战争

昭君和金珠大喊着制止道:"海力图！不可——"

只见刀光一闪,一股鲜血喷了出来,海力图重重地倒在了地上。

昭君俯下身子,轻抚着海力图那渐渐变凉的身体,哽咽道:"海力图,你这个傻孩子……"

第九章　第三次入汉

那日,王莽在金殿上听说了须卜当夫妇将要送大且渠奢和醯椟王子蝉入汉的消息后,大喜过望,他大声道:"天助我也!"

王莽知道呼都尔尸道皋单于是个难以驾驭的人,单于不好驾驭,那么整个匈奴就更不好控制了;如果控制不了,周边的乌孙等国就会跟自己叫板,那朕这个皇帝当得还有什么颜面?所以,必须另外找人来当匈奴的单于。这个人既要在匈奴单于庭有威信,还应是一个性情温和好驾驭之人,而这个须卜当是最合适的人选。可是,无缘无故如何才能将须卜当夫妇请到长安来呢?这是让王莽颇伤脑筋的事情。这下好了,他们自己送上门来了,这不是上天的旨意吗?

王莽想到这里,得意地喊道:"来人呀,宣和亲侯王歙上殿!"

不一刻,王歙站在了殿下。

王莽笑道:"和亲侯,喜事啊!"

王歙道:"陛下,但不知喜从何来啊?"

王莽道:"须卜当夫妇就要到西河郡了,对于你这不是喜事吗?"

王歙兴奋地说:"陛下,这是真的吗?"

王莽不悦道:"哎,难道是朕和你耍笑不成?和亲侯,你听着,朕特意派你到西河郡去与须卜当夫妇会合,并且亲自将大且渠奢和醯椟王子蝉迎到长安来,你可愿往?"

王歙高兴道:"臣愿往!"

王莽道:"那好,去准备吧。"

王歙哪里知道,王莽早已在西河郡虎猛制虏塞布下伏兵,只不过是在拿他当诱饵,单等着须卜当夫妇落网呢!

王歙快马加鞭,仅仅十几天工夫就来到西河郡。王歙刚刚在官驿安顿了下来,有人来报说,匈奴右骨都侯须卜当一行人已经到了。

都是姑表亲戚,没什么客套,好久不见了,一家人正坐在驿馆里亲亲热热地说话,西河郡守备派人来说,已经备好了接风洗尘的酒宴,请须卜当夫妇与和亲侯王歙过去入席。

筵席很丰盛。

西河郡再往北就是阴山地域了,所以这里的饮食习惯兼有汉匈两家的习俗。长长的几案上,除了十几种汉家菜肴之外还有大块的牛羊肉,或煮或烤,散发着诱人的香气。

王歙招呼着大家分宾主而坐,西河守备热情地说道:"今天是个好日子啊,右骨都侯一行远道而来,我西河郡真是蓬荜生辉呀!来来来,在下略备薄酒为诸位接风洗尘,今日大家须喝个痛快!"

看到西河守备如此热情,王歙和须卜当夫妇自然也十分高兴。汉匈两家比邻而居,如果能像亲人似的和睦相处,乃是两国百姓的幸事啊!

须卜当举起酒盏,说道:"谢谢西河守备的盛情款待,俗话说好酒难对一席,就依守备所说,今日大家就喝个痛快!"

云在一旁拽拽丈夫的衣袖,悄声说:"我们现在是在人家的地盘上,不可大意……"

须卜当应道:"我明白。有表弟陪着,量他们也不会把咱们怎么样的。"

奢和子蝉正是吃饭长身体的时候,赶了一天的路,早已是饥肠辘辘了,于是只管狼吞虎咽地吃着热乎乎的饭菜。

王歙知道表姐存着戒心,端起一斛酒来对须卜当夫妇说:"姐姐、姐夫,临来时陛下嘱我务必照顾好姐姐、姐夫一行人的饮食起居,这些日子你们辛苦了。来,我敬你们一杯,先干为敬,我喝了!"说完,一仰头,将一斛酒干了。

西河守备也说:"右骨都侯,这可是我们自己酿的秫酒,来来,尝尝!"说着,西河守备也端起酒杯一饮而尽。

须卜当不好推脱,只得端起酒杯来喝了一斛。

云是女中豪杰,她恐怕丈夫喝多误事,于是替须卜当喝了两斛。不多时,云就觉得天旋地转,眼前的人影儿也模糊了起来。这是什么酒,怎么这么大的劲,往日喝个十斛八斛的都没事,今天这是怎么了?云想着,身子不由自主地倒了下去。

就在云倒下去的时候,须卜当在心里刚喊了一声:不好!紧跟着也倒了下去。

西河守备这时将手中的酒杯使劲地往桌上一墩,说:"来人呀!"

埋伏在暗处的兵士们呼喊着一拥而上,将云和须卜当以及奢与子蝉架起来向后堂走去。

王歙的身子瘫软在地上,他指着西河守备狠狠地说:"你……你可把我害苦了……"

西河守备冷笑一声说:"和亲侯,对不住了,我是遵从当今圣上的旨意,不得不委屈你了!"

几天后,须卜当夫妇、奢以及子蝉被带进了长安。

回到长安后,王歙懊恼不已,他自己好歹也是一个和亲侯,没有想到却被王莽等人给愚弄了,于是他去面见王莽。

王歙去的时候,王莽正在他的书房里观赏着架子上的一只白鹦鹉。这只是一个商人敬献来的,据说白鹦鹉巧舌如簧,甚是可爱。可已经两月有余了,尽管百般调教,这只白鹦鹉却一句话不说。

此刻,王莽正在教训着白鹦鹉:"……你别不识抬举,你看看朕这里锦衣玉食应有尽有,只要你开口说话,朕自会让你享尽荣华富贵;若是你不识好歹,朕就活活饿死你!"那白鹦鹉听了王莽的话,竟然将脑袋扭过一旁,甚至微微阖上了眼睛。

王歙走过来说:"陛下,臣有话要说。"

王莽并不理会王歙,他依旧在饶有兴趣地逗弄着鹦鹉:"知道吗,和亲侯,你看这只白鹦鹉周身雪白没有一根杂毛,这是朕的心爱之物,就是有点倔脾气,不肯听从朕的调教,和亲侯可有什么良方让它听话吗?"

王歙道:"陛下,臣有话要说。"

王莽不耐烦地说:"说吧。"

王歙道:"既然陛下派我到西河郡去迎接大且渠奢和醢椟王子蝉,就应该信任我,一切事情由我来安排。可是,西河守备竟然在酒里下了药将我和须卜当夫妇蒙翻,并且将他们生擒到长安。西河守备说是奉了陛下的旨意,不知陛下这样做是为了何故?"

王莽依旧背着身子在逗弄他的鹦鹉,不悦道:"朕乃一国之尊,做什么不做什么难道还要你和亲侯过问吗?"

王歙道:"臣不敢。陛下,以这样的方式将须卜当夫妇请来,怕是不妥吧?"

王莽生气道:"没有什么妥不妥的,我堂堂大新朝,难道还惧他一个小小的匈奴不成?"

王歙道:"陛下,话不是这样的说法,无论怎么讲匈奴也是一个国家,当年汉宣帝时就开始与匈奴友好往来,以至元帝、成帝时期两国睦邻友好更甚,汉朝和匈奴的百姓开通关事贸易就像亲戚般地来往走动,这不仅对匈奴而且对我朝也是极为有利的事情。陛下,两国间维系和睦不易呀!"

王歙说着,从身边的几案上拿起一个陶罐,说:"陛下请看,这是一只精美的陶罐——"

王歙说完手一松,那只陶罐落在了地上摔得粉碎。

王莽大惊,呵斥道:"你……大胆!你要干什么?"

王歙坦然道:"陛下不必惊慌,我只不过是以此说事而已。这只陶罐刚才还完好无损,现在碎了,陛下能将它恢复如初吗?"

王莽愤然道:"混话!已经碎成这个样子,怎么可能恢复如初呢?和亲侯,你什么意思?"

王歙接着王莽的话说:"是了,汉匈关系之脆弱就如这陶罐,一旦粉碎,再想恢复就难了,所以,臣恳请陛下三思。"

王莽冷笑一声道:"和亲侯,你把朕看浅薄了!"

王歙赶紧说:"臣不敢,臣只是为百姓社稷着想。"

王莽说:"大胆!就你方才之举,问你个弑君之罪一点都不为过!朕念你平素对朕还算忠诚,就不追究你的罪责了。好了,你回去歇息吧。社稷百姓在朕心里装着呢,何去何从朕心中有数,不劳你费心了。"

王歙见已经没有回旋的余地,于是告辞道:"臣告退。"

王歙没有想到他刚出王莽的书房,就过来两名内侍,他们架起王歙的胳膊向后走去。

王歙大声道:"你们要做什么?"

　　内侍道:"和亲侯,陛下说你辛苦了,让我们安排你去一个幽静的地方歇息。走吧!"

　　王莽本来是想先将王歙软禁起来,然后找个合适的机会将他除掉。王莽是个连自己的儿子都不肯放过的人,何况一个和亲侯?可是,后来发生的一系列事情竟然让他忘记了这个和亲侯。

　　第二天,王莽命人将须卜当夫妇带进了未央宫的宣室殿。

　　须卜当夫妇刚走进宣室殿,就被几案上的东西晃得眼花缭乱。长长的几案上堆放着各色华丽的丝绸和黄金,最令人注目的是一顶金镶玉的王冠,黄澄澄的金子上镶着一块碧绿的宝石,非常华丽。

　　王莽见须卜当夫妇走进来连忙让座,他说:"右骨都侯,须卜夫人,对不住了,用这种方式请你们过来朕也是不得已啊,还请你们见谅。"

　　须卜当冷冷说:"身为大新天子,竟然以这样的方式把他国的大臣绑到长安来,陛下也算是古今第一人了。"

　　云说:"我们匈奴人做事向来光明磊落,打则打,和则和,什么事都摆在明面上,绝不会干那些龌龊的勾当。有什么话你就直说吧,你究竟想干什么?"

　　王莽听罢,干笑道:"须卜夫人能言善辩,果然厉害。右骨都侯,据我所知,你在匈奴单于庭担任右骨都侯的年头也不短了,是这样吧?"

　　须卜当反问道:"这与陛下有何相干?"

　　王莽不温不火地说:"匈奴单于换了一任又一任,只有你这个右骨都侯依旧是老样子,朕替你鸣不平呀!"

　　云说:"那是我们匈奴自家的事,陛下操心操得宽了些吧?"

　　王莽说:"哎,哪里话!汉匈两家比邻而居,你的事就是朕的事,舆那个莽夫根本不是当单于的料,老夫已经想好了,这一两日就派重兵护送你回匈奴,朕要拥立你须卜当为匈奴的大单于!"

　　须卜当大叫道:"万万不可!呼都尔尸道皋虽然性格暴戾,但却是按照匈奴单于庭的规矩拥立的王;陛下如强立我为单于,上不合天意下不合民心,这样一来不仅会引起匈奴大乱,而且也将须卜当置于不仁不义之地,我就是死也不会从命的!"

王莽听了须卜当的话,当即把脸一沉道:"朕的一番好意你不但不感恩反倒拿死来威胁朕,实话跟你说吧,朕就是要强立你为匈奴单于,这件事你从也得从,不从也得从,否则,就别想活着走出我这宣室殿!"

须卜当说:"须卜当是匈奴人,多年来效力于匈奴单于庭,上对得起单于,下对得起百姓,陛下的这番好意须卜当断不能从!"

王莽转过身来,换了另一副面孔说:"右骨都侯,你听朕慢慢跟你说。朕可是真心为你好啊,除了这几案上的宝贝外,朕还为你准备了锦衣七百袭,锦绣缯帛三万匹,絮三万斤,你们匈奴乃苦寒之地,这些东西是用得着的,到时候朕派一万兵士护送你回龙城,你看如何?"

云对王莽说:"陛下,钱财乃身外之物,我们不稀罕。你们汉地不是有这样的话吗,狗不嫌家贫,儿不嫌母丑,匈奴再怎么说也是我们自己的家。这些年匈奴六畜兴旺、国力昌盛,我们什么都不缺,云这里就多谢陛下的美意了。我和须卜当身为匈奴臣子,我们宁可肝脑涂地也不能做出那等卖主求荣的勾当,陛下就别费心了。"

王莽又说:"别忘了,你们还有两个孩子还在朕的手上呢!"

云大声道:"王莽,你好歹也算是一朝天子,竟然用这种卑鄙小人的伎俩来要挟我们,真是可耻至极!"

王莽呵呵地假笑着说:"朕贵为一朝天子,虽然你们说话不中听,朕也不和你们一般计较。"说着从几案上拿起那顶金冠来到须卜当跟前,"右骨都侯,你看这金冠,这是朕专为你准备的;还有那些金银细软,那也是送给你们的。哦,朕要送给你们夫妇的东西当然远不止这些,还有粮食、棉帛、兵器、药材等,只要你顺从于朕回去坐上大单于的宝座,将来天下就是你我二人的了,怎么样,朕把话说到这个份儿上,够意思吧?须卜夫人,你是个明白人,你替朕劝劝你丈夫吧!"

云咬牙道:"休想!"

王莽见状,知道再相持下去也不会有什么结果,于是大声道:"来人呀!送右骨都侯夫妇下去歇息!"

说罢,王莽又去逗弄他的白鹦鹉,自语道:"高官厚禄、锦衣玉食,活在世上,不就是为了这个吗?真是不知好歹啊!"

几天后的夜里,须卜当被单独带进王莽的书房。

王莽见到须卜当笑呵呵地说:"右骨都侯,我们又见面了!"

须卜当冷冷地望着王莽,没有说话。

王莽说:"右骨都侯,今天没有请你夫人,朕是想和你说说我们男人间的话,你以为如何?"

须卜当平静地说:"陛下有什么话就请当面讲吧。"

王莽说:"好。须卜当,朕就直话直说了,朕看你的儿子大且渠奢相貌堂堂,朕有心与你做个儿女亲家,将朕的小女许配给你的儿子,你看如何?"

须卜当立刻明白了王莽的用意,金银财宝收买不了人心,竟然又以联姻的手段逼自己就范,可见王莽用心良苦啊!

须卜当说:"能够高攀当朝公主为驸马,那是何等的荣耀?可惜我儿子没有这个福分,奢在匈奴已经定了亲事,年底就准备娶亲了。陛下的恩典须卜当只好心领了。"

王莽笑道:"须卜当,只要你应了就任匈奴单于的事,其他的都好说。你看朕的大新朝物产丰裕、人杰地灵,你们匈奴地大物博也是片不可多得的风水宝地,你我若做了儿女亲家,长城以北的千里大漠和长城以南的万里江山就都是你我君臣的了,天下何忧?"

须卜当说:"陛下,话不是这样说法。我须卜家族在匈奴也算是望族,说话办事自然要言而有信,定了的亲事无端反悔,别说我须卜当不好做人,我的家族在匈奴也名声扫地了。"

王莽笑道:"那朕要是一意孤行呢?"

须卜当平静地说:"那就请陛下先杀了须卜当。"

王莽呵呵地笑道:"右骨都侯,你这个人呀,什么都好,就是太'轴',定了亲又能怎样,男人嘛,娶个三妻四妾还不是常事?"

须卜当冷冷地说:"陛下请不要说了,你是大新天子,不要为儿女之事失了自己的尊严。"

王莽见须卜当不为所动,只好换了个话题,他说:"右骨都侯,朕看你连日来风尘仆仆满面沧桑,特意安排了几位绝色女子为你解乏,这回你就不要推辞了吧!来人呀!"

须卜当立刻叫道:"不可!须卜当和夫人云是来往于匈汉之间的使臣,今陛下却要陷我于污泥浊水之间,须卜当断不能从。我还是那句话,如若陛下不肯放过须卜当,那就请陛下先杀了我!"

王莽冷笑道:"好你个油盐不进的须卜当,金银财宝看不上眼,江山美人也不动心,好吧,朕也不勉强你,回去后好好想想,朕有的是工夫等你。"

驿馆,夜。

须卜当被送回驿馆时,云还在灯下等他。

驿馆已经被王莽派兵看守了起来,任是什么人都不可以随便出入。

屋子里,灯光昏暗,奢和子蝉两个孩子不知被带去了什么地方,屋子里只有云和须卜当。

云叹了口气,说:"唉,我这一辈子啊,注定要与这汉朝有理不清的纠葛。还是在我十岁的时候,母亲就准备让我入汉,说是让我到外面去历练历练,母亲她是想拿我当男孩子般去栽培。不料那年秋天父王去世了,我入汉的事情也就耽搁了下来。平帝元始二年,乌珠留若鞮单于执政期间,我们夫妇第一次入汉,那时候天下还算太平,作为匈奴的使臣在长安流连了将近一年的时光。第二次入汉是新莽七年,汉匈关系出现裂痕,我们奉单于庭与母后之命南下长安斡旋,无奈乌珠留若鞮大单于病危,我们在半路上被信使追回。半年后我们再次上路,这次入汉的结果暂时平息了匈汉边境的骚乱,珍珠那丫头功不可没。算来我们这次入汉应该是第三次了,这第三次入汉……是那王莽将我们诱骗至此。此次入汉处处充斥着凶险,夫君,我们不得不做打算啊!"

须卜当将妻子拥进怀里,深情道:"云,你身为匈奴公主,下嫁给我须卜家族是我须卜当几世修来的福分。你本当在家里安享清闲,可你却屡屡两地奔波,每每看到你一身风霜憔悴的样子,须卜当都心疼不已……"

云温和地说:"夫君,云不苦,你我夫妻几十年出入相随不离不弃,云知足了。"

须卜当说:"这两日我也想过了,即使我们的努力不能弥合匈汉两家的裂痕,但我们也绝不能做分裂匈奴的罪人!"

云说:"夫君,这一劫我们怕是过不去了,你说,我们该如何是好?"

须卜当说:"自从西河郡被绑架的那天起,我就做好了最坏的打算。虽然我在单于庭当了多年的执事大臣,却没有机会驰骋沙场,可我到底是匈奴的汉子啊,为了匈奴而死,我死而无憾。"

王昭君的女儿　匈奴帝国的外交使节

云含泪道:"别说这么不吉利的话,我们是匈奴的使臣,谅他们也不敢把我们如何。唉,要是老太后活着就好了,紧要的当口她还可以为我们说几句话,谁知那年长乐宫一别之后,老太后就归天了。"

须卜当说:"亲眼看着汉刘的江山社稷折在了自己手上,老太后的晚年活得并不如意,她的心里不定怎么煎熬呢。云,我们可不能做匈奴的罪人。"

云说:"夫君,你不用多说,我明白。可那王莽步步紧逼,以奢和子蝉的性命相要挟,这就让我不由得想起登和助的死,那王莽做事极端完全没有什么章法,奢与子蝉年纪轻轻,一想到这些,我就没了主张了……"

须卜当安慰妻子说:"云,这次来长安与往次不同,往次我们是座上宾,今日是阶下囚,是生是死,也在须臾之间。不管将来我们谁能够回到匈奴,都要好好孝敬母亲,她在匈奴举目无亲,不要让她的晚年太过冷清……"

云说:"如果能回到匈奴,我们就辞去单于庭的职务,奔波半辈子了,以后哪里都不去了,我们带着母亲回你须卜的老家去过日子,夫君你说可好?"

须卜当将妻子搂在怀里说:"云,这辈子娶了你做妻子,是我须卜当修了几世的福分啊……三十年的夫妻了,我还没做够……"须卜当说着,眼里有了泪。

云心里也十分难过,但她还是强笑着说:"我还是收拾一下我们的衣裳吧,说不上什么时候那王莽又要叫我们去问话,我们得穿得体面些才是。"

"云,看起来王莽不会轻易放过我们了,无论死活,我都要回到匈奴去,这把骨头只有埋在匈奴的土地上,我才能够坦然地去见天神……"须卜当说。

云一把捂住丈夫的嘴,含泪道:"须卜当,我不许你胡说!"说着,泪水便滚落了下来。

须卜当搂着妻子的肩膀,安慰她说:"别多想了,去睡一会儿吧,多日了你都不曾睡个囫囵觉……"

宣室殿。

须卜当夫妇站在宣室殿上,他们今天都换上了传统的匈奴服饰,须卜当头上一顶束发风帽,身穿猞猁皮上衣和深色裤子,腰间系着一条三寸宽窄的牛皮腰带,腰带上扣着虎头纹饰的银带钩,浑身上下透着威武;云则是一身白色的软羔皮衣裤,外罩一件深蓝色披风,英武中不乏柔美。

王莽劈头问道:"右骨都侯,这两日考虑得如何了?你若是明白人,就该感念朕的一片苦心。朕拥立你为匈奴大单于也是经过深思熟虑的,你须卜当为人正直忠厚,在单于庭颇有威望,若立为匈奴单于,定然是一呼百应;再说了,做了匈奴大单于后,整个匈奴都是你的,可谓要风得风要雨得雨,这等美差别人做梦都梦不到,右骨都侯切莫错失良机啊!"

须卜当道:"陛下,这事我和我的夫人已经前前后后都想过了,我须卜当是匈奴的汉子,十八岁开始在单于庭做事直至今日,我这个右骨都侯做得鞠躬尽瘁,这个位置于我也是恰恰好;匈奴大单于的位置至高无上,须卜当怕是没有那个福分,陛下就不要强人所难了。"

王莽转身对云说:"须卜夫人,你的丈夫有些愚痴,你是明白人,你替朕劝劝你的丈夫可好?"

云冷冷道:"陛下,在我们匈奴,男人是一家之主,是女人的天,我丈夫决定了的事情自然有他的道理,我是须卜当的女人,我听他的。"

王莽不软不硬碰了个钉子,心中好不懊恼,他沉下脸对须卜当说:"右骨都侯你听好了,朕再给你一次机会,你若还不答应,朕就拿你妻儿的性命来说话!"

云上前一步,大声道:"不要逼我的丈夫,云情愿一死!"

王莽冷笑道:"须卜夫人,素闻你刚直不阿,今日倒叫朕刮目相看了!朕隐忍了三十年终于登上天子的皇位,要的就是一言九鼎,要的就是天下独大唯我独尊。自朕登上皇位以来,还没有什么人敢这样跟朕说话,难道你们真的不要命了?"

云说:"我母亲曾对我说过,当年她出塞匈奴时,就已经将个人生死置之度外。没想到以她一人的生死换来了匈汉两国几十年的和平,免去了两国几十万人因战乱而带来的死伤,一个人活到这个份儿上,何其荣耀!云是王昭君的女儿,当如母亲一般,死又何惧?"

云的一番话震撼了宣室殿上所有的人,王莽一时间竟然不知该说些什么才好,片刻之后,他突然咆哮道:"你们是在朕的地盘上,是生是死也是朕说了算！须卜当,朕现在就把话搁在这里,这个匈奴大单于的位子你坐与不坐,半点由不得你,就是绑,朕也要把你绑回匈奴绑上大单于的位子!"

须卜当没有理会王莽,他来到妻子跟前,抚着云的双肩说:"云,以后的日子要难为你多操心了……"

云的眼睛里有了泪,说:"须卜……不要做傻事……"

须卜当为妻子擦去脸上的泪珠,说:"云,你是个坚强的女人,跟着我这么多年,南北奔走,风餐露宿,你从来没有一句怨言,我们约好了,下辈子还做夫妻,可好?"

云说:"夫君,南北奔走我愿意,风餐露宿我也不苦,只要能跟你在一起……"

须卜当呵呵地笑道:"好了,别哭了!要是能见到奢和子蝉,告诉孩子们,无论做什么事,别忘了自己是呼韩邪的子孙……"

云含泪点点头。

这时,须卜当忽然对云说:"云,看你身后那是什么?"

云转过身的刹那,忽然听得须卜当大喊道:"天神啊——须卜当来了!"

云急忙回头,她看见须卜当正拼力向面前的一根柱子冲去——

云裂声大喊:"不——"

只听得一声巨响,须卜当撞在了那根石柱上,顿时额头上血流如注……

云声嘶力竭地喊道:"夫君——"

云扑过去将须卜当抱在怀里,望着丈夫额头上汩汩涌流的鲜血,她昏了过去……

此时,奢被囚禁在另一处院子里,当他听说父亲已经撞柱而亡的消息后,开始了绝食。王莽派人过来游说,说:"当朝天子已经给够了右骨都侯面子,无奈右骨都侯太倔强,他是自己把自己害了,与旁人无干。"

奢冷冷道:"多说无益,我要面见我的母亲!"

"大且渠还是识时务些好,你父亲死了,大单于的位子自然就是你的了,只要你肯听从当今圣上的安排,日后自有你享不尽的荣华富贵!"

奢喝道:"你给我滚开!"

来人劝道："大且渠少安勿躁,听我把话说完。当今圣上已经决定把他的女儿嫁给你了,从今以后你既是大新朝的驸马,也是匈奴的单于,这等美事天下少有,大且渠难道一点都不动心吗?"

奢大声道："你少啰唆,滚开!"

"大且渠已经两天没有用餐,这是当今圣上特意下旨为你做的饭菜,还请多少吃一些吧。"

奢怒喝道："滚——"

傍晚时分,黑珍珠正在自己的住处闲坐,听说云姐姐和姐父须卜当来长安已经有几日了,不知为什么至今还没有见到他们。自从伊屠智牙师走后,黑珍珠身边没什么亲人了,除了穆淳能说些知心话外,黑珍珠其余的时间只在默默地习练武艺。早上起来,她就吩咐膳房做好了一桌精致的菜肴,又打发穆淳到驿馆去请云姐姐他们。

天快黑的时候,穆淳来了,看上去神情恹恹的。

黑珍珠问道："穆淳,你怎么了?云姐姐他们怎么没有来?"

穆淳说："珍珠,有件事……你听了不要难过。"

黑珍珠一惊道："难道出什么事了不成?"

穆淳点点头道："珍珠,真的出事了……今日右骨都侯须卜当……在宣室殿撞柱而亡了……须卜夫人也病倒了。"

黑珍珠傻了。

穆淳叫道："珍珠!珍珠!"

黑珍珠慢慢缓过来,她猛地抓住穆淳的胳臂喊道："穆淳,你是说……姐夫走了?"

穆淳点点头。

黑珍珠又问："是被那王莽逼死的?"

穆淳没有说话。

这消息太突然,太意外,仿佛在刹那间天塌了一般!

黑珍珠喊道："为什么?究竟是为什么?"

穆淳抚慰着黑珍珠,让她冷静下来,然后将发生在宣室殿的事讲给了她。

黑珍珠听罢,从墙上摘下宝剑,咬牙道："王莽老儿,你害死了我的哥哥,逼死了我的父王,今天又逼得姐夫撞柱而亡,我跟你拼了!"

说着黑珍珠就要往外闯!

穆淳一把抱住黑珍珠,说:"珍珠,你不能——"

黑珍珠顿时泪如雨下,说:"穆淳哥,你为什么要拦我?先前为了给哥哥报仇我要杀了王莽,你拦住了我;今天我要给姐夫报仇,你又不让我去,你到底是何居心?"

穆淳望着黑珍珠的眼睛,一字一顿地说:"王莽该死,十恶不赦,总有那么一天,即使你不动手,我也要杀死他,只是现在不行!"

黑珍珠道:"为什么不行?你不会是怕受株连吧?你放心穆淳哥,一人做事一人当,珍珠我绝不会连累你!"

穆淳叹息道:"珍珠,你把我穆淳当什么人了?你想想,须卜夫人和两个孩子还在王莽的手上,如果你把王莽一剑杀死倒也罢了,万一杀不死他,你想过会是什么结果吗?"

黑珍珠流着眼泪说:"穆淳哥,我已经等了快三年了,你还要我等多久……"

穆淳说:"珍珠,你听我说,眼下最要紧的是将须卜夫人和两个孩子救出来送走,一旦她们安全了,我和你一同去向那王莽老儿索命,如何?"

黑珍珠含泪道:"穆淳哥,珍珠依你就是了……"

奢终于被准许去面见母亲了。当骨瘦如柴的奢出现在云的面前时,云顿时泪如雨下,说:"奢儿,你受苦了……"

奢笑道:"母亲,奢不苦,只要能和母亲在一起,奢如愿了。"

云难过道:"奢,你父亲已经走了,我们母子三人也怕是凶多吉少,母亲担心的是……"

奢说:"母亲不必担心,我已经和子蝉说好了,我们是呼韩邪的子孙,拼了性命不要,也不能做出对不起匈奴的事情来。"

云满面泪水道:"奢儿,保护不了你和子蝉,母亲心里都要疼死了!"

奢搂着母亲,柔声道:"母亲,奢儿无怨……"

一轮清冷的月亮高挂在天空上,如水般冰凉的月光透过窗户泼洒在地上。屋子里阴冷潮湿,寒气逼人。

奢搂着母亲的肩膀,感觉仅仅过去几天工夫母亲就消瘦了许多,凌乱的发间骤然多出了许多白发。奢的心里掠过一股悲凉。

奢说:"母亲……"父亲走了,母亲一定心痛欲裂,可他却不知该如何宽慰母亲。

云说:"奢儿,母亲知道你的心思,你什么都不必说了,母亲受得住……"

云整理着儿子蓬乱的头发,说:"几百年来,我们匈奴的男子只要骑得了马,就必定要在沙场上冲锋陷阵,往往早上一个精壮男儿骑马出去,晚上马儿回来了,人却不见了。一个匈奴汉子,从他生下来的那时起,就注定要在战场上厮杀半生,十之六七命丧沙场,我匈奴男儿能活过五十岁者寥寥……自竟宁元年你外婆和亲以来,四十年匈汉之间无战乱,匈奴人才得以颐养天年尽享太平;不打仗了,我们匈奴男儿也不必马革裹尸到战场上去拼命了。奢儿,你父亲是个匈奴汉子,他以自己的血肉之躯阻止了匈奴的分裂,他的死堪比沙场上的勇士。平日里,母亲只说你父亲性情平和,谁料他的死竟然这般刚烈。奢儿,母亲知道你的心思,你父亲走了,你是担心母亲熬不过去。说实话,奢儿,我与你父亲恩爱半生,只说我们这辈子会相守终老,却不料他竟生生地抛下我走了。要说痛,母亲是肝肠寸断,可我们是匈奴的使臣,要挣扎着,总不能让那王莽看了我们的笑话。奢儿,你不用劝母亲,母亲心里只当你父亲是战死沙场了……"

奢自然是知道母亲的,她的刚强似一把双刃剑,在向外崭露锋芒的同时,却也把自己的五内伤得鲜血淋漓。

几日后,云终于病倒了。

一天夜里,黑珍珠和穆淳换了一副行头,悄悄向关押云和两个孩子的地方摸去。本来,穆淳已经安排好了两个知己的弟兄守夜,原准备等救出须卜当夫人和俩孩子后,由那两个兄弟连夜将她们送出去。可是当穆淳和黑珍珠来到那间屋子跟前时,发现守门的并不是自己的兄弟,而且屋子的周围还增加了不少武士。穆淳在心里骂道:"好狡猾的老贼!"他俩转身正要离去的时候,为时已晚,周围的武士已经发现了他们,吆喝着向这边围拢了过来。

穆淳悄声对黑珍珠说:"珍珠,事情紧急,我先将他们引开,你进去救人,等我把武士们引开后再回来帮你。"

黑珍珠说:"好。"

眼看着武士们向这边围过来,穆淳故意踩翻一块瓦片,"哗啦"声在夜里很是清晰。

武士喝道:"什么人?"

看到武士们的注意力被引了过来,穆淳敏捷地向一条僻静的街巷跑去。

武士们看到一个身影消失在黑暗处,大声呼喊道:"快,往那边跑了,快追!"

眼见得武士们向街巷那边跑了,黑珍珠闪身进了院子。

云目睹了丈夫惨死在自己面前的情景,精神几乎崩溃。几天来水米不进,昏昏沉沉地躺在床榻上;奢和弟弟子蝉围在床前不知该如何是好。

黑珍珠没费什么事就结果了门口的看守,她闯进屋子后一眼看到躺在床上的云,黑珍珠低声喊道:"姐姐——"

云缓缓睁开眼睛,见一黑衣人站在床前,问道:"你是什么人?"

黑珍珠扯下面纱,急促道:"姐姐,我是珍珠!"

云虚弱地说:"珍珠……傻孩子,你到这里来做什么?"

黑珍珠说:"姐姐,我是来救你们的,现在不是说话的时候,快,跟我出去!奢,快背起你母亲我们走,再晚了就出不去了!"

奢去背母亲时,云却不走,她说:"我是匈奴的使臣,我为什么要逃走?我要他们怎么把我挟持来再怎么把我送回去!珍珠,你快走吧!"

黑珍珠着急地说:"哎呀姐姐,你叫我说什么好呢?奢,快背起你母亲,我们走!"

奢道:"珍珠姐姐,我也是匈奴的使臣,母亲不走,我也不走!"

黑珍珠急得直跺脚道:"哎呀,你们可急死我了!姐姐,留得青山在,不怕没柴烧,快走吧!"

云摇摇头,沉着地说:"你走吧,我要留在这里陪你姐夫。"

黑珍珠求道:"姐姐……"

云说:"珍珠,要么你就带子蝉走吧,他爹娘还都在匈奴等着他呢。你姐夫已经死了,我和奢要留下来陪他,无论生死,我们一家人也要在一起。"

黑珍珠急得直跺脚道:"姐姐——"

云镇静道："好孩子,我意已决,你快走吧,再迟了就谁都走不脱了!"

外面有杂乱的脚步声传来。

黑珍珠见姐姐和奢主意已定,含泪道："姐姐,保重了……"言毕,拽过子蝉直向外奔去。

当天夜里,穆淳安排人将子蝉送出长安,两个月后他回到了匈奴。

子蝉回到匈奴后,向呼都尔尸道皋若缇大单于讲了事情的来龙去脉,呼都尔尸道皋大单于听后非常愤怒,竟然将手中的那只镶金裹银的头骨酒碗给捏碎了。

呼都尔尸道皋单于将手中的残片向地上一抛,命令道:"传令下去,速速点起十万精兵,发兵云中,为右骨都侯报仇!"

三天后,一队骑兵聚集在了单于庭前。

虽然几十年间没有正经打过仗了,但是匈奴人生来就是马背骄子,他们骑马狩猎一生中有大半时间是在马背上度过的,只要他们的身子一贴在马背上,生命中那种最本能的激情和最昂扬的斗志便立刻爆发了出来。所以,呼都尔尸道皋大单于一声令下,分散在草地上的匈奴人迅疾地向单于庭聚拢过来。很快,十万匈奴汉子组成的铁骑像一支锋利的箭镞,一路呼啸着向阴山一带射了出去!

长安城里的王莽骄奢淫逸,被几个术士鼓惑着整日在后宫研究什么房中之术,对于朝政大事却有些怠慢了。一日,王莽听说匈奴的十万精兵向边境冲来时,开始时并不以为然,区区几个匈奴人有什么了不起,不过是些散兵游勇、乌合之众,我惧他何来!可是后来,不断有坏消息传进京来,先是说国内的农民起义军不断扩大,现在已发展为十数万人;后又有呈报说黄河多处决口,沿岸发生了蝗灾,铺天盖地的蝗虫一路向长安袭来;各地百姓由于徭役重负怨声载道,也纷纷举戈造反……此时的王莽才感觉到事态似乎真的有些失控了。

一天早上,王莽刚刚起来,一位大臣慌慌张张来报:"陛下,不好了!"

王莽道:"慌慌张张成何体统,有话慢慢讲来!"

大臣呈报说:"陛下,起义军的声势越来越大,朝廷的军队难以抵挡屡屡兵败……"

王莽故作镇定道:"爱卿不必惊慌,司徒空景大人昨天陪朕夜观天象,司徒空景大人说国内的骚动不过是些流民作乱,他们绝憾不动朕的大新江山。爱卿可速去为朕征兵派粮,起义军的危机不日可解。你可以下去了。"

大臣说:"陛下,臣还有话说。"

王莽说:"那就快快奏报上来!"

大臣说:"陛下,看样子须卜当的死激怒了匈奴单于,现在匈奴骑兵日夜兼程,已经过了阴山山脉!"

王莽惊讶道:"这么快?不会是谣传吧?"

大臣道:"陛下,绝非谣传!据探报说,那匈奴骑兵简直就是一支飞镝,要是让他们闯过云中郡那就危险了。陛下,如果边关失守的话,依匈奴人的性格,他们会一路烧杀掠抢,很快就会向长安城冲来!"

王莽听到这里时,感到事态的严重,他想找个贴心的人商量商量,帮着拿个主意,于是顺口喊道:"来人呀,传大司马严尤严大人!"

身边的人提醒王莽说:"陛下,严大人告老还乡已经多日了!"

王莽拍拍自己的脑袋,叹息道:"哦,是朕忘记了……"这一刻,王莽突然感到一阵莫名的孤独,思来想去,偌大的朝廷竟没有一个自己可信赖的人了。

这时,又有人来禀报:"陛下,绿林军十数万人正向长安城逼来,来势很是凶猛!"

王莽对身边的大臣说:"传朕的口谕,即刻挑选精兵强将,挑选精良战马,兵分两路,一路南下阻止绿林军靠近长安;另一路火速向阴山方向进发,将匈奴人阻挡在黄河以北,让他们不得南下半步!"

大臣说:"陛下……"

王莽接着说:"还有,我们的军队一旦在黄河北岸站住脚,立刻向匈奴单于庭进攻,拔掉他们的老窝,让他们没有立足之地!"

大臣道:"陛下,人倒好说,只是马匹有些难办。"

王莽问道:"为何?"

大臣说:"陛下,以往我们的精良战马十之八九都是匈奴那边进贡过来的,这两年汉匈关系紧张,所以很少有马匹牛羊进贡,我们到哪里去找那么多的精良战马啊!"

王莽问道："那……我们原先的马匹呢？"

大臣道："原先的马匹有一大半非老即残，恐怕难以征战疆场了，即使勉强上阵，也难以抵挡凶悍的匈奴骑兵。"

王莽道："照你这么说，我们就不能和匈奴人打仗了？"

大臣道："陛下，依臣之见，匈奴不可攻，当与和。"

王莽不悦道："那匈奴人远在千里之外，你们就被吓破胆了？好了，你们不必在朕的耳边聒噪了，朕意已决，赶快去准备吧！"

大臣又说："陛下，臣担心的是——若匈奴人和绿林军来个南北夹击，那我们大新……就完了！"

王莽听罢，大怒，他一脚将大臣踹倒在地，说："大敌当前，你竟敢说这样的丧气话，来人，将这贼子拖下去斩了！"

王莽斩了大臣之后，命人火速去筹集人马粮草，又连夜给西河、五原、朔方等郡下旨，命他们每郡招募兵丁、战马各五万，然后集结在云中一带摆开战场，与匈奴人一决雌雄。

这年冬天的一个午后，长安城的上空突然滚过一串惊雷，雷声沉闷而绵长，却震得人们直打寒噤，人们忐忑地望着灰蒙蒙的天空，惊恐不已。

转过年的二月。二月的长安，本应该是艳阳高照、春风和煦的天气，可谁都没有料到在二月二十四日的夜里，一次不大不小的地震过后一场大雪接踵而至，雪深竟达数尺，长安城里寒气逼人。紧接着，数十万灾民扶老携幼流入函谷关，沿途冻饿而死者竟然十之七八……

人们都说大新朝的气数怕是将尽了。

自王莽摄政以来，汉匈关系时好时坏，磕磕绊绊地走了十多年，如今关系彻底破裂，双方大兵压境，一场战争随时都有可能爆发！

听到前方传来的消息后，昭君在寝宫里昼夜焦灼、寝食难安，原以为派外孙奢和子蝉入汉后，汉匈关系会进一步好转，没想到王莽为另立单于的事逼死了须卜当。女婿死了，云和奢也成了王莽的阶下囚，如今也不知她们母子怎么样了……

如琴来到昭君跟前说："姐姐，我知道你心里不好受，依我看，趁着我们这把老骨头还没散架，咱还是再做点什么事情吧。"

昭君回头望着这个跟了她大半辈子的女人，头发是全白了，身子骨还算硬朗,每天起来依然不闲着,像个影子似的不离她的左右。这个如琴啊,似乎已经成了自己生命中的一部分,想分都分不开了。

昭君说:"如琴,咱姐俩的岁数,即使是在秭归老家也算长寿了,就是现在死,也不足为惜了,如琴你说,咱们还能做点什么呢?"

如琴说:"夫人,我倒是有个想法,不知当说不当说。"

昭君感叹道:"你呀,怎么还夫人夫人的称呼呢?一辈子了,都成老太婆了,你怎么就……唉!"

如琴笑道:"姐姐,如今匈汉两军在阴山脚下摆开了战场,说不上什么时候就要开战了,咱们姐妹要不然到阴山脚下走一趟?"

昭君道:"你是说我们去助阵?不可,万万不可,匈汉双方都有自己的亲人,我们去助阵,那不是火上浇油吗?"

如琴道:"姐姐,你误解如琴的意思了。我们虽说是女人,可女人也有女人的长处。有时候,说不定女人还真能够消弭一场战火呢!"

昭君问道:"你的意思是……"

如琴笑道:"姐姐,已经两天了你没怎么吃东西,来,先吃饭,吃了饭我就告诉你。"

昭君笑道:"你这是变着法儿的想让我吃饭,好吧,我吃。你有什么主意也快说出来,别让我着急了。"

两天后,一支特殊的队伍行走在草原上,有坐车的,有骑马的,有背抱着儿女的……昭君、金珠和如琴坐车走在最前面,另有一百名女子则紧随其后。那天,昭君说了自己的想法后,单于庭的女人们二话不说,安顿好老人,收拾好行李,大家很快便聚集在了昭君的寝帐前。这些女人们明白,宁胡阏氏要做的,一定是有利于匈奴百姓的事,她这么大年纪尚且能经得起长途颠簸,我们就更没什么话说了。

昭君说,一个巴掌拍不响,两个巴掌都有错,匈汉两国但凡都矜持些,战火就烧不起来了。于是,昭君带着单于庭的女人们,要到两军阵前去劝说呼都尔尸道皋单于罢战,以她的能力,目前也只能做这些了。

离开龙城大约两三天的光景,就见天地相连的地方一股巨大的烟尘向这边卷了过来,女人们不明白发生了什么,忙聚集在一起。昭君一面吩咐大家不要慌乱,一面安排小女儿金珠带两个人前去打探。

那股巨大的烟尘越来越近了,隐约可以看到旌旗人马的影子。

金珠拍马跑回来报信,离老远就喊道:"母亲,不打仗了!不打仗了!匈奴的将士们都回来了!"

昭君悬了多日的那颗心终于落下了。

原来,匈汉双方对峙在阴山脚下,双方谁都不肯罢兵,都做出了一决死战的态势。就在这时,王莽的后方绿林军步步紧逼,眼瞅着向长安压了过来,可王莽的大部分兵力陈列在阴山脚下,让他一时左右不能兼顾。王莽于是匆忙传下旨意,调兵回防长安,以解绿林之危。

一天夜里,长安城里狂风大作、电闪雷鸣。王莽蜷缩在床上怎么都睡不塌实。大新朝内忧外患、风雨飘摇,这可如何是好啊……好不容易挨到后半夜才迷迷糊糊地睡了过去。这时,一男一女两个蒙面人潜进王莽的寝宫,手起刀落,将王莽杀死在了床榻上。

有人说那男的像是王莽的御前侍卫穆淳,而那女的极有可能就是黑珍珠。这之后,皇宫里便再也没见到穆淳和黑珍珠的身影。

王莽的大新在西汉和东汉的夹缝里存在了十六年。王莽虽然登上了皇帝的宝座,但这十六年他过得并不如意。他希望自己推行的新政能够给中原百姓带来一个繁荣盛世,可是没有料到按下葫芦起来瓢,这边按下老百姓的暴乱,那边又燃起农民战争的烽烟……王莽太过精明、太过算计,也太过自负,但是他的德行却撑不起偌大的江山,导致他在一潭烂泥中越陷越深……

自汉高祖刘邦开创大汉以来,到汉文帝和汉景帝时,经过将近一百多年的积累,汉朝的基业已经铜底铁帮般地结实,据说当时的钱多的花都花不完,堆放在库房里以致穿铜钱的绳子都沤得烂掉了。

汉武帝是个花钱的主儿,也是个最有魄力的君王,他派兵经过多年的征战,终于将最有实力的匈奴以及周边的小国家收拾得服服帖帖,天下太平了,国库的银子也花得所剩无几。之后的一百多年里,汉昭帝刘弗陵、汉宣帝刘询以及汉元帝刘奭,渡过了汉朝历史上相对安逸的时光。到了成帝刘骜时,汉朝开始失去了他昔日的辉煌。至哀帝刘欣时,汉朝已经在苟延残喘了。

王莽的大新是一个短命的王朝,他最大的功劳是亲手葬送了一个薄暮的西汉王朝,并且为即将登上历史舞台的东汉拉开了大幕。

第九章

近日来，昭君总感到神思恍惚，王莽死了，女儿云和奢却一直没有消息，难道说她们母子也出事了不成？

昭君问金珠说："匈汉两家撤兵了，你可听说你姐姐的消息了吗？"

金珠道："还没有。按说姐姐和奢儿也该回来了。"

昭君惆怅道："是呢，云和奢儿也该回来了，只是可怜了我那女婿须卜当……"

昭君并不知道，须卜当死后，云忧伤过度，几天后便卧床不起了。奢向王莽提出要送母亲回匈奴将养，王莽不允，他说："只要你大且渠答应回去后做匈奴单于，我立刻派重兵护送你们母子回去，否则，休怪朕无礼！"奢没有答应王莽，他说："我是须卜当的儿子，父亲没有答应的事情我也绝不答应。"于是，母子二人被囚禁在一个秘密的地方。送走子蝉后，黑珍珠虽然千方百计打探她们的消息，终没有结果。王莽被杀之后，人们在一间堆放杂物的屋子里发现了她们母子的遗体。

这天下午，昭君心里烦闷不已，于是又借故来到单于庭外面的草地上。如琴知道，姐姐这是又去等云和奢了。

昭君吩咐跟在身边的如琴说："如琴，我想云和奢儿也该回来了，你快去安排些饭食。倘若云和奢儿今天回来，让她们进门就能吃上热乎乎的饭食；还有，告诉他们再准备一只烤羊，奢儿最爱吃的！"

如琴笑道："我的老姐姐，这话你说了多回，我也准备了多回，可到现在也没见他们回来。"

昭君笑道："如琴，你也真是老了，让你去你就去呗，哪来这么多的絮叨。"

如琴也笑道："还说我呢，姐姐难道就不絮叨了？你看看咱的膳房里，什么都是现成的，还怕饿着你闺女和外孙不成？"如琴说着，忽然看到远处一骑一乘向单于庭这边跑来。

如琴叫道："姐姐，你看！"

昭君眯着眼睛看了一会儿说："莫不是云和奢儿回来了？"

如琴道："说的是呢，也该回来了。"

不一刻，一乘一骑已经来到跟前，只见那人翻身下马，来到单于庭门前，大声喊道："请匈奴单于庭的人出来说话！"

门口的守卫喝道:"你是什么人?"

对方道:"我是王歙,从长安来的!"

王歙?从长安来的?还有那熟悉的乡音,难道真的是侄子王歙来到眼前了吗?

昭君压抑着内心的激动,用家乡话问道:"敢问……你果然是王歙吗?"

对方道:"正是。"

昭君又问道:"你果然是秭归的那个歙儿吗?"

对方道:"正是。敢问你老是……"

昭君尽量控制着自己的情绪,她朗声说:"孩子,我就是当年出塞和亲的王昭君啊!"

王歙大叫一声:"姑母——"

昭君颤声道:"歙儿!"两行泪水落了下来。

昭君抹着泪水说:"真没想到啊,我在有生之年还能见到娘家的亲人……"

王歙含泪道:"姑母,你老保重……"

忽然,昭君拽住王歙问道:"歙儿,你表姐和奢呢,你可曾有他们的消息吗?"

王歙欲言又止:"姑母……"

昭君追问道:"歙儿,你快告诉姑母,你表姐和奢什么时候回来?"

王歙的目光越过姑母的肩头,望着天边彤红的云彩,沉沉地说:"姑母,表姐他们就在后面,很快就回来了。"

昭君向远处望去,果然,暮色中一队人马渐渐走近了。

王歙低声道:"姑母,表姐她们回来了。"

昭君满脸慈祥,她微微地眯起眼睛,望着滚滚而来的三辆马车,笑道:"奢这孩子,平日最爱骑马,今天倒坐车回来了。"

三辆马车来到跟前,停了下来,王歙搀扶着姑母走上前去,他颤声道:"姑母,你老要保重……"

昭君来到第一辆马车前,她自语道:"孩子们,下车吧,母亲来迎你们了!"

昭君说着,一把掀开车帘——只见一个黑色的陶罐赫然出现在眼前,上面写着：须卜当之灵骨。

对于须卜当的死，单于庭的人都已经知道了，所以昭君还是有心理准备的，她上前抚摸着那陶罐，眼睛湿润了，她颤声道："孩子，你回家了……"

王歙搀扶着姑母向第二辆车走去，昭君抹一把泪水，唤道："云儿，自从你走后母亲日夜为你担着心啊，这下好了，可把你们盼回来了……云，还磨蹭什么呢，快下车吧……"

车上没有动静。

昭君笑道："这孩子，难道还要母亲给你打帘子不成？好，你远路风尘回来，母亲就为你……"

就在昭君掀开车帘的一刹那，只见她一怔，目光便直了——马车上依然是一个孤零零的黑陶罐，上面写着：须卜当夫人云之灵骨。

"怎么了……这是怎么了……"昭君那一刻有点神思恍惚。

昭君推开王歙，蹒跚着向第三辆马车冲去，到了跟前她大声喊道："奢，你给我出来！你出来——"

车上一点动静都没有，昭君一双手颤抖着……忽然她狠狠地一把扯下车帘，只见车上也是一个黑陶罐，上面写着：大且渠奢之灵骨。

"这是怎么回事？到底是怎么回事？"昭君大喊着，"不……这不是真的……"

四周一片寂静。

昭君回过头来，目光直视着侄儿，叫道："王歙，你说话，这是怎么回事，你们说话呀——"

王歙搀扶着昭君，颤声唤道："姑母……云姐姐和奢儿已经去了，你老要保重……"

"我的儿啊——"昭君一声长呼，声音里透出无限悲凉。

昭君抓住王歙的胳膊，挣扎着没有摔倒，接着便泪如雨下……

天黑了，单于庭前面的草地上，点燃了几百盏巨大的羊油灯，火苗儿被草原风吹拂着，呼呼作响。

草地上聚集着许多女人和孩子，她们跪坐在地上，没有一点声音，一张张面孔在灯火的映照下，呆滞而肃穆。人们在这里举行着一种仪式，她们用匈奴人独特的方式召唤着亡故在外的亲人。

匈奴男人们则远远地站在女人和孩子的四周,每人手里擎一支火把,他们用自己结实的肩膀为女人和孩子们遮挡着漠北草原上刮过来的夜风。

昭君在小女儿金珠和外孙子蝉的搀扶下来到了单于庭前的草地上,仅仅过去了两天,她便显得苍老了许多,头发仿佛是在一夜间全白了。

昭君颤巍巍地站在草地上,深棕色的袍子披在她瘦弱的身上,看上去竟然显得那样宽大……凛冽的夜风中,昭君张开双臂仰望着深邃的夜空,泪流满面,她大声喊道:"天神啊,你都看到了吧!为了匈汉和平,为了两国百姓的安居乐业,我把我的儿子、女儿、女婿,还有我的孙子,全都奉献给你了——"

昭君的声音和着草原上的夜风向远处飘荡着:"……奉献给你了……奉献给你了……奉献给你了……"

"欧嚇——"

一个汉子的喉咙里发出了低沉的声音。

"欧嚇——"声音穿透了夜空,在人们的头顶上盘旋着。

"欧嚇——"几百个汉子在附和着:

"欧嚇——

苍鹰在天上飞了九十九天哟,

飞得再高也要回家;

麋鹿在天边跑了九十九天哟,

跑得再远也要回家;

外面的亲人走了九十九天哟,

家里的亲人等你们回家……"

这天,昭君把如琴叫到身边,问道:"云儿一家三口的后事打点停当了?"

如琴道:"是的,姐姐。"

昭君又道:"如琴,姐姐的后事也打点停当了?"

如琴拿过来一个包袱,放在昭君面前,昭君打开来,是几套匈奴式样的服饰。昭君从头上取下一支玉簪搁在衣服上,说:"这支玉簪是我进宫时母亲为我戴上的,到时候也跟我去吧。"

如琴说:"唉,人这一辈子,到终了,其实就赚了这么一身行头。姐姐,你说是吗?"

昭君说:"不然,钱财算什么?一把粪土而已。俗话说,'雁过留声,人过留名',姐姐这一辈子磕磕绊绊走到如今,如若身后能让汉朝和匈奴人都念个好,姐姐就知足了。"

昭君又嘱咐如琴说:"如琴,你跟了姐姐大半辈子,如果有一天姐姐先你离开人世,你就让他们把姐姐葬在阴山的边上吧,从那里我往南可以看到汉家山水,往北可以回望匈奴草原,这是两块让我牵挂了整整一生的土地啊……"

如琴落泪了。

尾 声

　　短短几年里，金珠连续失去了所有的亲人，她对复杂的宫廷生活已经没有了兴趣。在说服了丈夫当于狐鹿后，他们带领着家人离开单于庭向草原的西北方向走去——那里水草丰美，远离权力中心，是最适合生存的地方。

　　据说，金珠临离开时还带上了她的嫂嫂海棠和她的两个侄女。金珠说，母亲已经过世，她们母子在龙城已经没有什么亲人了。

注释：

1. 长安,新莽时期曾改"长安"为"常安"。
2. 居次,匈奴王侯妻号。例如,须卜居次,须卜家族之妻;当于居次,当于家族之妻。
3. 须卜、当于、呼衍、兰氏等,均为当时的匈奴贵族。
4. 伊墨:公主的意思,如伊墨云,伊墨当。
5. 秦直道,南起古咸阳,北至九原郡(今包头),约七百公里。
6. 古长安至匈奴龙城两千公里左右。